Isabel Holocher-Knosp

Tatort Hohenzollern

Ein Schwaben-Krimi

Oertel+Spörer

Und dacht, die Kindlein, die ich hätt'
Werden gewiß die Augen sein,
die mich berauben des Buhlen mein!
Und wurd' das Weib so gar bethört,
Daß sie ihre eigen Kinder ermördt,
Und jämmerlich ihres Lebens beraubt,
Daß sie es mit Nadeln in ihr Haubt
Stach in ihre Hirnschall,
Die zart und weich überall.

(Pfarrer Johann Löer, 1559, Melkendorf, Klosterchronik)

Burg Hohenzollern, 17. September 2016

Der Burghof wirkte düster und verlassen. Die Dunkelheit raubte dem Gemäuer seinen märchenhaften Charme und schaffte eine eigenartig unheimliche Atmosphäre. Knarrend fiel die Tür zur Waffenkammer ins Schloss.

Während Henriette über das unebene Kopfsteinpflaster stöckelte, war deutlich das Klappern ihrer Schuhe zu vernehmen. Klack, Klack –Klack, Klack – Klack, Klack. An der Burgmauer angelangt warf sie einen Blick in die Tiefe. Schade. Statt des üblichen Lichtermeers hatte sie nur eine undurchdringliche graue Nebelwand vor sich. Der Nebel war in den letzten beiden Stunden unmerklich an den Flanken des Berges emporgekrochen und hatte die Burg komplett eingehüllt. Es gab nicht die winzigste Lücke, welche eine Sicht auf die umliegenden Dörfer und Städte freigegeben hätte. Und wie kalt es inzwischen geworden ist, dachte sie und zog den Reißverschluss ihrer Jacke ein Stück höher. Die feuchte Kälte drang bis unter die Haut.

Auf der Alb gibt es keinen Spätsommer, sinnierte sie. Nach dem Sommer kommt sofort der Herbst. Und nach einer kurzen Herbstphase macht sich schon der Winter breit – für sechs lange Monate, mindestens. Schon bei dem Gedanken daran überkam sie ein Frösteln.

Henriette hasste es, zu so später Stunde allein auf der

Burg zu sein. Nichtsdestotrotz waren diese Nachtführungen durchaus lukrativ. Heute Abend hatte es sich jedenfalls gelohnt. Sie hatte über das Honorar hinaus ein sehr gutes Trinkgeld bekommen. Gedämpft konnte sie das Brummen des Busshuttles hören, der die Gäste zum unteren Parkplatz beförderte. Dann verschluckte der Nebel das Geräusch gänzlich und es umgab sie eine tiefe Stille.

Abrupt drehte sie sich um. Zeit, nach Hause zu gehen.

Die spärliche Beleuchtung im Hof verursachte ein dubioses Schattenspiel. Sie bemühte sich, trotz der hohen Schuhe etwas schneller zu gehen. Spiralförmig schraubte sich der Weg bis zum Burgtor hinunter.

Nach einer ersten Windung gelangte sie in den stockdunklen Tunnel. Bereits bei Tag hatte sie bei diesem Wegabschnitt stets ein beklemmendes Gefühl, da man an vergitterten Tunnelnischen vorbeikam, die unangenehme Assoziationen hervorriefen. Henriette beleuchtete den Weg mit der Taschenlampe ihres Smartphones und versuchte, weniger laut aufzutreten. Das Klackern ihrer Stöckelschuhe hallte unangebracht laut von den Mauern wider und durchbrach die Stille. Mit den blöden Schuhen hört man mich schon von Weitem, fuhr es ihr durch den Kopf. Im selben Moment korrigierte sie sich. Aber wer soll mich denn hören? Hier ist doch niemand. Ich bin allein. Sie bemühte sich, ihre Nervosität in den Griff zu bekommen. Trotzdem wuchs ihre Anspannung mit jedem Klack ihrer Schuhe. Irgendetwas irritierte sie.

Es kam ihr so vor, als ob jemand sie beobachten würde. Henriette zuckte erschrocken zusammen und hielt inne. War da nicht ein Geräusch gewesen? Und woher kam es? Sie lauschte.

Da! Schon wieder! Sie hatte eindeutig ein Rascheln gehört. Es kam aus der finsteren Nische neben ihr. Nervös hielt sie das Smartphone etwas höher, schwenkte es hin und her und versuchte, das Mauergewölbe hinter dem Gitter auszuleuchten. Im hinteren Bereich befanden sich verwinkelte Ecken, die sie nicht einsehen konnte. Vorsichtig drückte sie die Klinke an der Gittertür dieser Nische herunter. Abgeschlossen. Eine Schrecksekunde lang erstarrte Henriette, als etwas Schwarzes blitzschnell durch den Lichtschein huschte und dann in der hintersten Ecke verschwand. Dem Schwanz nach zu urteilen eine Ratte.

Henriette seufzte. Klar, was sollte es auch sonst gewesen sein, beschwichtigte sie sich.

Verärgert über sich selbst schüttelte sie den Kopf. Mein Gott, ich bin schon richtig paranoid. Und das alles wegen dieser Sinnestäuschung … Aber es hatte so echt ausgesehen!

Als sie letzte Woche nach Ende der Nachtführung wie üblich auf dem Fußweg zum Parkplatz gelaufen war, hatte sie ein Stück weit entfernt etwas Weißes schimmern sehen. Es waren nur wenige Sekunden gewesen, dann war das weiße Schimmern auch schon wieder verschwunden. Nachdem sie kurz verunsichert gewesen war, hatte sie sich letztlich schnell gefasst und war zu der Stelle geeilt, um sich Klarheit zu verschaffen. Es konnte nur ein weiß gekleideter Mensch gewesen sein! Obwohl sie in alle Richtungen geleuchtet hatte, konnte sie die Person jedoch nicht mehr ausfindig machen. Da war absolut niemand.

Aber was zum Teufel hatte sie dann da gesehen? Sie konnte es sich einfach nicht erklären. Jetzt im Nachhinein immer noch nicht. Es sah so aus, als schwebe die Gestalt über dem Weg. In einem wallenden bodenlangen Gewand.

Wie ein Hauch war sie vorübergeweht. Eigentlich… wie ein Geist.

Die Erscheinung hatte sie unmittelbar an die weiße Frau erinnert, die auf der Burg Hohenzollern spuken soll. Der Legende nach verkündete die Geisterfrau durch ihr Erscheinen Unheil und Tod. So hieß es. Natürlich war das alles Humbug. Es gab keine Geister. Nicht in der realen Welt. Obwohl sie es zu verdrängen versuchte, ging ihr dieses seltsame Erlebnis seither nicht mehr aus dem Sinn.

Sie verließ über die Zugbrücke die Burg und nahm den abschüssigen Fußweg in Angriff. Die nächste Herausforderung. Im Gegensatz zu letzter Woche konnte sie nun wegen des Nebels keine drei Meter weit sehen. Genau genommen konnte man kaum die Hand vor den Augen erkennen. Zum Glück gab es ein Geländer, an dem sie sich entlanghangeln konnte.

Warum nur habe ich diese unbequemen Stöckelschuhe angezogen? Die flachen Sandalen hätten zu dem Rock genauso gepasst. Aber es muss ja immer perfekt aussehen, schimpfte sie sich. Dabei haben wir uns nur ganz kurz bei der Übergabe gesehen. Das hat sich wirklich nicht gelohnt.

Das Smartphone in der Hand gab ihr eine gewisse Sicherheit. Zumindest redete sie sich das ein. Entgegen aller Vernunft und Logik klopfte ihr Herz trotzdem wesentlich schneller, als es angemessen gewesen wäre.

Ich bin diesen Weg schon zigmal auf- und abgelaufen, sagte sie sich. Noch nie ist hier einem Menschen etwas Böses geschehen. Es gibt in der Gegend weder Räuber noch Mörder. Und schon gar keine Gespenster. Warum fühle ich mich in der Dunkelheit nur immer so unsicher und ängstlich? Es ist vollkommen lächerlich!

Vertieft in ihre Gedanken tastete sie sich Stufe für Stufe die Treppe hinab. Erst als der Parkplatz bereits in Sichtweite war, wurde ihr bewusst, dass sie die kritische Stelle schon längst passiert hatte.

Na also! Alles gut. Nichts ist geschehen. Kein Geist weit und breit, dachte sie erleichtert.

Kaum saß sie im Auto, fiel die Anspannung von ihr ab. Sie war in Sicherheit. Noch bevor sie den Motor startete, drehte sie das Radio auf. Sie ertrug diese Stille nicht mehr. Sie brauchte dringend Musik oder noch besser irgendeine menschliche Stimme. Etwas, das sie beruhigte. In »SWR2« lief eine Sendung über Hermann Hesse.

Der Moderator rezitierte gerade Hesses Gedicht »Nebel«. »…seltsam im Nebel zu wandern! Einsam ist jeder Busch und Stein. Kein Baum sieht den anderen. Jeder ist allein…«

Ob dieses Gedicht wohl spontan ausgewählt worden war? Jedenfalls passten die melancholischen Worte perfekt zu den grauen Nebelschwaden. Sie schaltete die Scheinwerfer ein und fuhr in gemäßigtem Tempo die kurvenreiche Straße durch den Wald ins Tal. Es war unglaublich, wie dicht der Nebel war! Stellenweise konnte sie kaum die Fahrbahnmarkierung erkennen.

Henriette fuhr noch etwas langsamer. Die Strecke war bei diesen schlechten Sichtverhältnissen nicht ungefährlich. Des Öfteren hatte sie hier nachts schon Wildwechsel erlebt. Meist waren es Rehe, die in großen Sprüngen die Fahrbahn kreuzten. Sie kniff die Augen zusammen und hielt den Fahrbahnrand konzentriert im Blick.

Dann ging alles sekundenschnell. Plötzlich tauchte sie

aus dem Nichts auf – die weiße Frau. Henriette schrie entsetzt auf, als die Gestalt vor ihr auf der Fahrbahn erschien, und riss reflexartig das Lenkrad herum. Das Fahrzeug knallte gegen die Leitplanke, schleuderte daraufhin auf die andere Seite, krachte die Böschung hinab und überschlug sich. Das Letzte, was Henriette sah, war der mächtige Baumstamm, auf den ihr Auto zuschoss und der nicht nur den Sturz, sondern auch ihr Leben beenden sollte.

Burg Hohenzollern, 29. Juli 2017

»42, 43, 44, 45. Bei 50 gönne ich mir eine kurze Pause. 46, 47, 48, 49, 50. Puh!«

Der Fußweg bis zur Burg zog sich ganz schön in die Länge. Wie viele Höhenmeter lagen wohl noch vor ihr? Immerhin war dieser Bergkegel stattliche 855 Meter hoch. Und dann diese vielen Treppen! Da geriet man ordentlich außer Puste. Und ins Schwitzen.

Natürlich hätte sie den Service des Kleinbusses in Anspruch nehmen können, aber erstens kostete der zwei Euro und zweitens war das nur was für Fußkranke und alte Leute. Sie war nun zwar ebenfalls seit einem Jahr Pensionärin, allerdings gehörte sie noch lange nicht zum alten Eisen. Sie fühlte sich fit und energiegeladen. Treppensteigen war zudem gesund, und wenn sie diese Treppen jeden Tag bewältigen würde, brauchte sie gewiss kein Fitnessstudio mehr.

Unwillkürlich musste sie an den Kartenspruch denken, den sie von einer Freundin zum Geburtstag bekommen hatte:

»Ich könnte Bäume ausreißen! Na gut, sagen wir kleine Bäume. Okay, sagen wir Büsche. Also gut, sagen wir Gras. Gras ist gut.«

Uschi Lämmle lächelte in sich hinein.

So! Sie straffte die Schultern und nahm die Hand vom Geländer. Genug ausgeruht! Immerhin hatte sie einen Termin und war nicht nur zum Vergnügen hier. Gutes Timing und Pünktlichkeit waren ihr im Laufe ihres Berufslebens in Fleisch und Blut übergegangen. Ein Blick auf die Uhr zeigte ihr, dass sie noch ausreichend Zeit hatte. Sie war erst um 14 Uhr mit dem Burgverwalter verabredet. Wenigstens war der Weg durch den Wald schattig.

»51, 52, 53 …«

Wenige Minuten später hatte sie das Burgtor erreicht. Als sie wieder genug Luft zum Sprechen hatte, ging sie zum Kassenhäuschen. Während sie in der Schlange anstand, fiel ihr ein großes Schild auf, das an der Burgmauer befestigt war.

»Die Burg Hohenzollern ist ein denkmalgeschütztes, historisches Gebäude, dessen Sicherung aus vielerlei Gründen nicht umfassend gewährleistet werden kann. Mit dem Lösen der Eintrittskarte erklärt der Besucher, derartige Risiken zur Kenntnis zu nehmen und selbst zu tragen und die Eigentümer von jeder Haftung freizustellen.«

Uschi überlegte sich gerade, welche Risiken das Lösen einer Eintrittskarte wohl im Konkreten mit sich brachte, da war sie auch schon an der Reihe. Sie beugte sich etwas durch das geöffnete Fenster des Kassenhäuschens und erklärte der Dame, dass sie einen Termin mit dem Burgverwalter habe. Die Dame nickte und winkte sie freundlich durch.

Nachdem sie die Zugbrücke des mächtigen eisenbeschlagenen Adlertors überquert hatte, ging der Weg in engen Kurven stetig nach oben. Die Windungen erinnerten an ein Schneckenhaus. Man schraubte sich Meter für Meter höher und umkreiste dabei einen hübsch angelegten Innenhofgarten mit einem Teich und schattenverträglichen Blumenrabatten. Schließlich führte die Rampe in einen dunklen tunnelähnlichen Abschnitt. Sofort umfing sie eine angenehme Kühle. Eine wahre Wohltat nach dem schweißtreibenden Aufstieg! Interessiert begutachtete sie die vergitterten Tunnelnischen, die rechter Hand in die Mauer eingelassen waren. Hatte man hier früher die Hunde gehalten? Oder waren es Lagerräume gewesen?

Die erste Aussichtsmöglichkeit auf der Bastei war erreicht. Was für ein herrliches Panorama! Gegenüber erblickte Uschi menschliche Pünktchen, die auf dem Zellerhorn saßen. Die Albstädter Traufgang-Wanderungen wurden zunehmend beliebter bei den Touristen und einer der absoluten Höhepunkte war eben dieser Blick vom Zellerhorn zur Burg hinüber. Wie oft war sie selbst schon dort drüben gesessen und hatte die Burg aus der Ferne bewundert. Die umgekehrte Perspektive vom Zollerberg aus war aber nicht minder spektakulär!

Uschi beschloss, erst einmal über die Basteien das Schlossgebäude zu umrunden und den Rundumblick der Burg zu genießen. Zwischen den einzelnen Basteien entdeckte sie die Standbilder der preußischen Könige. Oje, es grauste ihr schon davor, die komplizierten Verzweigungen der preußischen Adelsfamilie auswendig zu lernen. Wenigstens waren ihr die Vornamen der Könige vertraut.

In ihrer Familie waren die Männer erstaunlicherweise seit Generationen nach den Königen benannt worden: Wilhelm, Karl und Ferdinand. Da konnte man mal sehen, wie weit der Einfluss der Hohenzollern reichte! Das ging sogar so weit, dass sowohl ihr Vater als auch ihr Großvater auf den Namen »Wilhelm« getauft worden waren. Sozusagen »Wilhelm der I.« und »Wilhelm der II.«

Von der Scharfeckbastei hatte man eine grandiose Aussicht auf Thanheim. Da war der von Pappeln umsäumte Fußballplatz, dort die Dorfkirche, und wenn sie ihre Augen um etwas mehr Schärfe bemühte, konnte sie sogar vage ihr ehemaliges Elternhaus erkennen. Hier hatte sie ihre Kindheit und Jugend verbracht, bevor sie nach Albstadt gezogen war.

Die Fernsicht war heute nicht zu überbieten. Man konnte nicht nur den Aussichtsturm von Rottweil, sondern sogar die Berge des Schwarzwalds in der Ferne ausmachen. Phänomenal! Kein Wunder war den preußischen Herrschern dieser Bergkegel, der isoliert in der Landschaft stand, so wichtig gewesen, dass sie hier zum dritten Mal in Folge ihre Burg erbauen ließen.

Ein Englisch sprechendes Pärchen stellte sich neben sie. Nach einem ehrfurchtsvoll gehauchten »Wonderful!« fragte sie die junge Frau mit einem sympathischen Lächeln:

»Would you mind taking a photo of us?«

Uschi nickte und nahm bereitwillig den Fotoapparat entgegen. Sie fand es viel besser, mit den Mitmenschen zu kommunizieren statt sich mit »Selfies« abzumühen. Weil der Arm für das Selfie-Foto meist nicht lang genug war, konnte man sich inzwischen sogar Armverlängerungen kaufen. Das Pärchen lächelte verliebt in die Kamera und bedankte sich anschließend höflich für die Gefälligkeit. Mit einem ebenso höflichen »You're welcome!« verabschiedete sich Uschi von ihnen.

Wie lange ist es her, dass ich so verliebt war, dachte Uschi wehmütig. Dass mir ein Mann so zärtlich den Arm um die Taille gelegt hat? Sie seufzte. Viel zu lange … Schnell schob sie den Gedanken beiseite. Für Sentimentalitäten war jetzt nicht der richtige Zeitpunkt.

Nachdem Uschi die Runde beendet hatte, durchschritt sie den oberen Torturm und gelangte in den Burghof.

Hier war was los! Der in einen Biergarten umfunktionierte Schlossgarten war gerammelt voll. Die Leute erfrischten sich am kühlen Bier, die Kinder schleckten Eis und der allgegenwärtige Geruch nach gebratenen Würstchen und Pommes frites machte Appetit auf die deftigen Speisen, die im Kiosk angeboten wurden. Die begehrten Schattenplätze unter den Linden waren ausnahmslos besetzt und selbst an den Biertischen in der prallen Sonne gab es nur noch vereinzelt freie Plätze.

Jetzt erst wurde Uschi bewusst, wie durstig sie war. Vor dem Kiosk hatte sich eine lange Schlange von Wartenden gebildet. Aussichtslos. So viel Zeit hatte sie nicht, um hier anzustehen. Das Stimmengewirr aus allerlei Sprachen klang wie ein summender Wespenschwarm. Unschlüssig blieb sie in der Menschenmenge stehen. Sollte sie durstig zu ihrem Vorstellungsgespräch gehen oder lieber riskieren, zu spät zu kommen?

Hoppla! Ein kleiner Junge, der es trotz Eis in der Hand eilig hatte, prallte gegen sie. Dabei entglitt ihm die Eistüte und fiel in hohem Bogen zu Boden. Der Junge heulte auf, als er sein Eis im Dreck liegen sah und steigerte die Lautstärke des Geschreis noch, als seine Mutter angelaufen kam. Er stampfte wutentbrannt von einem Fuß auf den anderen und führte sich wie Rumpelstilzchen auf. Die Mutter beachtete Uschi gar nicht, nahm sofort ihren Sprössling in die Arme und versuchte, ihn zu trösten. Kein Wort der Entschuldigung.

Gänzlich konsterniert schaute Uschi von dem Jungen zu der aufgescheuchten Mutter und dann auf ihre Hose. Oh nein! Das darf doch nicht wahr sein, dachte sie entsetzt. Flecken! Braune Flecken! Auf meiner weißen Hose! Das sieht ja aus wie… eine Katastrophe! Eine einzige Katastrophe! Was mache ich nur?

Schokoladenflecken! Warum hatte der Bengel nicht ein Zitroneneis in der Hand gehabt? Ausgerechnet Schokolade! Man sollte Kindern grundsätzlich kein Schokoladeneis kaufen!

Hektisch durchwühlte Uschi ihre Handtasche nach einem Papiertaschentuch. Nicht zu finden. Die Tücher waren wohl im Handtaschen-Bermudadreieck verschwunden. Wie alles, was man gerade dringend brauchte.

»Hier bitte! Das tut mir leid mit Ihrer Hose.« Die Mutter hielt ihr ein Tüchlein unter die Nase und lächelte entschuldigend.

Uschi schnappte sich das Tuch, zischte »Ja, ja, schon gut« und versuchte verzweifelt zu retten, was zu retten war. Doch da half alles Wischen und Rubbeln nichts. Im Gegenteil, das Reiben machte alles nur noch schlimmer und verwischte die Flecken zu braunen Schlieren.

So eine Sauerei, schimpfte sie im Stillen. Nichts ist gut. Gar nichts. Wie viel Uhr ist es eigentlich? Nein, nein, nein! In fünf Minuten hatte sie ihren Termin mit dem Burgverwalter.

Wie sollte sie es schaffen, bis dahin die Flecken zu beseitigen? Uschi spürte, dass sich Ärger und aufkommende

Hektik kumulierten und sie kurz davor war, die Fassung zu verlieren. Sie hatte das dringende Bedürfnis, irgendetwas zusammenzuschlagen. Oder in ein wildes Wutgebrüll auszubrechen. Aber so durften sich allerhöchstens kleine Rumpelstilzchen verhalten. Erwachsene hatten sich zu beherrschen. Sie wurde sich mit einem Mal bewusst, dass sie die Hände zu Fäusten geballt hatte.

Dabei handelte es sich doch im Grunde nur um eine Lappalie. Ein Gesichtsverlust vielleicht. Ja. Jedoch kein Weltuntergang. Sie holte tief Luft, lockerte ihre Hände und atmete kontrolliert durch die Lippen aus, um sich wieder zu beruhigen und einen klaren Gedanken fassen zu können.

Eine Toilette. Ich brauche eine Toilette, schoss es ihr durch den Kopf. Uschi ließ Mutter und Kind stehen und eilte im Laufschritt zum Schlossgebäude. Die Toiletten befanden sich im Keller. Das wusste sie noch von früheren Besuchen.

Mit viel Wasser und Papierhandtüchern gelang es ihr, das Desaster weitgehend zu entfernen. Die Flecken waren wider Erwarten verschwunden. Dafür war ihre Hose nun klatschnass und – was noch peinlicher war – an den nassen Stellen war der dünne Stoff nun durchsichtig geworden. Himmel hilf! Wenigstens war es heute so heiß, dass die Hose relativ schnell trocknen würde. Hoffentlich.

Ein letzter Blick in den Spiegel. Na ja. An ihrem sommergebräunten Gesicht, das von ein paar Lachfalten abgesehen, erstaunlich glatte Haut für ihr Alter vorwies, gab es nichts zu mäkeln. Ihre Hochsteckfrisur hatte allerdings etwas gelitten und musste nochmals in Form gezupft werden. Eilig legte sie noch frischen Lippenstift auf und schnupperte abschließend diskret in Richtung ihrer Achselhöhlen. Soweit sie das selbst riechen konnte, alles noch im grünen Bereich.

Das Ziffernblatt ihrer Uhr ließ sie zusammenfahren. Es war höchste Zeit. Sie kam schon fünf Minuten zu spät. Und sie hasste es, zu spät zu kommen. Wie sagte man heutzutage bei jeder Gelegenheit? Das geht gar nicht …

Sie eilte die Treppen hoch und bahnte sich einen Weg durch die Menschenmenge zum verabredeten Treffpunkt, dem »Burgshop«. Davor machte sie einen älteren Herrn aus, der offensichtlich auf sie wartete.

Mit einem festen Händedruck und einem strahlenden Lächeln begrüßte sie der Burgverwalter:

»Grüß Gott! Oswald Sauter. Ich bin hier der Verwalter. Sind Sie die Frau …?«

»Frau Lämmle. Uschi Lämmle.«

»Sehr erfreut, Frau Lämmle. Na, isch des net a Kaiserwetter?« Er deutete nach draußen. »Hab ich extra für Sie bstellt!«

Uschi stellte erleichtert fest, dass der Burgverwalter ihre nasse Hose allem Anschein nach nicht bemerkt hatte. Er gehörte zu der Sorte Mensch, die einem beim Sprechen in die Augen blickte. Wobei ihr keineswegs entgangen war, dass er kurz unauffällig auf ihr Dekolleté geschielt hatte. Das störte sie aber nicht, im Gegenteil. Sie wusste ihre Vorteile zu betonen und Blickpunkte zu setzen. Und zu diesen Blickpunkten gehörte eindeutig auch ihr vorzeigbares Dekolleté.

»Oh, vielen Dank! Ja, die Aussicht ist heute fantastisch. Ich hab schon eine Runde gedreht.«

»Sehr gut. Sehr gut. Und Sie habe also vor, bei uns künftig als Burgführerin zu arbeite?«

»Ja, das würd ich gerne.«

»Na, dann komme Sie, wir gehn rein ins Burgcafé. Da isch es etwas kühler und ruhiger, damit wir uns ungschtört unterhalte könne.«

Mit einer einladenden Geste wies er ihr den Weg zum Café und hielt ihr beim Betreten die Tür auf.

Kaum hatten sie es sich in einer Ecke des Cafés gemütlich gemacht, wurde ihnen bereits Mineralwasser und Kaffee serviert.

Uschi stürzte sich auf das Wasser und konnte nun endlich ihren Durst stillen. In gierigen Zügen hatte sie sogleich das halbe Glas Wasser ausgetrunken.

Sauter breitete einige Unterlagen auf dem Tisch aus und tippte mit dem Finger auf ihren Lebenslauf, den sie mit ihrer Bewerbung eingereicht hatte.

»Wie ich gelese hab, sind Sie pensionierte Gymnasiallehrerin? Mit de Fächer Spanisch und Gschichte?«

»Richtig. Seit einem Jahr bin ich pensioniert.«

»Und gleich scho wieder auf der Suche nach neue Herausforderunge?«

Uschi lächelte gequält.

»Ja. Es ist schwerer als gedacht, nun zu Hause zu sitzen und keine Aufgabe mehr zu haben. Es fehlt die geistige Herausforderung. Ich habe das Gefühl, dass man mit der Zeit regelrecht verblödet.«

»Oh, davon scheine Sie mir aber weit entfernt zu sei«, sagte Sauter und lachte schallend. »Wobei i des im Grund scho nachvollziehe kann. Ich könnt in nem Jahr auch in Rente gehe. Des kann man sich gar net vorstelle, wenn man sei Lebe lang garbeitet hat... Aber nun zu Ihne. Sie spreche Spanisch? Des isch wunderbar. Wie Sie bestimmt scho bemerkt habe, besucht uns hier auf der Burg ein internationales Publikum. Dementsprechend beliebt sind auch die fremdsprachige Führunge. Wir biete diese auf Englisch, Französisch, Italienisch, Spanisch, Russisch und sogar auf Japanisch an. Ah ja, und uf Schwäbisch natürlich.« Abermals lachte er laut auf.

Sein unbeschwertes Lachen wirkte ansteckend und Uschi entspannte sich zunehmend. Sie nippte an ihrem Kaffee und betrachtete den Burgverwalter aus den Augenwinkeln heraus.

Er war ihr sympathisch. Und für sein Alter sah er recht gut aus. Die grauen dichten Haare, die braungebrannte Haut und das weiße Hemd kontrastierten attraktiv miteinander. Obwohl er breitestes Schwäbisch sprach, bemühte er sich ihr gegenüber bewusst um Mäßigung. Für Uschi hätte er sich in dieser Hinsicht jedoch nicht bemühen müssen. Sie war Schwäbin durch und durch und hatte sich das Schwäbeln lediglich aufgrund ihrer Lehrtätigkeit ein Stück weit abgewöhnt. Sie konzentrierte sich wieder auf seine Erklärungen.

»... und deshalb sind wir froh, dass wir mit Ihne noch eine Verstärkung im Spanischbereich bekomme. Da Sie zudem noch gschichtlich versiert sind, eigne Sie sich sicherlich perfekt als Burgführerin. Allerdings bezieht sich der Vortrag ausschließlich spezifisch auf d' historische Familiengschicht der Hohenzollern und die Gschichte der Burg. Isch ja klar.«

Er schob ihr einen dicken Stapel mit Papieren zu.

»So – des sind die Unterlage, die Sie auswendig lerne

müsste. Hier einmal die deutsche Variante, da noch mal alles uf Spanisch«, er legte einen zweiten Papierstapel obenauf, »und… zu guter Letzt… hier noch die Kinderführung.« Ein dritter Stapel folgte.

Uschi schluckte trocken und blätterte die Papiere kurz durch. Jede Menge Stoff. Das würde wirklich eine geistige Herausforderung werden.

»Wann soll ich denn mit der Arbeit beginnen?«

»Je eher Sie beginne könne desto besser.« Als er den überraschten Augenaufschlag Uschis bemerkte, beeilte er sich hinzuzufügen: »Aber mache Sie sich kein Stress. Sie könne auch erscht einmal ausschließlich Kinderführunge mache und dann nach und nach in die andere Führunge einsteigen. Der Vorteil der Kinderführunge isch, dass man keine Jahreszahle runterrattre muss, sondern hauptsächlich Anekdote zum Beschte gibt. Und als ehemalige Lehrerin habe Sie bestimmt 'n bsonders gute Draht zu Kinder, gell?«

»Ja, das ist sicher eine gute Idee. Übrigens: Meine Nichte arbeitet momentan auch hier als Burgführerin. Sie hat mich auf die Idee gebracht, mich für diesen Job zu bewerben.«

»A was? Wie heißt Ihre Nichte denn?«

»Clara. Clara Lämmle. Sie studiert Französisch und Biologie auf Lehramt.«

»Die Clara sage Sie? Ha, da hätt i ja auch gleich draufkomme könne. So viele verschiedene Lämmle gibt's ja au wieder net. A tolls Mädle! Und eine hervorragende Burgführerin. Sie hat so a aufgweckte, temperamentvolle Art. Des kommt sehr gut bei de Leut an.« Er beäugte sie offen. »Jetzt, wo Sie's sage, erkenn ich auch a gewisse Ähnlichkeit. Die dunkle Auge und die gschwungene Augenbraue…

Doch, wenn man's weiß, dann sieht man eindeutig, dass Sie verwandt sind.«

»Das äußern Sie besser nicht Clara gegenüber. Ich bin mir nicht so sicher, ob sie das als Kompliment sehen würde. Wer ähnelt schon gerne seiner alten Tante?«

Bevor der Burgverwalter zu einem neuerlichen Kompliment ausholen konnte, fuhr sie hastig fort:

»Sagen Sie, wäre es möglich, dass ich so eine Kinderführung vorweg mal mitmachen kann? Damit ich sehe, wie das üblicherweise bei Ihnen abläuft?«

»Aber natürlich! Des isch kei Problem.« Er schaute auf seine Uhr. »Wisse Sie was, des passt grad gut. Um drei findet die nächste Führung statt. I stell Ihne einen der Führer mal vor. Dann könne mir gleich einen Termin ausmache. Zum Hospitieren sozusage.«

Als Uschi ihren Geldbeutel zückte, wehrte er ab und meinte:

»Lasse Sie des stecke. Des geht auf Kosten des Hauses!«

»Danke schön!«

»Wir werde uns bemühe, dass Sie sich bei uns wohl fühle«, sagte Sauter grinsend. »Zuverlässiges Personal isch heut keine Selbstverständlichkeit mehr. Wisse Sie, bis auf eine einzige Dame sind alle unsere Burgführer nur befristet tätig. Meist sind des Studente, die in de Semesterferie jobbe. Deshalb sind wir froh, wenn wir drüber hinaus Leut beschäftige könne, die dauerhaft bei uns bleibe.« Er zwinkerte ihr zu. »Sie werdet sehe – wir sind a ganz gutes Team. Und mal ganz davon abgsehe … Sage Sie mal ehrlich: Kann's einen schönere Arbeitsplatz auf der Welt gebe wie der hier? «

Sie verließen das Café und bahnten sich einen Weg durch die Touristenschar in Richtung Fürstenbau. Erfreut stellte Uschi fest, dass ihre Hose inzwischen getrocknet war. Auch das Vorstellungsgespräch war ihrem Empfinden nach hervorragend verlaufen. Und wenn der Rest der Belegschaft nur halb so freundlich wie dieser Herr Sauter war, dann konnte sie es sich in der Tat gut vorstellen, hier oben einen Neuanfang zu wagen. Den Megastapel Papier, der nun ihre Tasche beschwerte, verdrängte sie mal besser. Ganz einfach würde es bestimmt nicht werden, all diesen Stoff auswendig zu lernen. Hoffentlich übernahm sie sich da nicht.

Die Warteschlange am Treppenaufgang zum Fürstenbau reichte bereits bis in den Hof hinaus. Ein großes Schild verkündete: »Maximal 50 Personen pro Führung«.

Sie stellten sich ans Ende der Warteschlange. Vor ihnen stand eine Mutter mit drei Kindern. Der älteste Junge zählte leise die Anzahl der Menschen, die sich vor ihnen in der Reihe befanden. Er zupfte seine Mutter am Ärmel und flüsterte:

»Mama, ich glaube wir kommen gerade noch rein. Wir sind die Nummer 46.«

Die Mutter sah sorgenvoll über die Menschenmenge hinweg und schien ebenfalls die Anzahl der Wartenden abzuschätzen. Ihre kleinste Tochter quengelte:

»Ich will aber jetzt ein Eis. Nicht erst nach der Führung. Ich hab so einen Durst. Mama, ich will jetzt ein Eis. Bitte, Mama.«

Die Mutter schüttelte unwillig den Kopf.

»Nein, du musst jetzt warten. Erst die Führung, dann bekommst du dein Eis.«

Uschi räusperte sich.

»50 Personen? Sind das nicht recht viele Leute für eine Führung?«

Sauter senkte die Stimme:

»Ja, des stimmt scho. Aber wenn so viel los isch wie heut, lässt es sich net anders mache. Die Führunge finde bereits halbstündlich statt. Bei 50 Leut wird's in de kleine Zimmerle zugegebenermaße schon a bissle eng.«

In diesem Moment setzte sich die Schlange in Bewegung. Der Einlass hatte begonnen. Als sie die Tür zur Stammbaumhalle erreicht hatten, führte der Burgverwalter sie zu einem hochgewachsenen Mann, der dem Schauspieler Tom Cruise in jungen Jahren ähnelte.

»Darf ich vorstelle? Des isch unsere neue Burgführerin für spanische Führunge, Frau Uschi Lämmle. Und des isch Tom Martens, Spezialist für englische Führunge. Und wenn ich mich recht erinner, isch sei zweites Fach so wie Ihres Gschichte.«

Hatte sie richtig gehört? Tom? In Uschis Gesicht schlich sich ein breites Grinsen.

»Guten Tag, Herr Martens. Wäre es wohl möglich, dass ich irgendwann bei einer Ihrer Führungen ein wenig hospitieren könnte?«

»Nur zu«. Tom erwiderte ihr Grinsen. »Sie sind die Tante von Clara, nicht? Clara hat sie schon für heute angekündigt. Sie selbst hat samstags ja ihren freien Tag. Aber sie freut sich schon sehr, dass ihre Lieblingstante bald zu unserem Team dazugehören wird.«

Uschi lachte schallend.

»Hat sie wirklich ›Lieblingstante‹ gesagt?«

»Ja das hat sie. Haben Sie Zweifel daran?«

»Nein, nein. Es ist nur so … ich bin ihre einzige Tante!«

Sauter und Tom sahen sich amüsiert an.

»So!« Tom rieb sich die Hände. »Jetzt muss ich mit der Führung beginnen. Sonst bekommen die Leute noch einen Hitzschlag, bevor ich überhaupt angefangen habe. Wenn Sie möchten, können Sie nächste Woche am Samstag mal eine Familienführung mit mir mitmachen. Bis dahin haben Sie sich bestimmt schon ein wenig eingearbeitet.«

Sie zeigte ihm den dicken Stapel an Unterlagen.

»Bis ich das alles auswendig gelernt habe, dauert es noch ein Weilchen. Aber bis Samstag … könnte ich das schon schaffen. Das müsste gehen.«

Uschi reichte ihm die Hand, verabschiedete sich mit einem besonders freundlichen Lächeln vom Burgverwalter und machte sich auf den Rückweg. Sie hatte noch nicht das Burgtor passiert, als ihr rückblickend klar wurde, was sie sich da gerade eingebrockt hatte.

Samstag? Warum hab ich Samstag gesagt? Dieser Tom hätte doch auch einen späteren Termin akzeptiert. Das kommt davon, weil ich immer schnell antworten möchte und erst hinterher nachdenke. Samstag! Und wenn ich es bis dahin nicht schaffe?

Clara!«

Clara blieb stehen und seufzte. Was war denn jetzt schon wieder? Bestimmt etwas Unangenehmes. Wenn Elke etwas von ihr wollte, dann war es eigentlich immer unangenehm. Widerstrebend drehte sie sich um. Elke kam im Laufschritt auf sie zugeeilt. Der Gesichtsausdruck ihrer Kollegin verriet Clara, dass sie mit ihrer Vermutung richtig gelegen hatte.

»Könnte ich mal kurz was mit dir besprechen?«

Elke hatte ihre Augenbrauen hochgezogen, was ihrem stets geröteten Gesicht eine einschüchternde Strenge verlieh.

Clara bemühte sich, locker zu bleiben. Sie lächelte unsicher und erkundigte sich in möglichst neutralem Ton:

»Ja, was gibt's denn?«

Schon fing Elke an sich zu ereifern:

»Du hast gestern erneut vergessen, die Tür zur Waffenkammer abzuschließen!« Vorwurfvoll schaute sie Clara an und verschränkte die Arme vor der Brust.

»Das kann nicht sein. Elke, ich bin mir sicher, dass ich die Tür abschlossen habe.«

Verärgert schüttelte Clara den Kopf, verschränkte ihre Arme ebenfalls und trat einen kleinen Schritt zurück. Weil Elke sie um fast zwei Köpfe überragte, war Clara ihr im Konfliktfall allein schon deshalb unterlegen, weil sie zu ihr aufschauen musste. Nun verzog Elke auch noch ihren Mund zu einem überheblichen Grinsen.

»Die Tür war de-fi-ni-tiv auf.« Sie betonte jede einzelne Silbe des Wortes »definitiv«. »Und du hattest davor die letzte Führung gehabt.«

Clara holte hörbar Luft.

»Ich hab extra darauf geachtet, zweimal abzuschließen. Vielleicht war nach mir noch mal jemand in der Waffenkammer. Ach, ich weiß auch nicht …«

Jetzt war sie doch verunsichert. War es vormittags gewesen, als sie zweimal abgeschlossen hatte? Konnte es sein, dass sie es tatsächlich am Nachmittag vergessen hatte? Sonntags war immer besonders viel los auf der Burg und gestern hatte das schöne Wetter dazu beigetragen, dass noch mehr Besucher als gewöhnlich auf die Burg geströmt waren. Es war nicht auszuschließen, dass sie in all dem Trubel unaufmerksam gewesen war.

Als Elke ihre Unsicherheit bemerkte, lenkte sie ein.

»Na ja, achte halt in Zukunft darauf, dass du richtig abschließt. Immerhin führt die Waffenkammer in die Schatzkammer. Da muss man schon gewissenhaft sein.«

Clara nickte ergeben. Sie hasste es, wenn Elke sie zurechtwies. Nur weil die ältere Kollegin fest angestellt war und ganzjährig als Burgführerin arbeitete, führte sie sich auf, als ob sie hier die Chefin wäre. Und da sie ausgerechnet beide für die französischen Führungen zuständig waren, hatte sie Clara zu deren Leidwesen unter ihre Fittiche genommen. Sie gängelte sie, wo sie nur konnte, und rieb ihr jeden noch so kleinen Fehler unter die Nase.

»Und wenn wir gerade schon dabei sind – dürfte ich dir noch etwas sagen?«

Clara hatte geahnt, dass sie mit ihrer Nörgelei noch nicht am Ende angekommen war. Fragend blickte sie zu Elke auf, die zur Einleitung ein Hüsteln vernehmen ließ, bevor sie dann kühl zu ihrer Belehrung ausholte:

»Ich hatte dich doch gebeten, die Rollkästen mit den Filzpantoffeln und den Königsmänteln ganz auf die linke Seite rüberzuschieben. Die standen erneut zu weit rechts. Dann haben die Leute beim Betreten der Stammbaumhalle nicht genügend Platz. Und außerdem …«

Clara ließ die Worte an sich vorüberziehen und schielte an Elke vorbei. Ah, da drüben stand Tom. Sie wollte das nervige Gespräch schnellstmöglich beenden. Es war am klügsten nachzugeben. Deshalb sagte sie rasch:

»In Ordnung. Ich versuche, nächstes Mal darauf zu achten.«

Elkes Augenbrauen blieben unverändert hochgezogen. Was hatte sie denn jetzt noch zu beanstanden?

»Gibt es noch was?«

»Ja, ich hätte noch eine Bitte an dich. Ich habe vorhin mit Herrn Sauter gesprochen.« Sie senkte die Stimme und wechselte in einen vertraulichen Tonfall: »Keine Sorge, ich hab ihm natürlich nichts von der offenen Tür gesagt ... Auf jeden Fall hat sich heute wohl kurzfristig eine Gruppe für eine Exklusivführung um 21 Uhr angemeldet. Herr Sauter hat mich gebeten, dich zu fragen, ob du die Führung übernehmen könntest.«

Clara wusste sofort, dass dies mitnichten eine Frage war. Es war eine Aufforderung. Ein Befehl. Und dieser kam ganz gewiss nicht vom Burgverwalter, sondern von Elke selbst, die Sauter nur vorschob.

»Aber ...«, wand sie sich, »ich hätte jetzt Dienstschluss gehabt. Und außerdem hab ich doch letztes Mal die Abendführung übernommen. Eigentlich wärst du jetzt an der Reihe, oder?«

»Ich kann heute Abend nicht«, sagte Elke mit schriller Stimme. »Ich hab schon für mich und meine Mutter Karten für ein Klassikkonzert in der Balinger Stadthalle besorgt. Die Karten waren enorm teuer und ich kann sie auf die Schnelle auch nicht zurückgeben.«

»Ach so. Hm. Ehrlich gesagt passt mir das gar nicht. Jetzt muss ich stundenlang rumsitzen, bis ich um neun die Führung habe. Aber gut, wenn es nicht anders geht ...«

»Prima! Dann vielen Dank! Ich werde gegebenenfalls auch einmal für dich einspringen, wenn du einen Notfall hast. Schließlich gehört sich das für gute Kollegen, dass man sich gegenseitig aushilft, gell?«

Elke lachte unvermittelt auf und fügte spitz hinzu:

»Und falls dir langweilig ist, kannst du ja mal die Filzpantoffeln überprüfen. Da müsste man bestimmt einige austauschen und erneuern.«

Bin ich Aschenputtel, dachte Clara verärgert. Sie unterdrückte den Wunsch, etwas Patziges zu erwidern, und ignorierte den letzten Hinweis.

»Na dann, viel Spaß beim Konzert.«

Sie war es leid, sich immerzu über Elkes Spitzen aufzuregen.

Clara drehte sich auf dem Absatz um und marschierte zu Tom hinüber, der locker an der Burgmauer lehnte und die Szene beobachtet hatte.

»Was wollte sie von dir?«, flüsterte er ihr zu, als sie nahe genug an ihn herangetreten war.

»Sie hat behauptet, ich hätte die Tür zur Waffenkammer nicht abgeschlossen«, antwortete Clara und verdrehte dabei die Augen.

»Und – hast du?«

»Ich könnte schwören, dass ich sie sogar zweimal abgeschlossen habe.« Sie blickte zur Waffenkammertür. »Was weiß denn ich! Jetzt soll ich auch noch heute Abend für sie die Exklusivführung übernehmen. Dabei hätte ich jetzt Feierabend gehabt. Nun muss ich hier bis um 21 Uhr rumhängen.«

Tom strahlte sie an.

»Ist doch gar nicht so schlecht. Meine nächste Führung beginnt erst in einer Stunde. Hast du Lust, mit mir noch in den Biergarten zu gehen? Ich lade dich ein.«

Claras Herz tat einen Hüpfer. Eine Stunde mit Tom im Biergarten. Dafür nahm sie gerne die Abendführung in Kauf. Schon bei ihrer ersten Begegnung war sie von Tom fasziniert gewesen: die leuchtenden grünen Augen, die dunklen Haare und seine sportliche Figur – ein Traummann. Und dann auch noch dieses umwerfende Lächeln. Und wie redegewandt er sich ausdrücken konnte. Und …

»Ist der Tisch dort in der Sonne okay für dich?«

»Wie? In der Sonne? Ja, das ist prima.«

Was für eine Frage! Mit diesem Mann an ihrer Seite war jeglicher Platz herrlich. Clara setzte sich schon mal, während Tom am Kiosk die Getränke holte. Nach einem kurzen Plausch mit der Kioskmitarbeiterin kam er mit einem kleinen Tablett zurück, das er gekonnt auf einer Hand balancierte.

Er machte einen formvollendeten Diener und näselte:

»Madame, Ihre Apfelsaftschorle. Hier bitte schön. Ich hoffe, es wird Ihnen munden.«

»Habt Dank!«, flötete sie. »Es wird mir gewiss munden. Sehr zuvorkommend!«

Sie nippte manierlich an ihrem Getränk, klimperte mehrmals gekünstelt mit den Wimpern und fragte dann so beiläufig wie möglich:

»Kennst du die Kioskmitarbeiterin?«

»Ja, klar. Das ist Meike.« Er fischte einen der Eiswürfel aus seiner Cola und ließ ihn in den Aschenbecher fallen. »Das ist mein dritter Sommer auf der Burg. Da kennt man irgendwann alle, die hier arbeiten.«

Clara nickte.

»Um noch mal auf Elke zurückzukommen… Ich weiß auch nicht, weshalb sie mir gegenüber so fies ist. Zu den anderen Kolleginnen ist sie viel freundlicher.« Sie schob ihr Glas nachdenklich vor und zurück. »Ich komm mir manchmal sogar regelrecht von ihr gemobbt vor.«

»Hm. Ich glaube, dass sie auf dich einfach neidisch ist. Da du die einzige Burgführerin bist, die so wie sie französische Führungen macht, konkurriert sie mit dir. Vielleicht unterstellt sie auch, dass du mit deiner charmanten Art mehr Trinkgeld einkassierst. Und dann bist du auch noch 20 Jahre jünger und machst natürlich auch optisch weit mehr her als sie.«

Clara lächelte verlegen. Zum Glück hatte sie so einen dunklen Teint, dass ein Erröten bei ihr normalerweise nicht zu erkennen war.

»Vielleicht hast du ja recht. Ich meine damit, dass sie mich als Konkurrenz sieht.« Sie trank einen Schluck. »Na ja, was soll's. Dafür sind die anderen im Team echt in Ordnung. An und für sich fühle ich mich schon sehr wohl hier oben.«

»Mir geht's genauso. Für mich ist der Job als Burgführer einfach ideal. Er ist abwechslungsreich und man verdient nicht schlecht dabei. Und wenn jetzt mit dir auch noch so eine nette neue Kollegin im Team ist«, sagte er mit einem einnehmenden Lächeln, »macht die Arbeit sicher künftig noch mehr Spaß.«

Der intensive Blick, der seinen Worten folgte, löste bei Clara augenblicklich ein intensives Prickeln im Bauch aus. Und das lag gewiss nicht an der Kohlensäure ihrer Apfelschorle.

Tom kann doch jedes Mädchen haben, dachte sie erfreut. Ist es nicht unglaublich, dass er ausgerechnet an mir Interesse zeigt?

Die beiden unterhielten sich so angeregt, dass sie gar nicht bemerkten, wie schnell die Zeit verging. Flugs war die Stunde vergangen und Tom musste zu seiner Führung aufbrechen.

»Gehst du mit deiner Gruppe noch in die Kasematten?«, erkundigte sich Clara.

»Nein, hab ich nicht vor.«

»Dann könnte ich im Grunde schon abschließen.«

»Nur zu. Und vergiss nicht, den Kontrollgang gewissenhaft zu machen. Nicht, dass unsere Freundin Elke auch dort noch die Nachkontrolle übernehmen muss.« Mit gespielter Empörung verdrehte er die Augen. »Sonst kann sie ja gleich alles selber machen!«

Clara lachte und sagte hinter vorgehaltener Hand:

»Vor Kurzem hätte ich tatsächlich fast jemanden da unten eingeschlossen. Stell dir das mal vor! Das hätte bestimmt gleich die Presse aufgegriffen: ›Skandal! Burgführerin kerkert Tourist über Nacht in den Kasematten ein!‹«

»Aber wie konnte das denn passieren? Du hast doch bestimmt laut gerufen, bevor du abgeschlossen hast, oder?«

»Na klar. Ich war mir sicher, dass niemand mehr unten war.« Sie dachte einen Moment nach und meinte dann: »Ich hab die Schritte erst gehört, als ich gerade schon dabei war abzuschließen. Also bin ich die Treppe runtergegangen und hab gerufen. Als keiner geantwortet hat, musste ich notgedrungen den ganzen Gang nochmals ablaufen. Da hab ich plötzlich gesehen, wie eine weiß gekleidete Person um die Ecke verschwunden ist. Und dann war die Person auf einmal weg. Zack. Wie vom Erdboden verschluckt. Muss wohl durch den hinteren Ausgang rausgegangen sein. Irgendwie hatte ich danach ein ganz komisches Gefühl. Ich kann dir auch nicht sagen, woran es lag. Die Stille dort unten war – beklemmend.« Sie lachte verlegen. »Du hättest mich sehen sollen. Ich bin noch nie zuvor so schnell die Treppe hochgerannt!«

»Das kann ich gut verstehen. Die Kasematten haben was von einem Kerker. Und wenn man dann noch ganz alleine ist und komische Geräusche hört …«

»Na ja, auf alle Fälle kontrolliere ich seitdem noch gründlicher, bevor ich abschließe. Nicht, dass ich doch mal jemanden aus Versehen da einschließe. Muss ja der Horror sein, in diesem Keller die Nacht zu verbringen.«

»Kommt darauf an, mit wem man da unten eingeschlossen wird …« Tom zwinkerte Clara vielsagend zu und hob die Hand zum Gruß. »Also, ich muss leider los. Wir sehen uns morgen.«

Clara blieb noch eine Weile an ihrem Tisch sitzen und vertrieb sich die verbleibende Zeit mit französischer Lektüre und einer Portion Pommes. Nachdem der Kiosk geschlossen hatte, machte auch sie sich auf, um die Kasematten zu schließen.

Als sie zum Eingang kam, war gerade eine Familie mit zwei Kindern im Begriff, in die Kellerräume hinabzugehen.

»Entschuldigen Sie? Sie können jetzt leider nicht mehr hinunter. Ich muss die Kasematten nun schließen.«

Die Frau machte ein enttäuschtes Gesicht.

»Oh schade. Kinder, wir sind zu spät dran. Dann müssen wir den Besuch halt auf das nächste Mal verschieben.«

Clara lächelte entschuldigend, zog die Eingangstür zu und schloss vorsichtshalber gleich hinter sich ab. Feuchte, kühle und etwas modrig riechende Luft schlug ihr entgegen. Sie blieb stehen und horchte. Waren da unten noch Leute? Sie konnte weder Schritte noch Stimmen hören. Während sie die Stufen hinabging, klimperte sie nachdrücklich mit ihrem Schlüsselbund und rief:

»Hallo! Liebe Gäste! Die Kasematten schließen jetzt. Ich möchte Sie bitten, nun die Kellerräume zu verlassen.«

Das schwache Deckenlicht leuchtete die unterirdische Anlage nur unvollständig aus. Clara wusste, dass die schummrige Beleuchtung bewusst so gewählt worden war, da die Kinder es liebten, sich hier unten ein wenig zu gruseln. Ein helles Neonlicht hätte jeglichen Gruseleffekt zunichtegemacht.

So laut, dass es nicht zu überhören war, rief sie abermals:

»Hallo! Die Kasematten werden nun geschlossen. Ist da noch jemand?«

Stille. Es schien niemand mehr hier zu sein. Normalerweise durchquerten die Besucher die Gänge hier unten zügig in eine Richtung und verließen die Kasematten beim hinteren Ausgang, der zum Spitz ins Freie führte. Verlaufen konnte man sich nicht. Es gab zwar verschiedene Räume und einige Abzweigungen mit Treppenaufgängen, aber die waren allesamt mit vergitterten Türen verschlossen. Diese Einschränkung bedauerten insbesondere die jungen Gäste. Clara konnte das Interesse der Kinder an den Geheimgängen gut nachempfinden. Selbst sie reizte es, diese Gänge zu erforschen und rauszubekommen, wohin sie führten. Einen Kellerabschnitt, der inzwischen Teil des öffentlichen Durchgangs war, hatte man sogar erst vor wenigen Jahren entdeckt. Wer weiß, wie viele unentdeckte Gänge es hier unten noch gab und wohin sie führten. Vermutlich war das ganze Areal der Burganlage wie ein Schweizer Käse mit Stollen und Gängen durchlöchert und untergraben worden. Da die Stollen baufällig waren, konnte nur ein kleiner gesicherter Teil besichtigt werden. Der Rest war tabu und diente höchstens dazu, die Fantasie der Touristen zu beflügeln.

Vor Clara lag der letzte Teil des Kellergewölbes. Er war ebenfalls leer. Sie wollte gerade die Tür zum Ausgang Spitz öffnen, da stutzte sie. Da war doch … Oder hatte sie sich getäuscht? Sie war so schnell an der Nische vorbeigegangen, dass sie es nur für den Bruchteil einer Sekunde aus dem Augenwinkel heraus gesehen hatte. Sie hätte nicht sagen können, was es war. Trotzdem hatte sie das unbestimmte Gefühl, dass irgendetwas oder irgendjemand sich dort im Dunkeln verbarg. Clara war unschlüssig. Eigentlich wäre sie jetzt lieber ins Freie gegangen. Und zwar schnell. Irgendetwas stimmte hier nicht, war nicht normal. Sie musste nicht zurückgehen und nachschauen. Schließlich hatte niemand etwas in den Treppenaufgängen zu suchen. Alle Gittertüren zu den Aufgängen waren verschlossen. Das konnte kein Tourist sein, zumal ein normaler Tourist nicht still im Dunkeln stand, wenn man vorüberging. Aber vielleicht war es ja ein Tier, das durch die Gitterstäbe gelangt war und jetzt nicht mehr herauskam. Eine Katze vielleicht? Ihr Bauchgefühl sagte ihr etwas anderes. Es war kein Tier gewesen.

Sie wusste nicht, warum sie es tat. Ihre Füße schienen von ganz allein zurückzugehen. Vermutlich trieb sie die Neugier. Oder sie brauchte die Bestätigung, dass sie sich getäuscht hatte. Je näher sie an den Treppenaufgang kam, desto langsamer und gedämpfter wurden ihre Schritte. Ja, sie schlich sich an. Woran auch immer. Kurz vor der Nische blieb sie abrupt stehen. Noch konnte sie umkehren …

Sie beugte ihren Oberkörper so weit nach vorn wie sie konnte. Was sie dann hinter den Eisenstäben erblickte, entriss ihr einen kurzen gellenden Schrei.

Noch bevor der Schrei verhallt war, hatte sie sich bereits umgedreht. Weg. Raus hier. Von Panik erfasst, rannte sie die Treppen zum Ausgang empor und schlug die Außentür mit einem lauten Knall hinter sich zu. Nachdem sie es geschafft hatte, trotz zitternder Finger abzuschließen, sank sie an Ort und Stelle auf den Boden.

Was – verflucht noch mal – war das denn gewesen? Clara suchte nach einer Erklärung für das, was sie da gerade so in Schrecken versetzt hatte. Ein eigenartiges Rauschen hinderte sie am Denken. Ihr Kopf war völlig wirr, fand keine Kategorie, in die sich das Wahrgenommene einordnen ließ. Sie sträubte sich dagegen, die Erkenntnis, die sich ihr aufdrängte, zuzulassen. Es war unmöglich und doch … Das Rauschen kam aus ihren Ohren. Es war ihr Blut, das pulsierte. Jetzt erst merkte sie, dass ihr Herz wie wild pochte. Es hämmerte im Rhythmus eines Wortes: Geist. Geist. Geist. Sie schlug die Hände vors Gesicht und schnaufte schwer zwischen den Fingern hervor. Das kann doch gar nicht sein! Es gibt keine Geister. Es muss, es muss ein Mensch gewesen sein. Sie ließ den Kopf auf ihre Knie sinken. Ein Mensch? Noch nie hatte ihr ein Mensch solche Angst eingeflößt. Allein durch seine Anwesenheit. Er hatte sich schwebend bewegt, lautlos und schnell. Clara versuchte, gleichmäßiger zu atmen, und rappelte sich mühsam hoch. Tom! Vielleicht war Tom noch da! Völlig aufgelöst rannte sie die Basteien entlang und gelangte kurz darauf in den Burghof.

Schon von Weitem erkannte sie, dass Tom mit dem Burgverwalter vor dem Schlossgebäude stand und in ein Gespräch vertieft war. Clara zwang sich, langsamer zu gehen, und fuhr sich mit den Fingern durch ihre zerzausten Haare. Sie wollte nicht, dass Sauter etwas davon mitbekam. Es war ihr peinlich. Ein Gespenst! Wenn sie das sagte, würde er denken, sie sei völlig durchgeknallt. Womöglich zu Recht. Sie näherte sich auf ein paar Meter und blieb dann abwartend stehen.

»Entschuldige, Tom. Könntest du bitte mal zu mir kommen?«

Sie hatte versucht, normal zu sprechen, aber das war gründlich misslungen. Ihre Stimme klang kläglich und zugleich schrill. Tom verabschiedete sich rasch von Sauter und kam im Laufschritt auf sie zu.

»Clara! Was ist denn los? Ist was passiert?«

»Es ist … mir … so peinlich«, stieß sie hervor.

Tom sah sie mitfühlend an.

»Jetzt beruhig dich erst einmal. Dir braucht doch nichts peinlich zu sein. Komm, wir setzen uns.«

Behutsam legte er einen Arm um ihren Rücken. Clara atmete einige Male tief ein und wieder aus, dann hatte sie sich wieder so weit im Griff, dass sie Tom von dem Geist erzählen konnte. Zu Claras großer Erleichterung lachte er sie nicht aus. Er schmunzelte nicht einmal.

»Weißt du was? Mir kommt das Ganze sehr seltsam vor. Ein Geist. Hm. Glaubst du denn an Geister?«

Clara schüttelte den Kopf.

»Natürlich nicht. Aber …«

»Ich auch nicht. Es gibt allerdings einige Leute, die steif und fest behaupten, dass es auf der Burg manchmal spukt und die weiße Frau tatsächlich existiert. Sie wollen sie sogar gesehen und – halt dich fest – gefilmt haben. Wusstest du das?«

»Echt? Es gibt Filmaufnahmen davon?«

»Ja. Es gibt diverse Videoaufnahmen, die im Internet kursieren. Ich hab mir mal so 'nen Film angesehen. Totale Verarschung, wenn du mich fragst. Außer weißem Nebel hat man da gar nichts erkennen können. Sah dein Gespenst denn wie die Geisterfrau aus?«

»Dein Gespenst! Wie das klingt … Es ist nicht mein Gespenst! Und was das Aussehen angeht, hab ich absolut keine Ahnung. Erstens hab ich dieses Etwas nur von hinten gesehen und zweitens war es in dem Moment, als ich es entdeckt habe, auch schon wieder um die Ecke verschwunden. Ich kann nur sagen, dass es relativ groß war und hell geleuchtet hat.«

»Geleuchtet?«

»Ja, oder geschimmert oder geschillert – wie du es auch nennen magst.«

Tom merkte, dass Clara seine Fragerei zunehmend nervte.

»Am besten ist es«, schlug er deshalb vor und erhob sich, »wenn wir jetzt gleich noch mal nachschauen, was das gewesen sein könnte. Bestimmt gibt es eine ganz logische Erklärung für das, was du gesehen hast. Glaubst du nicht?«

Clara zuckte mit den Schultern.

»Wenn du meinst… aber können wir das nicht morgen machen, wenn es hell ist? Mir graust's davor, da jetzt runterzugehen.«

Im Grunde will ich da nie wieder runtergehen, dachte sie.

»Ach, komm schon. Es macht nur Sinn, wenn wir sofort nachsehen. Wer weiß, wen du da eingeschlossen hast. Ich verspreche dir, dass du dich hinterher besser fühlst. Sonst träumst du heute Nacht noch schlecht. Und das wollen wir ja nicht, gell?«

Sein Lächeln war so gewinnend, dass Clara zustimmte, wenn auch widerwillig.

»Also gut. Allerdings nur ganz kurz. Meine Führung beginnt in 30 Minuten. Allzu viel Zeit hab ich nicht mehr.«

Clara war überhaupt nicht wohl, als sie Tom die Treppen zu den Kasematten hinunter folgte. Ihr Verstand sagte ihr, dass es für diese Furcht keinen nachvollziehbaren Grund gab. Trotzdem hätte sie am liebsten auf dem Absatz kehrtgemacht. Kein anderer Mensch hätte sie dazu bringen können, dort noch einmal hinabzusteigen. Das tat sie nur ihm zuliebe. Ob ihm das klar war?

»Alles okay bei dir?«, erkundigte sich Tom und drehte sich nach ihr um.

Clara nickte. Ihr war nicht nach Sprechen zumute.

Tom ging zielstrebig auf die Eisentür zu und schob sein Gesicht dicht an die Gitterstäbe heran, um besser in den hinteren Bereich blicken zu können.

»Keine Menschenseele zu sehen. Auch kein Tier … und kein Geist.«

Dann drückte er die Türklinke herunter und rüttelte daran.

»Abgeschlossen. Hast du einen Schlüssel?«

Clara schaute ihn überrascht an.

»Nein, ich glaube nicht. Außerdem dürfen wir da doch gar nicht rein …«

»Quatsch. Das gilt doch nur für die Touris. Gib mir mal deinen Schlüsselbund her.«

Er probierte Schlüssel für Schlüssel durch.

»Zu mir hat Herr Sauter ausdrücklich …«

»Na also!«, unterbrach sie Tom, »der passt! Wusste ich's doch.«

Mit jeder Stufe, die sie die Steintreppe hinaufschritten, wurden sie stärker in die Dunkelheit hineingezogen. Schließlich war es so schwarz um sie herum, dass sie sich notgedrungen mit den Händen an den Wänden entlangtasten mussten. Hoffentlich sind da keine Spinnen, dachte Clara angeekelt. Tom holte schließlich sein Smartphone hervor. Mit dessen Leuchte konnte er zumindest einigermaßen erkennen, wo er hintrat. Auf einmal blieb er abrupt stehen.

»Was ist?«, fragte Clara mit dünner Stimme.

»Nichts. Hier geht es nicht mehr weiter. Ich steh vor einer Holztür.«

Clara hörte, wie Tom an der Türklinke rüttelte.

»Abgeschlossen. Mal sehen, ob da auch einer von den Schlüsseln passt.«

Clara fühlte sich mehr als unbehaglich, als sie hörte, wie Tom die einzelnen Schlüssel ausprobierte.

»Tom! Tom! Lass uns gehen.«

Sie zupfte ihn von hinten am Pullover.

»Ja, ja. Ich hab's gleich. Mir fehlen nur noch zwei.« Kurz darauf war ihm die Enttäuschung deutlich anzuhören: »Tja, die haben auch nicht gepasst. Schade! Scheint ein besonderer Schlüssel zu sein, den man für diese Tür braucht. Vermutlich hat den nur Oswald.«

»Oswald?«

»Oswald Sauter.«

»Aber wenn nur er diesen Schlüssel hat... Wo soll dann die Person, die ich gesehen habe, hin verschwunden sein? Kann sich ja nicht in Luft aufgelöst haben.«

»Es sei denn, es war wirklich ein Geist. Der könnte sich schon in Luft auflösen.«

»Tom!«

»Entschuldige, kleiner Scherz.« Er grinste, was sie in der Dunkelheit jedoch nicht erkennen konnte. »Komm. Es ist Zeit. Wir müssen...«

Da Clara sich noch nicht umgedreht hatte, wäre er fast gegen sie geprallt.

»Hoppla! Könnten Sie bitte den Rückwärtsgang einlegen, Mademoiselle?«

Die kaum wahrnehmbare Berührung, als er sie ein wenig zurückschob, reichte bei Clara schon aus. Sofort durchströmte sie ein wohliges Kribbeln. Sie blieb einen Moment länger als unbedingt nötig stehen und genoss es, seinen Atem und die Wärme seines Körpers zu spüren. In stillem Einvernehmen verharrten sie regungslos. Die unerwartete Nähe schaffte unvermittelt eine solche Intimität, dass Clara nichts mehr von ihrer Umgebung wahrnahm. Nicht einmal die feuchten Kellerwände. Wie gerne wäre sie ihm noch etwas näher gekommen, doch hier war weder der richtige Ort dafür noch war es der richtige Zeitpunkt.

Clara fragte sich, ob Tom dieses Kribbeln ebenfalls gespürt hatte. Zumindest sprach er auf dem Rückweg kein einziges Wort mehr. Eigentlich war es nur ein einziger kurzer magischer Augenblick gewesen, dennoch hatte Clara das Gefühl, dass sich etwas unwiderruflich zwischen ihnen verändert hatte.

Nachdem sie die Kasematten verlassen hatten, schüttelte Tom bedauernd den Kopf. Er wirkte ein wenig verlegen.

»Es tut mir leid. Da hab ich dir wohl zu viel versprochen. Viel weiter gekommen sind wir nicht gerade. Na ja, zumindest wissen wir nun definitiv, dass du keinen Besucher eingeschlossen hast.«

»Mittlerweile bin ich mir fast sicher, dass ich eine weiße Schleppe und einen Schleier gesehen habe. Wie bei einem Brautkleid oder so. Vielleicht habe ich mir das aber auch nur alles eingebildet und leide unter Halluzinationen!«

»Immerhin bist du mit deinen Halluzinationen in prominenter Gesellschaft. Es heißt, dass sich die weiße Frau sowohl dem ersten Preußenkönig Friedrich I. als auch Prinz Louis Ferdinand gezeigt hat.«

»Na toll! Die sind beide danach ums Leben gekommen!«

»Ja, schon. Aber wenigstens kannst du dir zur Beruhigung sagen, dass der Fluch der weißen Frau nur Mitglieder der hohenzollerischen Familie trifft. Du bist also gar nicht in Gefahr, wenn sie dir erscheint. Vielleicht wollte sie dir nur einfach mal Hallo sagen? Wer weiß? So von Frau zu Frau …«

»Ha, ha, sehr witzig.« Sie blickte auf ihre Uhr und zuckte zusammen. »Oh, ich muss los. Meine Führung … also, bis morgen dann. Und danke – für deine Hilfe!« Sie warf ihm einen flüchtigen Handkuss zu.

»War mir ein Vergnügen, Mademoiselle. A demain.«

Ohne Patzer spulte Clara die Exklusivführung herunter und baute hier und da ein Anekdötchen ein, was für Erheiterung unter den Gästen sorgte. Da sich einige der teilnehmenden Herren ganz besonders für die mittelalterliche Kampfkunst interessierten, verweilten sie länger als normalerweise üblich in der Waffenkammer. Neben einigen Rüstungen waren sämtliche Waffen, die im Mittelalter Verwendung gefunden hatten, ausgestellt.

»Hier sehen Sie eine Lanze. Sie war die effektivste Waffe für den Reiter. Er klemmte sie unter die Achsel und nutzte dann die ganze Wucht des Aufpralls, um seinen Gegner vom Ross zu stoßen. Mit der Lanze konnte man sogar einen Panzer durchbohren.«

»Und was machte man, wenn man kein Pferd hatte?«, wollte ein kleiner schlanker Mann mit Hornbrille wissen.

»Dann nahm man die Hellebarde.« Clara hob die Waffe aus dem Holzständer. »Sie hat einen Haken, mit dem man den Ritter aus dem Sattel heben konnte. Mit der Lanze stach man anschließend zu.«

»Hui. Das klingt aber ganz schön brutal«, sagte eine der Damen bestürzt.

»Ja. Zimperlich ging es damals nicht gerade zu. Mit dem Streitkolben, der Geißel und dem Streithammer, den Sie da drüben an der Wand sehen, konnten die Ritter ihre Gegner mit solcher Wucht umhauen, dass sie in ihrer Rüstung völlig wehrlos auf dem Rücken lagen. Wie ein Käfer.« Sie gestattete den Leuten eine kurze Murmelphase, nahm dann eine Axt in die Hand und holte andeutungsweise aus. »Und mit der Axt konnte man die Rüstung am Ende knacken.«

Ein Raunen ging durch die Gruppe. Clara schmunzelte. Die Leute stellten sich das Mittelalter meist viel zu romantisch vor. Mit Burgfräuleins, die aus dem Turm winkten, Minnesängern und farbenprächtigen Ritterturnieren. Nur wenige konnten sich vorstellen, wie grausam es damals im Ernstfall zugehen konnte.

»Warum war die Armbrust im Mittelalter denn so beliebt? Soweit ich informiert bin, kann man mit Pfeil und Bogen viel weiter schießen«, unterbrach ein dicker Herr mit Schnurrbart die Stille.

»Das stimmt. Die Armbrust hat eine geringere Reichweite als der Langbogen. Der große Vorteil war aber, dass die Armbrust von jedem bedient werden konnte. Wenn Sie schon mal ausprobiert haben, mit einem Langbogen zu schießen, dann merken Sie schnell, dass das für einen Ungeübten nicht so einfach ist.«

»Aha.« Der Mann schien mit Claras Erklärung zufrieden zu sein.

»Die wichtigste Waffe im Nahkampf war im Mittelalter das Schwert.« Vorsichtig ergriff Clara eines der Schwerter und hielt es mit beiden Händen in die Höhe, so dass es alle in der Gruppe sehen konnten. »Da das Schwert mit ungefähr einem Meter Länge ziemlich unhandlich war und man schlecht damit zustechen konnte, benutzte man es hauptsächlich als Hiebwaffe.«

»Was ist denn eine Hiebwaffe«, fragte eine ältere Dame.

»Der Schwertkämpfer schlug einfach so lange auf seinen Feind ein, bis dieser sich nicht mehr wehren konnte.« Sie hob das Schwert demonstrativ über ihren Kopf, als ob sie ausholen wollte. »Diese Kampftechnik hatte allerdings einen Nachteil. Welcher Teil meines Körpers ist gerade ungeschützt?«

»Ihre Achseln«, sagte der Mann mit der Hornbrille.

»Richtig«, bestätigte ihn Clara und ließ das Schwert langsam sinken. »Und in meinen Achselhöhlen verlaufen Blutbahnen. Wenn diese verletzt werden, kann das für mich tödlich enden.«

In den Gesichtern der Teilnehmer konnte Clara erkennen, dass in ihren Köpfen bereits blutige Kampfszenen abliefen. Vermutlich würde sich der eine oder andere männliche Gast, durch ihre Schilderungen angeregt, demnächst einen mittelalterlichen Kampffilm zu Gemüte führen. Selbstverständlich nur um zu überprüfen, ob der Film die Kampfkunst authentisch wiedergab. Die ältere Dame meinte allerdings etwas argwöhnisch:

»Sie kennen sich aber gut aus. Für eine Frau.«

Clara lächelte und tat bescheiden.

»Waffenkunde gehört zum Grundwissen einer Burgführerin. Ich hätte Ihnen genauso gut einen Vortrag über den Minnesang halten können, die Herren hatten mir jedoch vorweg angetragen, den Schwerpunkt bei den Waffen zu setzen.«

Allgemeines Gelächter. Eine gute Gelegenheit, um zum Ende zu kommen.

»Zum Abschluss möchte ich Ihnen noch eine Waffe zeigen, die jeder Ritter stets bei sich trug.« Sie nahm einen Dolch, der an der Wand befestigt war und steckte ihn sich an den Gürtel. »Er wurde auch Misericordia-Dolch genannt. Weiß jemand, was Misericordia heißt?«

Stille. Dann leise von irgendwo hinten:

»Mitgefühl?«

»Genau. Nun kann man sich fragen, wie das zusammenpasst. Solch eine Waffe und Mitgefühl – ist das nicht absurd?« Clara machte eine Pause und gab ihren Zuhörern Zeit, darüber nachzudenken. Als sich niemand äußerte, fuhr sie fort: »Ich werde es Ihnen verraten. Die Verletzungen nach einem Nahkampf waren im Mittelalter so entsetzlich, dass es als Gnade galt, wenn man seinen Gegner mit dem Todesstoß durch den Dolch von seinen Schmerzen erlöste.«

Die Leute schauten betroffen, manche der Herren nickten beeindruckt.

»Da man bei einem Kampf grundsätzlich davon ausgehen musste, lebensbedrohliche Verletzungen zu erleiden, versuchte man den Gegner auf Abstand zu halten. Dazu dienten die Armbrust wie auch die langen Lanzen und Schwerter. – So, liebe Gäste, hiermit sind wir am Ende unserer Führung angekommen. Ich hoffe, Sie fühlen sich nun ausreichend über die Kampfkunst informiert und vielleicht können Sie Ihr bisheriges Mittelalterbild durch diese neuen Eindrücke etwas korrigieren. Natürlich darf man nicht vergessen, dass auch im dunklen Mittelalter der Kampf nicht zum Alltag gehörte und es auch eine helle Seite des Lebens gab. Diese schöne Seite können Sie auf den mittelalterlichen Märkten erleben, die inzwischen so in Mode gekommen sind. Einen guten Eindruck von der Falknerei erhalten Sie übrigens beim Falkner-Wochenende im September hier bei uns auf der Burg. Vielleicht sehen wir uns ja zu diesem Anlass wieder. Ich wünsche Ihnen einen guten Nachhauseweg.«

Die Gruppe schenkte Clara einen ausgiebigen Applaus

und überreichte ihr zudem ein ansehnliches Trinkgeld. Während die Gäste mit dem letzten Bus zum Parkplatz gebracht wurden, überprüfte Clara noch einmal, ob sie die Türen alle richtig abgeschlossen hatte. Noch mal würde sie sich nicht Nachlässigkeit nachsagen lassen.

Auch wenn sie die Führung ein wenig abgelenkt hatte, war Clara in Gedanken wiederholt ganz woanders gewesen. Mal bei Tom, mal bei der Geisterfrau. Gefühlsmäßig war sie hin- und hergerissen. Sie war beglückt, dass sie Tom so nahegekommen war, zugleich konnte sie sich die Geistererscheinung nicht erklären und spürte nach wie vor eine starke Verunsicherung, wenn sie sich die Szene im Kellergewölbe in Erinnerung rief.

Nun wollte sie nur noch nach Hause. Schnell schlüpfte sie aus ihren Sandalen und tauschte sie gegen die Sportschuhe aus, die sie zum Wechseln stets in ihrer Tasche hatte. Der Fußweg war zu lang, um ihn in schlechten Schuhen hinauf- und hinabzulaufen.

Die wenigen Straßenlaternen, die in weiten Abständen positioniert waren, beleuchteten den Fußweg nur in ihrem begrenzten Radius, während die Wegabschnitte zwischen den Lampen im Schatten lagen. Warum war es heute denn so stockdunkel? Clara lugte zum Himmel. Musste am Neumond liegen.

Andererseits war sie den Weg schon so oft abgelaufen, dass sie sich auch blind zurechtgefunden hätte. Federnd sprang sie von Stufe zu Stufe.

Sie hatte schon die Hälfte des Weges hinter sich gebracht, als sie plötzlich einen Widerstand an ihrem Schuh spürte. Huch, was war das? Ihr Fuß war an irgendetwas hängen geblieben. Clara japste erschrocken. Noch ehe sie wieder ihr Gleichgewicht finden konnte, strauchelte sie bereits und stürzte kopfüber die Treppenstufen hinab. Instinktiv riss sie die Arme hoch, um sich abzufangen. Sie prallte deshalb zuerst auf ihre Knie und Ellbogen, bevor sie mit dem Rest des Körpers auf den Boden knallte. Da sie sich beim Fallen gedreht hatte, schlug sie sich während des Sturzes den Kopf seitlich an der Stange des Geländers an. Ein Dröhnen erfüllte ihren Schädel und zugleich überrollte sie eine heftige Übelkeit.

Benommen vor Schmerz blieb sie für einen Moment liegen. Schließlich rappelte sie sich auf, setzte sich auf die Treppe und besah sich stöhnend ihre Verletzungen.

Ihre Knie waren blutüberströmt. Mit spitzen Fingern versuchte sie, den gröbsten Dreck und die kleinen Steinchen, die in den Abschürfungen klebten, zu entfernen. Aaaah, tat das weh! Jetzt erst bemerkte sie, dass ihre Ellbogen ebenfalls aufgeschlagen waren und bluteten. Das Dröhnen in ihrem Kopf ging in ein Brummen über. Fluchend tastete sie sich ab. Der Schlag auf das Eisengeländer hatte eine Beule verursacht, die gerade fortwährend anschwoll.

Sie zog sich mit letzter Kraft am Geländer hoch und humpelte langsam und mit vielen Unterbrechungen den Rest des Weges zum Parkplatz hinunter. Als sie endlich im Auto saß, fing sie an zu heulen. Was war das heute nur für ein bescheuerter Tag!

Eigentlich war sie kaum imstande, das Auto zu lenken, da ihre Knie vor Entkräftung so stark zitterten, dass es ihr äußerst schwer fiel, die Pedale zu bedienen. Sie wollte jedoch um jeden Preis nach Hause. Zudem wurden die Kopfschmerzen von Minute zu Minute schlimmer. Zum Glück hatte sie es nach Hechingen nicht weit.

Keine fünfzehn Minuten später saß sie bereits in ihrem Badezimmer und verarztete sich mit Desinfektionsspray und Pflaster. Nachdem sie auch noch ein paar Arnikaglobuli für die Blessuren und eine Tablette für ihren Kopf eingenommen hatte, fiel sie wie ein gefällter Baum in ihr Bett und sank in einen erschöpften Schlaf. Nach einer ersten Tiefschlafphase erwachte sie jammernd, da ihre Kopfschmerzen derweil so heftig waren, dass sie glaubte, ihr Kopf müsse platzen. Zudem wusste sie nicht mehr, wie sie liegen sollte. Mist! Egal in welcher Position – immer tat ihr ein Körperteil weh.

Als am nächsten Morgen der Wecker klingelte, war Clara völlig gerädert. Sie konnte die Augen kaum öffnen und fühlte sich, als hätte sie in der Nacht überhaupt nicht geschlafen. Ächzend schälte sie sich aus der Bettdecke, kroch mehr als dass sie ging auf die Toilette und ließ sich dann erst einmal eine Tasse Kaffee aus dem Automaten. Mit dem Kaffee in der Hand schwankte sie ins Bad und wagte einen ersten Blick in den Spiegel. Oje! Sie sah schrecklich aus. Ihre kleinen verquollenen Augen zeigten ihr ein blasses Gesicht, das von wirr abstehenden, zerzausten Haaren umrahmt war. Die Beule an ihrem Kopf war megadick angeschwollen. Außerdem hatte sie sich, wie die Blutverkrustung zeigte, auch noch die Wange aufgeschürft. Durch die Mangel gedreht. Gefoltert. Genau so sah sie aus.

Sie begutachtete ihre Beine. Das Pflaster am linken Knie

hatte sich zum Teil gelöst. Mit einem Ruck riss sie sich das Ding von der Haut. Aaah… rohes Fleisch kam darunter hervor. Das konnte man schon nicht mehr als Schürfwunde bezeichnen. Es war eine höllisch schmerzende Fleischwunde. Sie wollte gar nicht wissen, wie es unter den anderen Pflastern aussah. Gerade erst aufgestanden, war ihr bereits alles zu viel. Sie fühlte sich eindeutig überfordert. Mit einem tiefen Seufzer humpelte sie zum Telefon und meldete sich für heute krank. So konnte sie unmöglich Führungen geben. Und noch viel weniger wollte sie in diesem Zustand Tom unter die Augen treten.

Sie warf eine weitere Kopfschmerztablette ein und kroch verdrossen in ihr Bett zurück, um noch einmal eine Runde zu schlafen. Als sie nach zwei Stunden erwachte, fühlte sie sich etwas besser. Und nachdem sie eine weitere Tasse Kaffee intus hatte, war sie erstmals in der Lage, darüber nachzudenken, wie dieser Sturz überhaupt geschehen konnte. Sie überlegte hin und her, kam jedoch letztlich zu keiner einleuchtenden Erklärung. Der einzige Gedanke, der ihr wiederholt durch den Kopf ging, war nicht nur unangenehm, sondern derart absurd, dass sie ihn schließlich beiseiteschob und erfolgreich verdrängte.

Zum x-ten Mal überprüfte Uschi ihren Spickzettel. Ein bisschen nervös war sie jetzt schon an ihrem ersten offiziellen Arbeitstag. Sie ging in Gedanken nochmals ihren Vortrag durch und nippte an dem Cappuccino. Hoffentlich vergaß sie nichts Wichtiges! Für den Notfall hatte sie sich einige Jahreszahlen auf einer kleinen Karteikarte notiert. Falls sie ein Blackout ereilen sollte, konnte sie sich daran entlanghangeln. Alter Trick aus dem Referendariat.

Das Erlernen der hohenzollerischen Geschichte hatte mehr Zeit in Anspruch genommen, als Uschi erwartet hatte. Trotz großem Eifer hatte sie nach einer Woche intensiven Lernens gerade mal die Kinderführung im Kopf. Aber hatte sie nicht neue intellektuelle Herausforderungen gesucht? Nun hatte sie diese gefunden! In einem »zweiten Berufsleben« sozusagen. Das Gute dabei war, dass sie frei von jeglichen Zwängen war. Finanzielle Aspekte, Aufstiegschancen, Arbeitszeiten, Sicherheiten – um all das brauchte sie sich nicht zu scheren. Sie arbeitete ausschließlich zu ihrem eigenen Vergnügen. Was für ein Luxus! In ihrem ersten Berufsleben war das nicht immer ganz so spaßig gewesen.

Am meisten freute sie sich nun auf den Arbeitsort an sich. Burgverwalter Sauter hatte vollkommen recht: Einen schöneren Arbeitsplatz konnte es nicht geben. Darüber hinaus gefiel es ihr, spanisch sprechenden Touristen zu begegnen und einen guten Grund zu haben, ihr Spanisch weiterhin zu pflegen. Und nicht zuletzt war es sicher angenehm, endlich mal vor einer interessierten Zuhörerschar sein Wissen zum Besten zu geben, ohne dass man ständig zu mehr Aufmerksamkeit und Ruhe ermahnen musste. Ob dies auf die Kinderführungen tatsächlich zutraf, würde sich noch zeigen. Aber zumindest wurden die Kinder von ihren Eltern begleitet. War zu hoffen, dass diese erzieherisch tätig wurden, falls es geboten war.

Gut, dass sie heute zuerst noch bei Tom hospitieren durfte, bevor sie selbst ins kalte Wasser springen musste.

Uschi schaute auf die große Uhr, die an der Außenmauer des Schlossgebäudes angebracht war. Ihr blieb noch eine Stunde Zeit bis zu ihrer Verabredung mit Tom. Heute war mal wieder ziemlich viel los. Kein Wunder bei dem guten Wetter. Wie prachtvoll sich die Burg vor dem blauen Himmel präsentierte! Um die Idylle perfekt zu machen, hatte der Gärtner die Rabatten mit roten und weißen Rosen bepflanzt. Man fühlte sich fast wie in einem Märchen! Das hatte sich wohl auch der Regisseur gedacht, der hier oben vor ein paar Jahren den Film »Dornröschen« drehte. Die Mischung aus Burg und Schloss bildete die perfekte Kulisse für den Märchenfilm. Ja, die Romantiker unter den Besuchern kamen auf der Burg voll auf ihre Kosten.

Besonders die Japanerinnen gerieten in Verzückung, wenn sie durch das Gemäuer wandelten und sich auf den unzähligen Fotos in Kleidern präsentierten, die einer Königinnengarderobe in nichts nachstanden. Wenn dann auch noch der Traum einer Märchenhochzeit auf der Burg in Erfüllung ging, war den jungen Paaren das größte Glück beschieden. Uschi fand die Begeisterungsfähigkeit der Asiaten, die mit offenen Mündern die europäische Kultur bestaunten, keineswegs lächerlich. Im Gegenteil: So manchem deutschen Landsmann hätte es ihrer Meinung nach gutgetan, sich von dieser Wissbegierde ein wenig anstecken zu lassen.

Ah, da waren ja auch schon die Prinzessin und der Prinz. Ein hübsches Pärchen … Na, wenn sich da mal nichts anbahnte! Uschi kannte ihre Nichte gut genug, um auch auf die Entfernung erkennen zu können, dass sie von Tom äußerst angetan war. Wie sie ihn anlächelte und sich mit den Fingern durch die langen Haare fuhr! Ihre Körpersprache war so aufschlussreich, dass es Uschi ein wohlwollendes Schmunzeln entlockte. Nach dem letzten Reinfall mit diesem Mark war ihr das neue Glück auch vollauf zu gönnen. Uschi hatte eh nie ganz verstanden, was Clara an diesem arroganten Schnösel so gefallen hatte. Erst hatte er nie Zeit für sie gehabt, und als Clara mit ihm konsequenter Weise Schluss gemacht hatte, bekam er den großen Katzenjammer und benahm sich wie ein penetranter Stalker. Sie konnte dankbar sein, ihn losgeworden zu sein. Tom spielte da in einer ganz anderen Liga. Er war intelligent, höflich und sah darüber hinaus auch noch verdammt gut aus – fast schon zu perfekt, dieser Bursche. Die beiden waren so mit sich selbst beschäftigt, dass sie Uschi gar nicht wahrnahmen. Besser sie störte nicht.

»Hallo, Frau Lämmle!« Tom hatte sie indessen gesichtet und winkte ihr freudig zu.

Uschi winkte zurück und beobachtete, wie Clara mit Toms Unterstützung die Treppe zum Biergarten heruntergehumpelt kam.

»Ojemine! Wie siehst du denn aus? Du pfeifst ja aus dem letzten Loch!«

Clara schenkte ihr ein gequältes Lächeln.

»Ich bin im Dunkeln die Treppe auf dem Fußweg runtergestürzt.«

»Was? Wie konnte denn das passieren? Bist du gestolpert?«

»Hm, ja. Allerdings kann ich mir nicht erklären, worüber ich gestolpert bin. Ich kann mich nur erinnern, dass ich auf einmal einen Widerstand an meinem Fuß gespürt habe. Ich bin an irgendetwas hängen geblieben.«

»Ein Ast vielleicht?«

»Nein, das glaub ich nicht. Der hätte ja komplett in den Weg hineinragen müssen. Außerdem hätte ich einen Ast gesehen. Es war zwar ziemlich dunkel, aber …«

»Oder du bist komisch aufgekommen und mit dem Knöchel umgeknickt«, unterbrach sie Uschi. »Das passiert mir andauernd. Hab irgend so eine Bänderschwäche.«

»Nein, Tante Uschi. Ich bin nicht umgeknickt. Ich sag doch – da war etwas, an dem ich hängen geblieben bin.«

Uschi strich sich mit den Fingern am Kinn entlang und murmelte:

»Hm, vielleicht solltest du mal deine Augen überprüfen lassen. Eventuell stimmt bei dir etwas mit dem 3D-Sehen nicht.«

»Ich sehe ausgezeichnet. Außerdem kann ich mich nicht erinnern, je schon mal auf einer Treppe gestürzt zu sein.«

Uschi hörte nicht mehr richtig zu. Ihr war ein junger Mann aufgefallen, der rauchend an der Schlossmauer lehnte und unentwegt zu ihnen herüberguckte. Um die Hüfte herum hatte er eine Schürze gebunden.

Sie nickte mit dem Kopf unauffällig in die Richtung des Burschen.

»Kennt ihr den? Der schaut die ganze Zeit schon zu uns rüber. Sieht nicht besonders glücklich aus, wenn ihr mich fragt.«

Clara fuhr sich durch die Haare und warf dabei einen Blick auf den Mann. Offenbar kannte sie ihn, denn sie zuckte zusammen und wandte sich blitzschnell ab.

»Ach, der!« Sie verdrehte die Augen. »Das ist Hannes. Der nervt total. Nur weil ich an meinem allerersten Tag mal einen Kaffee mit ihm getrunken habe, denkt er, wir wären jetzt befreundet. Andauernd will er was mit mir ausmachen und ich muss mir ständig neue Ausreden einfallen lassen, weshalb ich keine Zeit habe.«

»Ach, der Arme!«, sagte Uschi lachend. »Arbeitet er in der Küche?«

»Ja, sieht man doch«, erwiderte Clara schnippisch. Es war ihr mehr als deutlich anzusehen, dass ihr das Thema »Hannes« zuwider war.

»Er arbeitet schon 'ne Weile hier auf der Burg. Ich glaube, er ist ein ganz guter Koch«, sagte Tom diplomatisch und wechselte dann geschickt das Thema. »Um auf unser Gespräch von vorhin zurückzukommen ... ich finde, das mit dem Sturz ist eine Sache. Aber ein wenig merkwürdig ist in dem Zusammenhang, dass an diesem Tag noch mehr eigenartige Dinge passiert sind.«

»Warum? Was ist denn noch passiert?«, fragte Uschi neugierig.

»Darf ich es sagen?«

Tom blickte Clara unsicher an. Diese überlegte nur kurz, zuckte dann mit den Schultern und meinte:

»Ja, klar. Ich hab keine Geheimnisse vor meiner Tante. Es ist mir nur ein bisschen peinlich ... es klingt so durchgeknallt.«

»Na, jetzt wird's immer spannender. Was war denn?«

»Clara hat am selben Abend in den Kasematten eine geisterhafte Erscheinung gesehen.«

»Waas? Eine – geisterhafte Erscheinung? Was soll das denn nun wieder heißen?«

Clara schüttelte verärgert den Kopf.

»Ich habe beim Abschließen der Kasematten in einem der vergitterten Treppenaufgänge ein weißes Etwas gesehen und dieses weiße Etwas war später, als ich mit Tom nochmals runter bin, verschwunden!«

»Aha. Verschwunden …«

Irritiert blickte Uschi von Clara zu Tom. Was war denn nur mit ihrer Nichte los? So hatte sie das Mädchen noch nie erlebt. Sie schien seit diesem Sturz ziemlich durcheinander zu sein.

»Noch mal von vorn«, sagte Uschi und räusperte sich dabei. »Und ganz langsam. Du hast etwas Weißes in den Kasematten gesehen und Tom glaubt, dass es ein Gespenst war?«

Tom lachte.

»Mo-ment. Das hab ich nicht gesagt. Ich habe nur gesagt, dass Clara glaubt, eine geisterhafte Erscheinung gesehen zu haben.«

»Quatsch!«, entgegnete Clara unwirsch. »Ich weiß nicht, was ich da gesehen habe. Irgendetwas war da auf jeden Fall. Und nachher war es nicht mehr vorhanden.« Sie raufte sich die Haare. »Oh Mann, das klingt alles so verrückt! Ich dreh noch durch!«

Uschi wusste nicht so recht, was sie dazu sagen sollte. Während sie noch nach den angemessenen Worten suchte, meinte Tom:

»Also, im Grunde gibt es nur drei Möglichkeiten. Die erste ist, dass Clara noch von den letzten Prüfungen gestresst ist und sich all das eingebildet hat. Oder …«

Clara schnappte nach Luft und wollte widersprechen, doch Tom ließ sie nicht zu Wort kommen, bedeutete ihr mit einer wedelnden Handbewegung abzuwarten und fuhr fort:

»… oder es lässt sich alles logisch erklären und wir sind nur noch nicht imstande, die Logik zu erkennen.« Clara schaute schon etwas versöhnlicher drein, als Tom hinzufügte: »Oder – wir lassen eine parapsychologische Erklärung zu und ziehen in Erwägung, dass Clara tatsächlich die weiße Gespensterfrau gesehen hat. In diesem Fall wäre zu überlegen, ob das Erscheinen der Geisterfrau etwas mit ihrem Sturz zu tun hat.«

Uschi starrte Tom ungläubig an. War das wirklich sein Ernst?

»Äh, die dritte Variante überfordert mich nun doch ein wenig. Die weiße Frau soll für Claras Sturz verantwortlich sein? Ist das nicht ein bisschen sehr weit hergeholt? Um nicht zu sagen: grotesk?«

»Ich wollte nur alle Möglichkeiten in Betracht ziehen. Immerhin gibt es genügend Leute, die davon überzeugt sind, dass es diese weiße Frau tatsächlich gibt. So völlig aus der Luft gegriffen ist diese Idee also nicht.« Als er die zweifelnden Blicke von Uschi und Clara sah, fügte er schnell hinzu: »Okay, okay, es ist auch nicht meine bevorzugte Variante.«

»Wisst ihr was?« Clara zog eine Schnute und stemmte die Arme in die Hüften. »Mir ist das alles zu blöd. Ich will nicht mehr über dieses Thema sprechen. Vermutlich hab ich in den Kasematten gar nichts gesehen und hab mich einfach getäuscht. Und weil ich schon so müde war, bin ich auf den Treppen im Dunkeln gestolpert. Meine Güte! Andere Leute machen sich auch nicht so viele Gedanken, nur weil sie mal stürzen.«

Tom erkannte, dass er Clara verärgert hatte und ruderte so gut es ging zurück:

»Sorry, ich wollte dich nicht noch mehr verunsichern … Du hast sicher recht. Man sollte sich da auch nicht unnötig in was reinsteigern. Aber mal ganz was anderes«, er wandte sich Uschi zu, »müssen Sie heute die Führung auf Spanisch halten?«

»Gott bewahre! Nein! Ich bin froh, wenn ich die Kinderführung halbwegs gelungen über die Bühne bringe! Die spanische Führung muss noch eine Weile warten. So weit bin ich noch lange nicht. Apropos Führung. Müssen wir nicht so langsam los?«

»Ja. Aber immer mit der Ruhe. Wir haben noch ein paar Minuten.«

»Ah, da fällt mir ein – wollen wir uns nicht duzen, Tom? Ich bin die Uschi.«

Tom strahlte übers ganze Gesicht und streckte ihr die Hand entgegen, die sie bereitwillig schüttelte.

»Freut mich sehr, Uschi.«

Sie hakte sich bei ihrer Nichte unter.

»Sollen wir später zusammen den Fußweg zurückgehen? Ich könnte dich stützen.«

»Nein, danke. Lieb von dir. In nächster Zeit werde ich lieber den Busshuttle in Anspruch nehmen. Meine Knie schmerzen nach wie vor beim Laufen.«

»Ja klar. Das kann ich durchaus nachempfinden. Dann gute Besserung, Kleine.«

Nachdem sie Clara ermutigend die Schulter getätschelt hatte, folgte sie Tom zum Treppenaufgang des Schlossbaus, wo sie bereits eine kleine Schar von Erwachsenen und Kindern erwartete.

Schon von Weitem sah sie, dass auch Sauter anwesend war. Er begrüßte sie aufs Herzlichste:

»Grüß Gott, Frau Lämmle. So! Heut isch also Ihr erschter Tag! Und – alles klar soweit?«

»Na ja, ein wenig Aufregung gehört dazu, gell?«, antwortete Uschi lächelnd. »Aber an und für sich ist alles klar. Danke der Nachfrage. Es wird mir auf jeden Fall eine Hilfe sein, dass ich Tom nun bei seiner Familienführung begleiten darf.«

»Gell? Das isch schon gschickt. Und der Tom isch einer unserer besten Burgführer. Das werde Sie gleich sehe. I werd Sie übrigens begleite. Falls Sie nämlich doch noch irgendwelche Frage habe, kann ich Ihnen die gleich beantworte. Der Tom hat dafür bestimmt keine Zeit während der Führung.«

»Das ist wirklich nett! Na, bei der Unterstützung kann ja im Grunde nichts mehr schiefgehen! Und wissen Sie was? Ich freu mich wirklich sehr, dass ich künftig meine Zeit hier oben auf der Burg verbringen darf. Das ist doch ein echtes Privileg.«

»Ja, wenn man's genau betrachtet, dann lebe wir hier wie die Könige. Zumindescht was die Umgebung betrifft.«

»Wissen Sie, da ich selbst am Fuß des Zollerbergs groß geworden bin, hatte ich immer schon einen ganz besonderen Bezug zur Burg.«

»Wo komme Sie denn her?«

»Aus Thanheim.«

»Ah, Sie sind a Nichthuldigere?« Er verzog scherzhaft das Gesicht. »Na, dann muss ich mir des mit Ihne aber noch mal ernsthaft überlege!«

Uschi lachte. Sie wusste genau, worauf der Burgverwalter anspielte. Die Bisinger, zu deren Gemeinde auch Thanheim gehörte, hatten im 17. und 18. Jahrhundert wiederholt die Steuerzahlungen an den Fürsten verweigert und die freie Jagd gefordert.

»Sind Sie da nicht ein bisschen nachtragend? Immerhin ist dies schon über 200 Jahre her. Ich würde sagen, das ist eindeutig verjährt!«

»Untreue verjährt nicht«, meinte Sauter schmunzelnd. »Und dass Bisingen des einzige Dorf weit und breit war, des dem Fürst die Unterschrift beim Landesvergleich verweigert hat, dürfte ihn schon arg gfuchst habe.«

»Ich weiß. Dafür büßen wir auch schwer und müssen bei der Fasnet jedes Jahr aufs Neue als Nichthuldiger rumlaufen.«

»Was heißt da ›müssen‹? Die Bisinger sind doch stolz drauf, dass sie solche Querköpf ware.«

»Zumindest haben wir später dem preußischen Landesherrn gehuldigt.«

Der Verwalter lenkte ein.

»Des isch eine andere Gschicht. Ja, ja, Frau Lämmle, i seh schon: Sie sind eine typische Nichthuldigerin! Interessant, wie sich des von Generation zu Generation weitervererbt.«

Er sinnierte für einen Moment und fing mit einem Mal halblaut an zu singen:

»Doch kommt die lang ersehnte Stunde, die uns zur Heimat wieder ruft, dann jauchzen wir mit frohem Munde dem schönen Hohenzollern zu. Und rufen laut: Oh Heimatland, wie ist mein Herz an dich gebannt, an Hohenzollerns steilen Felsen, wo unverzagt die Eintracht ruht.«

Uschi lachte.

»Wie es aussieht, sind Sie ja ein echter Lokalpatriot! Das Hohenzollernlied hab ich schon lange nicht mehr gehört.«

»Wisse Sie eigentlich, dass Sie als Bisingere uf der Burg heirate dürfe?«

»Hm. Ja. Weil die Burg zu Bisingen gehört. Was übrigens kaum jemand weiß…«

Sauter ignorierte den letzten Einwurf.

»Die Brautpaare werde im Kaisersaal getraut«, sagte er mit bedeutungsvoll aufgerissenen Augen. »Des isch scho a bsondere Ehr, gell? Des würd i mir an Ihrer Stell noch mal gut überlege, ob i die Chance net nutze würd. – Aber was schwätz i denn da? Sie sind bestimmt schon verheiratet.« Fragend blickte er sie an.

Uschi stutzte. In welche Richtung entwickelte sich denn da gerade das Gespräch? So sachlich wie möglich antwortete sie:

»Nein. Ich bin alleinstehend.«

Bildete sie es sich nur ein oder hatte sich die Miene des Verwalters dabei kurz aufgehellt? Uschi schielte auf seine Hände. Ein Ehering war nicht zu sehen. Sauter war taktvoll genug, die Sache auf sich beruhen zu lassen, und wechselte das Thema.

»Au, net dass ich's vergess. I wollt Sie noch was frage: Wäre Sie prinzipiell bereit, auch Exklusivführunge am Abend durchzuführe?«

Da musste Uschi nicht lange nachdenken.

»Das ist kein Problem. Zeitlich bin ich sehr flexibel.«

»Des isch ausgezeichnet. Die Exklusivführunge sind auch in finanzieller Hinsicht lohnenswert, da der Stundesatz höher isch und die Burgführer oftmals noch ein gutes Trinkgeld von de Gruppe erhalte. Und i brauch Ihne wohl net zu sage, dass die Atmosphär bei Mondschein auf der Burg einzigartig isch.«

Er setzte ein spitzbübisches Lächeln auf. Bevor Uschi etwas erwidern konnte, sagte er rasch:

»Komme Sie, wir müsse uns anstelle. 's geht gleich los.«

Sie drängten sich in die übervolle Stammbaumhalle hinein und versuchten, ein freies Plätzchen zu ergattern. Aussichtslos. Die Besucher standen dicht an dicht zusammengepfercht. Uschi bemühte sich, niemandem auf die Füße zu treten, aber man konnte gar nicht anders, als mit seinen Nebenstehern auf Tuchfühlung zu gehen. Feuchte Haut und die unterschiedlichsten Schweißgerüche lösten bei ihr ein intensives Ekelgefühl aus. Mundatmung war angesagt.

Und ein Geräuschpegel war das! Das vielstimmige Getratsche der Erwachsenen wurde durch das Geschrei der quengligen Kinder ergänzt und kumulierte sich zu einem unerträglichen Ausmaß an Lärm. Vielleicht war sie durch ihren Lehrerberuf auch besonders lärmempfindlich geworden. Aber letztlich sollte die tägliche Konfrontation mit Lärm doch abhärten, oder? Die Leute um sie herum schienen jedenfalls nicht so darunter zu leiden wie sie. Schließlich verursachten sie den Krach ja.

Uschi fächerte sich mit der bloßen Hand ein wenig Luft zu. Hoffentlich meldeten sich jetzt nicht ihre sporadisch auftretenden asthmatischen Probleme zurück. Nachdem sie nach einer heftigen Lungenentzündung eine Zeitlang unter einem verringerten Lungenvolumen gelitten hatte, war Luft immer ein Thema bei ihr. Und Klaustrophobie sowieso. Sie konnte sich nicht recht entscheiden. Zum einen zwang sie der Gestank dazu, möglichst flach zu atmen, zum anderen hatte sie das Gefühl, sie müsste tief Luft holen, um den Sauerstoffmangel auszugleichen. Der daraus resultierende

Kompromiss bewirkte bei ihr eine unregelmäßige Atmung, bei der auf einen tiefen Atemzug eine Welle des Hechelns folgte.

Ich will raus hier. Und zwar sofort, dachte sie panisch und blickte hektisch zur großen Flügeltür, die in diesem Augenblick mit einem Krachen geschlossen wurde. Auch das noch! Der Raum war doch viel zu klein, um bei so einem Menschenauflauf die Tür zu schließen! Konnte Sie darum bitten, die Tür zu öffnen?

Sie fing an, sich über die Leute zu ärgern. Den anderen Anwesenden musste es doch genauso ergehen wie ihr. Warum traute sich keiner, etwas zu sagen? Lange würde sie diese Zumutung jedenfalls nicht mehr ertragen können. Uschi spürte, wie die Wände auf sie zukamen, ihr Kreislauf drohte wegzusacken. Für einen Moment wurde ihr schwarz vor Augen.

Jetzt nur nicht ohnmächtig werden, das wäre jetzt oberpeinlich, schoss es ihr durch den Kopf. Aber wenigstens kann man bei dem Gedränge nicht umfallen.

Da berührte sie auf einmal Sauter sacht am Arm:

»Geht's Ihne net gut? Sie sehe so blass aus.«

»Ich … äh … es ist nur … die Hitze … mein Kreislauf macht mir ein bisschen Probleme …«

»Komme Sie. Wir gehe zum Fenster. Sie brauche frische Luft.«

Mit einem fortwährenden »Entschuldigen Sie … dürften wir einmal kurz vorbei« schob er die Leute behutsam zur Seite und bahnte einen Durchgang.

Am geöffneten Fenster ging es Uschi gleich deutlich besser. Die Luft, die hereinströmte, war zwar warm, jedoch wesentlich sauerstoffreicher als das dicke Schweiß-Kohlenstoffdioxid-Gemisch in der Mitte des Raums. Dankbar lächelte sie Sauter zu.

»Meine Damen und Herren, liebe Kinder.« Toms Stimme dröhnte lautstark über die Köpfe der Gruppe hinweg.

Er hatte es auch ohne Mikrofon geschafft, so laut zu sprechen, dass das Geschwätz langsam verebbte und nur noch das Gequake einiger kleinerer Kinder zu hören war. Seine tiefe Männerstimme und auch seine große Erscheinung erleichterten es ihm, sich Gehör zu verschaffen. Uschi fragte sich, mit welcher Methode sie sich gegen das Getratsche der Leute durchsetzen könnte. Ihre Erfahrung als Lehrerin half hier nur bedingt weiter. Ein strenger Blick war in diesem Fall wohl genauso unangemessen wie das Rühren der tibetischen Klangschale, das ihr normalerweise als Stillezeichen gedient hatte. Nur einen Fehler würde sie garantiert nicht machen, nämlich den, in den Lärm hineinzusprechen und zu versuchen, sich mit Schreien durchzusetzen. Das würde ihre altgedienten Stimmbänder endgültig ruinieren. Nein, sie musste alle Hoffnung auf ihre natürliche Autorität setzen. Notfalls auch auf das Mitleid der Besucher einer älteren Frau gegenüber …

»Erst einmal ein herzliches Willkommen auf der Burg Hohenzollern! Da heute so ein großer Andrang auf unserer Burg herrscht, bieten wir statt der geplanten Kinderführung eine Familienführung für Sie an. Aber ich verspreche Ihnen, dass Groß und Klein auf ihre Kosten kommen werden. Aus Rücksicht auf die Kinder werde ich mich auf die wichtigsten Jahreszahlen beschränken. Ich vermute, dass dies so manchem der Erwachsenen angesichts der Hitze auch entgegenkommt.«

Einige der Gäste äußerten murmelnd ihre Zustimmung.

»Deswegen werden wir die kleineren Räume nur passieren und dafür die Führung noch auf die Kasematten ausdehnen. Dort ist es nämlich angenehm kühl. Und wer weiß, liebe Kinder, vielleicht begegnen wir dort ja sogar einem echten Geist? Das glaubt ihr nicht? Doch, doch, das könnt ihr mir glauben. Auf der Burg Hohenzollern gibt es tatsächlich ein Gespenst, das herumspukt. Allerdings muss man ganz leise sein. Wenn es zu laut ist, lässt es sich nicht blicken. Na ja, wir werden sehen …«

Clever eingefädelt. Jetzt hatte er auch das Interesse der Kinder gewonnen. Mit großen Augen und offenen Mündern starrten sie Tom ungläubig an und suchten verunsichert die Nähe ihrer Mütter.

»Groß und Klein möchte ich nun bitten, sich aus dem Wagen dort Pantoffeln zu nehmen. Diese Hausschuhe sind notwendig, um unser wertvolles Holzparkett zu schützen. Sie werden feststellen, dass sie groß genug sind, um mitsamt den Schuhen hineinzuschlüpfen. Ausschließlich für die Kinder sind die roten Mäntel dort bestimmt, mit denen sich die Jungen und Mädchen in kleine Könige verwandeln können. Noch ein letzter Hinweis: Die Kinder sollten sich in den Räumen einmal sorgfältig umsehen, denn in jedem Zimmer hat der Geist ein goldenes Glöckchen versteckt. Wenn ihr alle Glöckchen gefunden habt, dann verrate ich euch das Geheimnis des Geistes.«

Spätestens jetzt waren die Kleinen Feuer und Flamme. Sie warfen sich stolz ihre roten Königsmäntel um und versuchten zwischen den Beinen der Erwachsenen hindurch, die Zimmerecken in Augenschein zu nehmen, um das versteckte Glöckchen zu finden.

Nun wandte sich Tom den Erwachsenen zu und erklärte auf knappe Art und Weise, dass die Burg Hohenzollern zu zwei Dritteln der brandenburgisch-preußischen Linie und zu einem Drittel der schwäbisch-katholischen Linie der Hohenzollern gehörte und sich diese Linien an den Wandmalereien der Stammbaumhalle nachvollziehen ließen.

Die Bemerkung, dass die Schwaben beim dritten Wiederaufbau der Burg im Jahre 1850, schlau und geizig wie sie waren, lediglich den Zollerberg zum Bau beitrugen und nichts in den eigentlichen Wiederaufbau investierten, löste Erheiterung unter den Zuhörern aus.

Uschis Blick schweifte über die Ahnentafel. Wilhelm, Friedrich, Karl und Ferdinand. Es wimmelte hier nur so von diesen hoheitsvollen Namen. Frauen waren kaum vertreten. Nur der Name »Anna« stach ihr ins Auge. Aha. Der Vorname ihrer Tante entstammte also ebenfalls aus dem Adelsgeschlecht.

Endlich öffnete Tom die Türen zum nächsten Fürstensaal. Die Besucher schlurften in den viel zu großen Filzpantoffeln hinein. Die Rutscherei mit den Pantoffeln machte den Kindern besonders großen Spaß. Sie kicherten und einige wilde Feger konnten erst durch das ermahnende Zischen der Erwachsenen gestoppt werden.

Nachdem sie den Grafensaal mit seinen beeindruckenden Leuchtern, die zum Entzünden der 288 Kerzen herabgelassen werden konnten, durchschritten hatten, kamen sie in die Bibliothek und den Salon des Königs. Große Gemälde zierten die Wände.

»Meine Damen und Herren, liebe Kinder. Darf ich um Ihre Aufmerksamkeit bitten? Hier sehen Sie ein Gemälde, das die treue Maid von Steinlach zeigt, die während der Belagerung der Burg im 15. Jahrhundert einen Geheimgang genutzt hat, um unbehelligt ins Burginnere zu gelangen und Proviant für die Belagerten zu bringen.«

Die Maid war in ein fließend weißes Gewand gekleidet, das auch ihr Haupt bedeckte. Ein bisschen wie die heilige Maria, dachte Uschi. Auf dem Kopf balancierte sie eine bedeckte Schale. Der aufrechte Gang wirkte stolz und zugleich irgendwie schwebend.

»Im Anschluss werden wir einige private Gemächer des Königs durchschreiten. Sie werden unter anderem das Schlafgemach des Königs wie auch die Ankleidezimmer zu sehen bekommen. Wir treffen uns dann gleich im ›Blauen Salon‹ der Königin.«

Ein kleines Mädchen starrte Tom ehrfurchtsvoll an und übergab ihm dann schüchtern ein goldenes Glöckchen, das es gefunden hatte. In einem stillen Moment flüsterte es seiner Mutter zu:

»Warum trägt denn der König keine Krone?«

Alle Leute hatten es gehört und warteten gespannt, was die Mutter nun wohl antworten würde. Tom, der sofort erkannt hatte, dass das Kind ihn selbst irrtümlicherweise für den König hielt, kam ihr zuvor, lächelte die Kleine freundlich an und sagte:

»Weißt du, die Krone trage ich nur sonntags!«

Die Leute lachten, doch das Mädchen war mit der Antwort zufrieden. Diese Logik leuchtete ihm ein. Es nickte ernst und war glücklich, dass der König persönlich mit ihm gesprochen hatte.

Uschi fand es schön, dass Tom dem kleinen Mädchen die Illusion nicht genommen hatte. Natürlich hatte das Kind angenommen, dass nur der König selbst durch die Gemächer seiner Burg führen konnte.

Nach der Besichtigung der Waffenkammer und der Schatzkammer führte Tom sie in die Kellerräume der Kasematten. Ein Junge fragte verwundert:

»Gibt es hier unten Käse oder warum heißt es ›Käsematten‹?«

Tom lachte.

»Nein, mit Käse hat das nichts zu tun. Es heißt auch nicht Käse- sondern Kasematten. In diesen Kellerräumen hat man früher Vorräte, Munition und Schätze aufbewahrt. Hier waren sie sicher vor Angriffen.«

Der Junge staunte.

»Schätze? Gibt es hier immer noch Schätze?«

»Na ja, die meisten Schätze sind jetzt in der Schatzkammer untergebracht. Das hast du ja gerade eben gesehen. Aber der eine oder andere Schatz ist vielleicht noch hier unten versteckt. Das weiß ich nicht so genau. Schließlich gibt es unter der Burg enorm viele Gänge … so manchen Geheimgang hat man sicher noch gar nicht entdeckt. Schau dich nur ganz genau um – vielleicht findest du ja einen Schatz, den wir noch nicht gefunden haben. Das wäre toll!«

Die Augen des Jungen wurden mit jedem Wort größer. Der Schatzsucher war in ihm erwacht. Mit Feuereifer drängte er sich durch die Menge der Erwachsenen auf der Suche nach unentdeckten Schätzen.

Tom hatte recht gehabt. In den Kasematten war es um einige Grad kühler als draußen, und obwohl es recht dunkel und auch ein bisschen gruselig war, konnten es die Besucher wie auch Uschi in Anbetracht der vorherrschenden Hitze in dem unterirdisch angelegten Gewölbe durchaus eine Weile aushalten.

Eine helle Mädchenstimme schrie unvermittelt:

»Da! Da ist das goldene Glöckchen. Ich hab es gefunden!«

Stolz überreichte sie Tom das Fundstück.

»Vielen Dank, meine holde Prinzessin«, sagte er ehrerbietig und verbeugte sich vor dem kleinen Mädchen. »Das war das letzte versteckte Glöckchen. Dann ist es jetzt Zeit, dass ich euch das Geheimnis von unserem Burggespenst verrate. Es ist allerdings eine recht grausame und gruselige Geschichte. Am besten ist, ihr stellt euch dicht neben Mama und Papa. Seid ihr bereit?«

Uschi hätte erwartet, dass die Kinder laut »Ja« brüllten. Aber die Umgebung war ihnen wohl doch nicht so ganz geheuer, weswegen sie lediglich ein gedämpftes und lang gezogenes »Jaaa« von sich gaben und schnellstens die Nähe ihrer Eltern suchten.

»Also … das war so: Im Mittelalter lebte eine Gräfin, die hieß Kunigunde von Orlamünde. Sie war Witwe und hatte zwei kleine Kinder. Eines Tages verliebte sie sich in den Burggrafen von Nürnberg, der Albrecht von Hohenzollern hieß. Der Burggraf teilte ihr in einem Brief mit, dass er sie gerne zur Frau hätte, wenn nicht, ja wenn nicht da ›diese vier Augen‹ der Liebe im Weg stehen würden. Die Gräfin dachte sofort, dass der Burggraf damit die vier Augen ihrer beiden Kinder meinte und sie wegen der Kinder nicht zur

Frau nehmen wollte. Deshalb fasste sie einen furchtbaren Entschluss. Sie tötete auf grausame Weise ihre beiden Kinder und behauptete danach, sie seien an einer Krankheit gestorben.«

Tom legte eine kurze Pause ein und ließ die Worte wirken. Eltern wie Kinder wirkten ergriffen und betroffen. Dennoch war ihnen gleichsam anzusehen, dass sie auf den Fortgang der Geschichte gespannt waren.

»Schließlich hatte man allerdings doch herausgefunden, dass die Gräfin ihre Kinder selbst getötet hatte. Die Leute waren bestürzt. Am meisten jedoch erschütterte den Burggrafen die Tat. Wie hatte Kunigunde nur so ein entsetzliches Verbrechen begehen können? Er erklärte ihr traurig, dass er mit den vier Augen überhaupt nicht ihre Kinder gemeint, sondern von seinen Eltern gesprochen habe, die mit der Hochzeit nicht einverstanden gewesen seien. Nach diesem Verbrechen wollte er nichts mehr mit Kunigunde zu tun haben und verließ sie. Kunigunde aber bereute im Nachhinein sehr, dass sie ihre beiden Kinder getötet hatte. Sie war so unglücklich und verzweifelt, dass sie Gott um Verzeihung bitten wollte. Deshalb rutschte sie zur Buße eine ganz weite Strecke auf den Knien nach Großgründlach und gründete dort das Kloster Himmelthron. In diesem Kloster lebte sie den Rest ihres Lebens als Äbtissin. Doch verzeihen konnte sie sich den Mord an ihren Kindern garantiert nie. Denn selbst als sie gestorben war, fand sie keine Ruhe und geisterte in ihrem weißen Ordensgewand rastlos umher – immer auf der Suche nach ihren Kindern. Kurz vor ihrem Tod soll Kunigunde allerdings das Haus Hohenzollern verflucht und angekündigt haben, dass sie künftig mit ihrem Erscheinen als Geist Tod und

Unglück verkünden würde. Im Lauf der Jahrhunderte soll dies tatsächlich mehrfach geschehen sein. Jedem Mitglied der Hohenzollern, dem sie sich zeigte, ereilte ein Unglück. So erschien sie sowohl dem Preußenkönig Friedrich I. als auch Prinz Louis Ferdinand, bevor diese verstarben. Da die Geisterfrau den Berichten nach ein weißes Gewand trägt, wird sie auch die ›weiße Frau‹ genannt.«

Als Tom mit seiner Erzählung endete, herrschte eine bedrückende Stille. Ein Junge fasste in Worte, was wohl auch die anderen Zuhörer dachten:

»Das ist echt gruselig. Dann ist die Kunigunde ein ganz böses Gespenst, das die Menschen tötet und ihnen Unglück bringt.« Er sah sich unsicher um und flüsterte: »Hoffentlich kommt sie jetzt nicht!«

»Nein, keine Angst. Sie kommt jetzt bestimmt nicht. Dazu wart ihr vorhin doch einfach zu laut. Aber wisst ihr was? Die weiße Frau ist an und für sich gar kein böses Gespenst, sondern vielmehr eine arme Seele, die keine Ruhe findet. Sie tötet die Menschen auch nicht selbst, sondern sie hat die unschöne Aufgabe, den Hohenzollern anzukündigen, wenn ihnen ein Unglück droht. Sie selbst ist nicht schuld an dem Unglück. Sie sieht es nur voraus.«

»Ach so …«

Der Junge sah nicht so aus, als habe er den Unterschied zwischen Unheilverkünderin und Unheilbringerin verstanden, aber das war wohl auch etwas zu viel verlangt.

»Jetzt habe ich zum Abschluss noch eine vergnüglichere Geschichte. Erinnert ihr euch an das Gemälde im Schloss mit der Maid, die durch den Geheimgang den Proviant für die Belagerten reinschmuggelte?«

Die Zuhörer nickten.

»Vielleicht ist euch aufgefallen, dass die Maid auch wie eine Geisterfrau aussieht. Sie hat sich absichtlich so gekleidet. Als die Belagerer sie nämlich sahen, dachten sie, die Maid wäre die Geisterfrau und hatten furchtbare Angst vor dem Gespenst. So konnte die Maid einfach in die Burg spazieren, ohne dass ihr ein Leid geschah. Denn die Belagerer machten sich vor Angst in die Hosen und trauten sich nicht, das Gespenst aufzuhalten.«

Erleichtert ergriffen die Kinder den Strohhalm, den Tom ihnen gereicht hatte und brachen in Gelächter aus. Die Furcht vor dem Gespenst war weitgehend verflogen.

»Jetzt gehen wir durch die hintere Tür ins Freie. Folgen Sie mir bitte. Hier entlang!«

Zur Verblüffung aller gelangten sie durch einen Treppenaufgang nach draußen und befanden sich nun in der Nähe der Scharfeckbastei. Tom verabschiedete sich und erhielt abschließend einen großen Applaus.

»Eine tolle Führung hast du da gemacht«, sagte Uschi zu ihm, anerkennend nickend. »Das muss ich wirklich sagen. Sehr interessant und kindgerecht.«

Sie sah Tom an, dass er sich über das Lob freute. Trotzdem gab er sich bescheiden.

»Wenn die Geschichte so viel Spannendes bietet, dann ist es nicht schwer, eine interessante Führung zu gestalten. Und wenn man dann auch noch mit einem echten Geist aufwarten kann, hat man im Grunde schon gewonnen. Obwohl die Legende schon recht dramatisch ist. Bei den Familienführungen verzichte ich darauf, im Detail zu erzählen, wie die Gräfin ihre Kinder ermordet hat.«

»Und – wie hat sie ihre Kinder denn ermordet? Mit Gift?«

»Nein, es war viel grausamer. Es heißt, sie habe ihnen eine Nadel in den Hinterkopf gestochen und sie damit getötet.«

Uschi schüttelte sich.

»Puh! Das ist ja grauslich!«

»Ja. Es ist aber nicht bewiesen, dass das tatsächlich so geschehen ist. Angeblich drohte der Gräfin wegen der Ermordung ihrer Kinder die Todesstrafe. Der versuchte sie durch die Gründung des Klosters zu entgehen. Diese Klostergründung gilt übrigens als historisch gesichert, der Rest gehört wohl eher ins Reich der Sagen und Legenden.«

»Und? Hast du denn die weiße Frau schon selbst einmal gesehen?«

»Nein, zum Glück nicht«, sagte Tom lachend. »Und wenn es sich vermeiden lässt, dann möchte ich der Dame auch in Zukunft nicht begegnen.«

»Also i bin schon 20 Jahr auf der Burg und hab sie noch nie gsehe«, wandte Sauter ein.

»Oh. Ich muss los!«, sagte Uschi mit Blick auf die Uhr. »Also, nochmals danke, dass ich zuschauen und zuhören durfte. Mal sehen, wie ich das nachher hinbekomme.«

»Das kriege Sie genauso gut hin. Da bin i mir sicher, Frau Lämmle. I muss leider los. Die Pflicht ruft. I dank dir schön, Tom!« Er drückte Tom die Hand und wandte sich dann Uschi zu. »Und Ihne wünsch i viel Erfolg. Wird schon klappe!«

Dann war es soweit. Uschi lächelte angespannt, atmete zweimal tief durch und stürzte sich kopfüber in ihre erste Führung.

»Meine Damen und Herren, liebe Kinder…«

Eine halbe Stunde später nahm sie von ihrer Gruppe erleichtert den wohlverdienten Beifall entgegen. Geschafft! Das hast du gut gemacht, lobte sie sich selbst.

Eine Belohnung. Sie brauchte dringend eine Belohnung für diese Anstrengung. Und Belohnung bedeutete für Uschi in den allermeisten Fällen, etwas zu essen oder zu trinken. Etwas Ungesundes natürlich.

»Einmal Pommes ohne alles, bitte.«

»Einen kleinen Moment. Die Pommes sind gleich fertig.«

Die junge Frau, die ungefähr so alt wie Clara war, drehte sich um und rüttelte das Sieb der Fritteuse so kräftig durch, dass ihr langer blonder Pferdeschwanz dabei hin- und herschaukelte. Eine kleine verschnörkelte Tätowierung zierte ihr Schulterblatt. Uschi ertappte sich dabei, dass ihr Blick nach unten gewandert war und sie inzwischen auf den Po der Frau starrte, der in der knackigen kurzen Jeans optimal zur Geltung kam. Der ist nur deshalb so knackig, dachte Uschi schuldbewusst, weil sie selbst bestimmt nie Pommes isst.

Der Duft der frischen Pommes vertrieb das schlechte Gewissen allerdings unverzüglich. Als Uschi die knusprigen goldgelben Fritten auch noch sah, lief ihr das Wasser im Mund zusammen. Hm, lecker! Und der Knackarsch? Ach was! In ihrem Alter wäre ein Knackarsch in knappen Shorts sowieso unangemessen und geschmacklos. Es hatte also auch durchaus manchmal Vorteile, wenn man ein gewisses Alter überschritten hatte.

»Macht 2 Euro 50.«

Während Uschi in ihrem Geldbeutel nach dem passenden Kleingeld suchte, wischte die Kioskmitarbeiterin ihre

Hände an der kurzen Schürze ab, die sie sich um die Hüfte gebunden hatte und meinte dann:

»Sagen Sie, arbeiten Sie bei uns? Ich habe Sie vorhin im Gespräch mit Clara und Tom gesehen.«

»Ja, ich hatte heute meinen Einstand als Burgführerin. Hier bitte …«

Uschi wollte ihr die Münzen über die Theke reichen, die junge Frau wehrte jedoch lächelnd ab:

»Nein, nein. Wenn das so ist, dann lade ich Sie ein. Als Einstandsgeschenk sozusagen.«

Sie reichte ihr die Hand. Uschi war erstaunt, wie kräftig ihr Händedruck war. Die ansprechende Figur kam wohl nicht nur durch Pommesverzicht, sondern auch durch Training zustande.

»Ich bin übrigens Meike Schuler. Aber sagen Sie einfach Meike zu mir.«

»Ich bin Uschi Lämmle. Clara ist übrigens meine Nichte.«

»Ach ja? Hat sie sich eigentlich verletzt, die Clara? Ich hab gesehen, dass sie humpelt.«

»Oh ja. Echt übel. Sie ist Anfang der Woche auf dem Fußweg schwer gestürzt.«

»Ach, die Arme! Es scheint sie ziemlich schwer erwischt zu haben.«

»Na ja, das wird schon wieder. In nächster Zeit wird sie halt mit dem Bus fahren müssen. Beim Laufen hat sie noch Schmerzen, weil sie sich beide Knie aufgeschlagen hat.« Uschi zog die Pommes vom Tresen auf ihre Hand. »So! Jetzt such ich mir ein ruhiges Plätzle. Vielen Dank.«

»Nichts zu danken. Lassen Sie es sich schmecken!«

Das musste man Uschi nicht zweimal sagen. Sie setzte

sich an einen schattigen Tisch und machte sich genussvoll über die Kalorienbombe her. Immerhin war sie heute schon den Zoller hochgelaufen. Dann durfte man sich schon mal was gönnen. Da war eventuell sogar noch ein Eis als Nachtisch drin. Mal sehen.

Zwei Tage später gesellte sich Clara zu der Ansammlung von Menschen, die an der Haltestelle im Pulk zusammenstanden und auf den Busshuttle warteten. Obwohl es schon später Nachmittag war, hatte die Sonne kaum von ihrer Kraft verloren. Wenn sie sich nicht vorsah, konnte es sein, dass sie beim nächsten Bus keinen Platz bekam und noch einmal eine Runde in der Hitze warten musste. Dabei war sie so müde. Sie hatte heute drei Führungen hinter sich gebracht. Die letzte Führung war sehr anstrengend gewesen, da die Gruppe insgesamt extrem unruhig und laut gewesen war. Es hatte sie viel Kraft gekostet, gegen den Lärm anzusprechen. Das viele Stehen war ihr in ihrem desolaten Zustand außerdem nicht gerade gut bekommen. Sie sehnte sich nach ihrem Bett. Und nach einer kühlen Erfrischung. Auf keinen Fall wollte sie in dieser schwitzenden Menschenmenge länger stehen als unbedingt nötig. Unauffällig drängte sie sich an der Seite vorbei, um in die vordere Reihe zu gelangen. Geschafft! Ihr Platz im nächsten Bus war gesichert.

Ein kleines Mädchen neben ihr quengelte lautstark:

»Mama, wann kommt denn endlich der blöde Bus! Ich hab Durst! Und ich muss aufs Klo!«

Die wohlbeleibte Mutter schob ihre Brille auf dem Nasenrücken etwas höher und zischte:

»Du musst dich noch gedulden! Der Bus kommt gleich!«

Sie kruschtelte in ihrer Handtasche, holte ein rosa Trinkfläschchen hervor und drückte es ihrer Tochter in die Hand.

»Siehst du«, seufzte sie erleichtert, »da kommt ja der Bus.«

Die Leute hinter Clara setzten sich in Bewegung und nun begann das vorauszusehende Drängeln und Schieben. Allen war klar, dass der Bus zu klein war, um die ganze Schar der Wartenden aufzunehmen. Der Busfahrer drehte zuerst auf der kleinen Wendeplatte und kam dann schwungvoll vorgefahren.

Ein einziger kräftiger Stoß in den Rücken reichte aus, um Clara umzuwerfen. Sie stürzte nach vorn, geradewegs vor die Räder des herannahenden Busses. Noch während sie fiel, hörte sie den Aufschrei einer Frau und dann ein ohrenbetäubendes Quietschen. Der Schreck lähmte sie für eine Sekunde. Als sie sich schließlich traute, ihre zusammengepressten Augen zu öffnen, erkannte sie über sich die gewaltige Karosserie des Busses. Nur eine Handbreit von Claras Arm entfernt war der Bus zum Stehen gekommen. Schon waren viele Hände und Arme da, die Claras Körper stützten und sie ein Stück weit aufrichteten.

»Lassen Sie mich durch. Ich bin Arzt!«, schrie ein Mann. Er beugte sich über sie. »Hallo! Sind Sie verletzt? Können Sie mich hören?«

Clara schaute ihn erst wirr an, nickte dann aber zögernd.

»Können Sie Ihre Arme und Beine bewegen?«

Er schob ihr eine Jacke unter den Kopf.

Im ersten Schock hatte Clara gar nichts gespürt, war wie

betäubt gewesen. Jetzt überfiel sie jedoch mit aller Macht ein dumpfer Schmerz, den sie nicht genau lokalisieren konnte. Sie stöhnte.

»Hören Sie mich? Können Sie Ihre Arme und Beine bewegen?«, fragte der Mann abermals.

Clara bewegte wimmernd ein wenig ihre Gliedmaßen. Ihr Körper schmerzte bei der kleinsten Bewegung.

»Wie heißen Sie?«

»Clara. Clara Lämmle.«

»Hören Sie, Frau Lämmle. Ein Krankenwagen ist schon unterwegs.«

Clara fuhr beängstigt hoch.

»Nein, kein Krankenwagen!«

»Beruhigen Sie sich.« Er legte ihr besänftigend die Hand auf den Arm. »Sie müssen im Krankenhaus untersucht werden. Ist Ihnen schlecht? Oder schwindlig? Kopfschmerzen?«

»Ja«, antwortete Clara und rieb sich die Stirn, »mein Kopf tut weh.«

»Es könnte sein, dass Sie eine Gehirnerschütterung haben. Ich konnte nicht sehen, ob Sie mit dem Kopf auf dem Asphalt aufgeschlagen sind. Bleiben Sie einfach ganz ruhig liegen.«

In diesem Moment kam der Krankenwagen mit Blaulicht vorgefahren. Zwei Sanitäter sprangen heraus, eilten zu Clara und verfrachteten sie in Sekundenschnelle auf eine Trage. Bevor sie in den Krankenwagen hineingeschoben wurde, hörte sie nur noch, wie eine hohe Frauenstimme rief:

»Ich hab es genau gesehen. Sie wurde gestoßen! Irgendjemand hat die Frau vor den Bus gestoßen!«

Uschi schlug das rechte Bein über das linke. Kurz darauf das linke über das rechte. Der Stuhl war unbequem. Wie lange wollten die sie eigentlich noch warten lassen? 35 Minuten saß sie nun schon hier. Vielleicht sollte sie wieder gehen. Letztlich war sie sich sowieso nicht so sicher, ob es sinnvoll war, was sie hier tat. Andererseits hatte sie auch keine Ruhe, wenn sie nichts tat. Im Grunde hatte sie nur telefonisch einen Hinweis geben wollen. Aber der Polizist hatte darauf bestanden, dass sie persönlich beim Polizeirevier in Hechingen vorstellig wurde.

Sie dachte an Clara. Wann sie wohl aus dem Krankenhaus entlassen werden würde? Wie ein Häufchen Elend hatte sie dagelegen. Dabei hatte sie noch riesiges Glück gehabt, dass sie nur Prellungen und eine leichte Gehirnerschütterung davongetragen hatte. Wäre der Bus ein wenig schneller gewesen, hätte es der Busfahrer wohl nicht mehr geschafft, rechtzeitig zu bremsen. Nicht auszudenken!

Uschi schlug erneut das rechte über das linke Bein. Und eine Hitze war das hier! Können die sich keine Klimaanlage leisten, fragte sie sich.

Claras Eltern befanden sich gerade drei Wochen auf Safari in Tansania. Es war vernünftig gewesen, sie nicht über den Unfall ihrer Tochter zu informieren. Was sollte das auch bringen? Sie konnten von Afrika aus nichts für sie tun und würden sich nur furchtbare Sorgen machen. Der Urlaub wäre ihnen definitiv verdorben und Clara damit auch nicht geholfen. Und schließlich war sie ja auch noch da. Als Tante und Patentante fühlte sie sich stellvertretend für Clara verantwortlich. Und deshalb saß sie nun auch hier. Zwei Unfälle in kurzer Zeit. Uschi hatte das Gefühl, dass hier irgendetwas nicht stimmte. Obwohl sie nichts Konkretes vorzuweisen hatte, konnte sie die Angelegenheit nicht einfach so auf sich beruhen lassen. Da musste man aktiv werden!

»Frau Lämmle?«

Uschi erhob sich rasch und folgte dem großen, korpulenten Polizisten in sein Büro. Er hieß sie Platz zu nehmen, setzte sich hinter den Schreibtisch, faltete die Hände auf seinem Bauch und guckte sie dann auffordernd an.

»Womit kann ich Ihnen helfen?«

»Ich ... äh ... meine Nichte Clara wurde gestern auf der Burg Hohenzollern fast überfahren, weil sie jemand vor den Bus gestoßen hat.«

»Moment. Der Reihe nach bitte. Wo ist denn jetzt Ihre Nichte?«

»Im Kreiskrankenhaus Balingen. Sie hat durch den Sturz zig Prellungen und eine Gehirnerschütterung erlitten.«

»Aha. Ich muss jetzt erst einmal die Personalien aufnehmen. Von Ihnen und von Ihrer Nichte. Sie heißen?«

Uschi seufzte. Immer diese Bürokratie! Der Polizist blickte streng. Also beantwortete sie brav seine Fragen, während er die Daten gewissenhaft in seinen PC eingab.

»Gut.« Er schien endlich zufrieden zu sein. »Und jetzt noch mal. Ihre Nichte ist vor einen Bus gestürzt? Auf der Burg Hohenzollern? Und Sie sagen, sie wäre gestoßen worden?«

Uschi nickte bei jeder Frage bejahend mit dem Kopf.

»Haben Sie gesehen, *wer* Ihre Nichte gestoßen hat?«

»Äh, nein.«

Er runzelte die Stirn.

»Haben Sie gesehen, *dass* Ihre Nichte gestoßen worden ist?«

»Nein. Aber …«

»Sind Sie denn überhaupt Zeugin von dem Unfall?«

Das Gesicht des Polizisten wurde noch eine Spur strenger.

»Nein. Ich war nicht dabei. Aber es gibt eine Zeugin, die gesehen hat, dass Clara gestoßen worden ist.«

»Name?«

»Wie?«

»Der Name der Zeugin?«

»Äh. Keine Ahnung. Meine Nichte hat nur gehört, dass eine Frau geschrien hat: ›Sie wurde vor den Bus gestoßen!‹ Clara vermutet, dass es die Frau war, die neben ihr gestanden hatte, als sie auf den Bus warteten. Sie hatte eine kleine Tochter dabei.«

Die Stirn des Polizisten blieb unverändert im gerunzelten Zustand, während er auf die Tastatur seines PCs eintippte.

»Sonst noch irgendwelche Zeugen?«

»Na ja, kann schon sein. Da standen schließlich noch viele andere Leute an der Bushaltestelle.«

»Namen?«

»Hä? Woher soll ich denn die Leute von der Bushaltestelle mit Namen kennen?«

Der Polizist blies die Backen auf und ließ die Luft langsam entweichen.

»Dann wird es schwierig werden. Wenn wir keine Zeugen haben, ist es eigentlich unmöglich herauszufinden, wer Ihre Nichte gestoßen hat.«

Er schwieg eine Weile und dachte nach. Dann lehnte er sich zurück und meinte:

»Könnte es sein, dass Ihre Nichte einen Kreislaufkollaps

gehabt hat und deshalb umgefallen ist? War ja heiß in letzter Zeit.«

»Nein, ganz bestimmt nicht, Herr …«

»Buckenmaier. Ralf Buckenmaier. Oder könnte es sein, dass sie über etwas gestolpert ist? Wissen Sie, man muss immer erst einmal an die naheliegenden Möglichkeiten denken, bevor man eine Straftat in Erwägung zieht.«

Uschi fing an, sich zu ärgern. Wenn er nicht einmal glaubte, was sie sagte, hätte sie sich den Weg zur Polizei sparen können.

»Hören Sie mal. Wenn meine Nichte sagt, dass sie gestoßen worden ist, dann war das auch so. So was merkt man doch! Sie hatte übrigens etwa eine Woche davor noch so einen eigenartigen Unfall. Auf dem Fußweg der Burg Hohenzollern. Sie ist über irgendetwas gestolpert, obwohl sie kein Hindernis gesehen hat.«

Noch während sie sprach, merkte sie, dass sie diese Geschichte besser für sich behalten hätte. Sie hatte Clara soeben unglaubwürdig gemacht. Die Mundwinkel des Polizisten zuckten verräterisch. Vermutlich dachte er, Clara bräuchte eine Brille oder sei eben ein Tollpatsch. Er belächelte sie. Eindeutig!

»Auf alle Fälle«, fuhr sie rasch fort, »ist meine Nichte fast ums Leben gekommen. Und es kann ja wohl nicht sein, dass man die Geschichte jetzt im Sande verlaufen lässt!« Sie beschloss, einen strengeren Ton anzuschlagen. Bei dem Herrn musste man offensiv auftreten. »Wie läuft das denn normalerweise ab? Was werden Sie tun, um die Zeugin ausfindig zu machen?«

Die Mundwinkel des Polizisten sanken sofort wieder nach unten. Er blickte Uschi ernst an und räusperte sich lautstark.

»Das Einzige was ich tun kann, ist eine Anzeige in die Zeitung zu setzen und mögliche Zeugen des Unfalls zu bitten, sich bei der Polizei zu melden.«

»In welche Zeitung? In die Lokalzeitung?«

»Hm.«

»Und was ist, wenn die Zeugin von ganz woanders herkommt und die Anzeige nicht liest?«

»Dann haben wir Pech gehabt«, meinte er barsch.

Uschi erwiderte nichts, starrte den Polizisten lediglich fassungslos an. Pech gehabt? Da war sie aber vom »Tatort« anderes gewohnt. Wenn die so ermitteln würden, könnten sie die Mörder nie schnappen!

»Dann vielen Dank für Ihre Bemühungen, Herr Buckenmaier!«

Mit einem Ruck schob sie ihren Stuhl zurück, stand auf und wollte gerade das Büro verlassen, als der Polizist nachhakte:

»Sagen Sie, Frau Lämmle. Kann es sein, dass wir uns schon einmal begegnet sind? Ich meine, mich dunkel an Sie erinnern zu können.«

Irritiert musterte Uschi das Gesicht des Polizisten. Halbglatze, braune Augen, glatt rasiert, schätzungsweise Mitte 50. Sie konnte sich beim besten Willen nicht an den Mann erinnern.

»Ich wüsste nicht ...«

»Jetzt!«, fiel ihr Buckenmaier lautstark ins Wort, »jetzt weiß ich's!«

Er fing an zu lachen. Uschi empfand das Lachen als Anmaßung. Es klang geradezu schadenfroh. Am liebsten hätte sie sofort die Tür hinter sich geschlossen.

»*Sie* waren das mit der Pistole!«

Uschi schaute ihn überrascht an. Woher wusste er…? War er einer der Polizisten von damals? Ausgerechnet. Oh nein! Jetzt kam diese alte Geschichte erneut auf den Tisch.

Mit einem breiten Grinsen sagte er:

»Das war damals echt der Hammer! Ja, ja, so kann man sich manchmal täuschen, gell? Deshalb muss man immer vorsichtig sein, dass man keine vorschnellen Schlüsse zieht. Sonst sieht man noch Verbrechen, wo gar keine sind!«

So ein blöder Idiot! Sie hätte ihm den Hals umdrehen können. Dann hätte er sein Verbrechen! Wütend funkelte sie ihn an.

»Der Vorfall von damals hat rein gar nichts mit dem Anschlag auf Clara zu tun. Ich hoffe, Sie finden die Zeugin. Also. Auf Wiedersehen!«

Mit diesen Worten knallte sie die Tür hinter sich zu und verließ im Laufschritt und mit hochrotem Kopf das Revier. So schnell brachte sie hier keiner mehr rein! Eine absolute Frechheit war das! Was bildete sich der Typ ein? Und unfähig war er noch dazu!

Sie setzte sich ins Auto und fuhr zurück nach Albstadt. Sie war so zerstreut, dass sie ganz vergessen hatte, eigentlich noch einkaufen gehen zu wollen. Erst als sie schon vor der Garage stand, fiel ihr ein, andere Pläne gehabt zu haben. Fluchend setzte sie zurück und fuhr mit 50 Sachen durch die 30er-Zone ihres Wohngebiets. Das traurige Smiley einer Radarstation blinkte ihr vorwurfsvoll entgegen. Solange du nicht blitzt und nur blinkst, kannst du lange traurig gucken, dachte Uschi trotzig.

Das war damals echt blöd gelaufen. Sie sah es noch ganz genau vor sich, dieses Auto, das vor ihr an der Ampel gestanden hatte. Und die Pistole, die auf den Kopf der Fahrerin gerichtet gewesen war. Sie hatte kaum glauben können, was sie da sah. Hatte den Wagen völlig konsterniert verfolgt und erst mal keine Idee gehabt, was man in so einer Situation am besten tat. Nachdem sie dem Auto eine Weile nachgefahren war, rief sie mit dem Handy bei der Polizei an, gab das Kennzeichen des Autos durch und beschrieb, wohin der Wagen fuhr. Sie war so was von aufgeregt gewesen! Kam sich vor wie Miss Marple. Nach ihrem Anruf war dann alsbald ein Polizeiauto mit Blaulicht aus der Nebenstraße aufgetaucht, das den Wagen vor ihr stoppte. Uschi hatte ihr Auto ebenfalls am Straßenrand abgestellt und war vorsichtig an das andere Auto herangetreten. Die zwei Polizisten standen links und rechts des Autos und hatten ihre Pistolen gezogen. Es war genau wie im Fernsehen. Sie schrien:

»Kommen Sie mit erhobenen Händen heraus.«

Uschi war total baff, als erst die Fahrerin und daraufhin ein kleines Bürschlein mit erhobenen Händen aus dem Wagen ausstiegen. Als der kleine Junge die Polizisten erblickte, fing er entsetzlich an zu weinen. In seiner Hand hielt er eine Pistole. Einer der Polizisten nahm ihm das Ding ab und rief daraufhin:

»Eine Spielzeugpistole! Fehlalarm! Es ist nur eine Spielzeugpistole!«

Uschi hätte im Boden versinken können! Fehlalarm! Sie hatte wegen eines Kindes, das seiner Mutter zum Spaß eine Spielzeugpistole an den Kopf gehalten hatte, die Polizei gerufen. Wie peinlich! Natürlich hatte sie sich sofort bei den Polizisten entschuldigt und auch bei der Mutter, die nicht nur verängstigt, sondern durchaus auch verärgert gewesen war.

Die Polizisten hatten Uschi belehrt, das nächste Mal genauer hinzuschauen, bevor sie andere Leute einer Straftat bezichtigte. Uschi fand das mehr als ungerecht. Gewiss war es ein Reinfall gewesen. Aber wer hätte ahnen können, dass es sich bei der Pistole in Wirklichkeit um eine Spielzeugpistole handelte? Zumal sie von hinten auch nicht sehen konnte, dass auf dem Beifahrersitz ein Kind saß. Das Kind hatte dagegen niemand belehrt, dass man so was nicht machte. Der Mutter eine Pistole an den Kopf zu halten! Auch wenn es nur ein Spielzeug war. Und überhaupt: Forderte die Polizei nicht immer Zivilcourage? Zum Dank wurde sie belehrt und stand da wie ein Idiot.

Damals hatte sie sich vorgenommen, keine unnötige Zivilcourage mehr zu zeigen. Sie würde sich in nichts mehr einmischen, was sie nichts anging. Sollten doch sämtliche Kinder ihren Müttern Pistolen an den Kopf halten, sie würde künftig wegschauen. So wie all die feigen Wegschauer.

Aber das mit Clara. Das ging sie was an. Immerhin war ihre Nichte nach all dem, was passiert war, so verängstigt, dass sie am liebsten die Burg nie wieder betreten wollte. Sie war seit diesem Unfall richtiggehend traumatisiert. Faselte ständig was von dem »Fluch der weißen Frau«. Musste wohl mit dem Schock und der Gehirnerschütterung zusammenhängen. So kannte sie Clara gar nicht. Ansonsten war sie ein vernünftiges Mädchen, das mit beiden Beinen fest auf dem realen Boden stand.

Uschi war überzeugt davon, dass es für alles eine plausible Erklärung gab. Bestimmt hatte die Person, die Clara gestoßen hatte, dies nicht mit Absicht getan. War vermutlich bei dem Gedränge selbst nach vorn geschoben worden und dann auf Clara gefallen. So könnte es gewesen sein. Was nichts daran änderte, dass die Person schuld an Claras Sturz war und zumindest hätte Erste Hilfe leisten müssen. Der- oder diejenige hatte sich der Unterlassung von Hilfeleistung schuldig gemacht. Was fast einer Fahrerflucht gleich kam. Uschi verabscheute diese Feiglinge, die nach einem Unfall, den sie verursacht hatten, einfach abhauten. Unfähig, für ihre Taten geradezustehen. Unfähig, Verantwortung für ihre Fehler zu übernehmen. Deshalb war es auch wichtig, denjenigen ausfindig zu machen, der Clara den Stoß verpasst hatte. Auch wenn es keine böse Absicht war, musste er oder sie zur Rechenschaft gezogen werden.

Uschi schob ihren Einkaufswagen durch die Gänge des Supermarkts. Sie brauchte noch ein Geschenk für ihren Besuch im Krankenhaus. Worüber könnte sich ihre Nichte freuen. Pralinen? Besser nicht. Clara achtete ziemlich auf ihre Figur. Auch wenn sie das nicht nötig hatte. Besser war eine Frauenzeitschrift. Die würde sie ein wenig ablenken und auf andere Gedanken bringen. Noch ein paar vitaminreiche Blaubeeren dazu und gut war's.

Wie so oft stand Uschi an der falschen Kasse. Sie hatte sich daran gewöhnt, dass stets die von ihr gewählte Schlange am langsamsten voranging. So war das eben. Sie machte einmal mehr die Not zur Tugend und nutzte die Wartezeit für Körperübungen. Sie bemühte sich, möglichst entspannt dreinzublicken, während sie die Aufzugübung für den Beckenboden absolvierte. Langsam ging es Stück für Stück voran. Die Kassiererin war zumindest schon in Sicht. Während Uschi ihren Beckenboden im Wechsel anspannte und lockerließ, drifteten ihre Gedanken ab.

Und wenn es bei der Bushaltestelle doch kein Unfall gewesen war? Wenn jemand Clara absichtlich gestoßen hatte? Aber wer wollte diesem Mädchen etwas Böses? Wer hätte gar ein Interesse daran, sie zu töten? Ein so junges Mädchen konnte doch keine Feinde haben. Oder?

Im Grunde konnte sich Uschi generell nicht vorstellen, was Menschen dazu trieb, Verbrechen zu begehen. Sie ging grundsätzlich immer vom Guten im Menschen aus. Und doch gab es auch schlechte Menschen. Oder zumindest Menschen, die auf die schiefe Bahn gerieten oder aus einem Impuls heraus aggressiv reagierten. Selbst im idyllischen Zollernalbkreis kam es gelegentlich zu Mord und Totschlag. Heile Welt existierte nur im Paradies. Und auch dort hatte es eine Schlange gegeben.

Uschi seufzte. Das war alles Unsinn! Wer sollte Clara schon ermorden wollen? Das war doch völlig irreal. Nein, vermutlich war es doch ein Unfall gewesen. Und falls nicht, dann war es die Aufgabe der Polizei, das herauszufinden. Sie hatte für ihren Teil alles getan, was für sie möglich war. Mehr konnte sie nicht tun. Sie hatte schon einmal überreagiert. Es war nicht schlimm, Fehler zu machen, wenn man daraus lernte. Es war jedoch bescheuert, wiederholt den gleichen Fehler zu machen. Sie war keine Miss Marple. Sie würde sich künftig zurückhalten.

»8 Euro 35, bitte. Payback-Karte?«

»Was?«

»Payback-Karte?« Die Kassiererin schaute sie entnervt an.

»Äh, nein danke.«

Uschi beeilte sich, ihr das Geld zu reichen. Sie hielt hier noch mit ihrer Grübelei den ganzen Laden auf.

Uschi klopfte kurz an und lugte dann ins Krankenzimmer. Oh, Clara war nicht allein. Tom war zu Besuch.

»Soll ich später noch mal kommen? Ich will nicht stören!«

Clara lachte.

»Aber du störst doch nicht, Tante Uschi. Komm rein!«

Tom war gerade dabei, seinen Blumenstrauß auf Claras überfüllten Nachttisch zu stellen.

»Ich wollte mich sowieso gerade verabschieden. Ich hab nachher noch eine Führung.«

»Danke, Tom!« Clara strahlte ihn an. »Ich liebe Sonnenblumen! Da hast du genau meinen Geschmack getroffen.«

Ein zufriedenes Lächeln huschte über Toms Gesicht.

»Da bin ich aber froh, dass ich dir nicht auch noch Blumen gebracht habe«, sagte Uschi mit Blick auf einen großen Strauß roter Rosen, der auf der Fensterbank stand. »Schau, ich hab dir was zum Lesen mitgebracht.«

»Perfekt! Mir ist so was von langweilig. Eigentlich weiß ich gar nicht, was ich hier noch soll. Ich werde später mal nachfragen, wann ich nach Hause darf.«

Uschi setzte sich zu ihr ans Bett und strich ihr die Haare aus der Stirn.

»Nun mal langsam, meine Liebe. Die Ärzte werden schon wissen, wann sie dich guten Gewissens entlassen können. Es eilt gar nicht. Auf der Burg werden sie auch mal ein paar Tage ohne dich auskommen.«

Tom nickte und sagte:

»Ja klar. Elke ist ganz in ihrem Element. Sie jammert zwar, wie gestresst sie jetzt ist, wenn sie auch noch deine Führungen übernehmen muss. Aber ich glaube, letztlich genießt sie es, die Alleinherrschaft über die Franzosen auf der Burg zu haben.«

Clara guckte auf einmal ganz bekümmert drein.

»Vielleicht«, murmelte sie, »bleibt es auch dabei. Bei der Alleinherrschaft.«

»Wie meinst du das?« Tom horchte auf.

»Seit diesen Unfällen in den letzten Tagen graut es mir ehrlich gesagt davor, weiterhin auf der Burg zu arbeiten. Möglicherweise war der Stoß in den Rücken so was wie eine letzte Warnung gewesen.«

»Von wem?« Uschi sah ihre Nichte verständnislos an.

»Von der Geisterfrau«, sagte Clara so leise, dass man es kaum hören konnte. »Vielleicht sollte ich mich von der Burg fernhalten.«

»Aber Clara! Das ist doch Unsinn! Du hattest einfach Pech in letzter Zeit. Ich glaube nicht an diesen Spuk. Bestimmt gibt es für alles eine sinnvolle Erklärung.«

Clara schob sich mit den Füßen ein Stück nach oben und steckte sich dann das kleine Kissen so in den Rücken, dass sie aufrecht sitzen konnte.

»Und was für eine Erklärung sollte das sein? Ich bin mir sicher, dass es bei beiden Unfällen nicht mit rechten Dingen zugegangen ist. Ganz sicher.«

»Also gut. Nehmen wir einmal an, du hast recht und es ging nicht mit rechten Dingen zu. Bist du damit einverstanden, dass wir den Geist mal außer Acht lassen? Das ist mir nämlich echt zu abstrus.«

Clara zuckte mit den Schultern, sagte jedoch nichts.

»Okay«, fuhr Uschi fort. »Dann wollen wir das alles so nüchtern und logisch wie möglich betrachten. Ehrlich gesagt, hab ich mir heute auch schon so allerlei Gedanken gemacht. Wer könnte denn ein Interesse daran haben, dir zu schaden? Hast du Feinde?«

Clara schaute Uschi mit großen Augen an.

»Feinde? Wer hat denn Feinde? Wir sind hier ja nicht im Wilden Westen!«

»Also gut. Dann sprechen wir eben nicht von Feinden. Gibt es irgendjemand, der dich nicht leiden kann?«

»Bestimmt gibt es Leute, die mich nicht so leiden können.« Clara dachte eine Weile nach. Schließlich meinte sie: »Ich hatte mal eine Klassenkameradin, die Tina, die …«

»Wie lange ist das her?«, unterbrach sie Uschi.

»So – fünf Jahre?«

»Hast du noch Kontakt zu ihr?«

»Nö. Warum sollte ich?«

»Nein, Clara. Das bringt nichts. Keine alten Kamellen. Gibt es momentan in deinem Lebensumfeld jemanden, der dich nicht leiden kann? Jemand, mit dem du regelmäßig Kontakt hast?«

»Hm, weiß nicht.«

In diesem Moment ertönte die Musik des rosaroten Panters. Clara äugte rasch auf das Display ihres Handys und drückte den Anrufer kommentarlos weg.

»Bei der Arbeit mögen dich alle«, gab Tom zu bedenken. »Alle – bis auf Elke …«

Clara war plötzlich wie elektrisiert und rief aus:

»Stimmt! Elke profitiert als Einzige davon, dass ich außer Gefecht gesetzt bin. Und sie hat mich dauernd auf dem Kieker, schikaniert mich, wo es nur geht. Du hast recht. Elke. Die könnte es gewesen sein!«

Uschi wiegte den Kopf hin und her.

»Möglich. Aber hatte sie auch Gelegenheit, dich vor den Bus zu stoßen? War sie an dem Tag überhaupt auf der Burg?«

Nun war auch Tom ganz aufgeregt.

»Ja, sie war da. Definitiv. Und wisst ihr, was mir auch gerade einfällt? An dem Tag, als Clara im Wald gestürzt ist, hat sie Elke doch bei der Abendführung vertreten. Niemand außer Elke wusste, dass Clara um diese Uhrzeit, den Fußweg runterlaufen würde.«

»Sie hatte doch Konzertkarten. Das kommt nicht so ganz hin«, warf Clara ein.

»Weißt du, ob sie tatsächlich zu dem Konzert gegangen ist?«

In diesem Moment schlich wiederum der rosarote Panter durch den Raum. Clara überprüfte das Display, drückte den Anrufer erneut weg und steckte das Handy in die Schublade ihres Nachttischs. Sie stöhnte.

»Wer nervt dich denn da so?«, fragte Uschi neugierig.

Clara zögerte und warf Tom einen unsicheren Blick zu.

»Mark!«, stieß sie gepresst hervor.

»Mark?«

Uschi merkte, dass es Clara unangenehm war, in Toms Gegenwart über ihren Ex zu sprechen. Deshalb wechselte sie lieber schnell das Thema:

»Aha. Um noch einmal auf diese Elke zurückzukommen. Das müsste natürlich überprüft werden. Ich meine ihr Alibi.« Mensch, wie spreche ich denn? Ich klinge schon wie so eine Hobbydetektivin, fuhr es ihr durch den Kopf. »Aber *ich* werde das bestimmt nicht tun«, fügte sie rasch hinzu.

»Warum nicht?«, wollte Clara wissen. »Das ist doch endlich mal eine Spur!«

»Weil ich schon genug getan habe«, rechtfertigte sich Uschi. »Ich war heute bei der Polizei und habe Anzeige gegen Unbekannt erstattet. Die suchen derweil nach Zeugen.«

»Gut. Das ist ja zumindest mal ein Anfang«, meinte Tom. »Und ich kann währenddessen mal dieser Elke ein wenig auf den Zahn fühlen.« Er trat einen Schritt näher an Claras Bett. »Aber weißt du was? Wenn du dich nun verängstigt zurückziehst und den Job auf der Burg beendest, dann hätte sie ihr Ziel erreicht. Den Gefallen darfst du ihr nicht tun. Mal ganz davon abgesehen, dass ich – es wirklich schade finden würde, wenn du nicht mehr im Team wärst.« Er blinzelte dabei nervös.

Clara lächelte.

»Na gut. Ich kann's mir ja noch mal überlegen … Aber wenn ich mich dazu entscheide, wieder auf der Burg zu arbeiten, dann werde ich keine Abendführung mehr übernehmen. Ich geh auf keinen Fall mehr nachts alleine den Burgweg runter.« Sie hielt kurz inne. »Auch wenn ihr das vielleicht nicht nachvollziehen könnt.«

»Warum sollten wir das nicht nachvollziehen können? Wenn du keine Nachtführungen mehr durchführen möchtest, wird dich Oswald auch nicht dazu zwingen. Ich rede mal mit ihm darüber. So! Ich muss leider los! Die Pflicht ruft! Gute Besserung, Clara. Tschüss!«

»Tschüss. Und danke noch mal für die schönen Blumen!«

Als Uschi mit Clara allein war, fragte sie:

»Hast du immer noch Kontakt zu Mark? Ich dachte, das sei vorbei?«

Clara schnaubte wütend:

»Das dachte ich auch! Für mich ist es definitiv vorbei. Aber seit Kurzem fängt er von Neuem an, mich ständig anzurufen. Er sagt, wir sollten es doch noch einmal probieren.«

»Und – willst du das?«

»Auf gar keinen Fall! Das funktioniert nicht mit uns beiden. Und ehrlich gesagt, vermisse ich ihn überhaupt nicht. Im Gegenteil. Ich bin froh, dass ich endlich frei bin und tun und lassen kann, was ich will.«

»Hast du ihm das gesagt?«

»Mehr als deutlich. Irgendwann war ich so genervt von seinen ständigen Anrufen, dass ich ihm gesagt habe, er soll sich zum Teufel scheren und mich endlich in Ruhe lassen!«

»Hm, weiß er, dass du auf der Burg arbeitest?«

»Ja. Und das gefällt ihm gar nicht. Er hat mich gefragt, warum ich denn nicht mehr in der Firma in Balingen jobbe, in der er auch arbeitet. Weißt du, dann hätte er mich in der Mittagspause immer sehen können. Ich hab ihm erklärt, dass mir der Job auf der Burg erstens mehr Spaß macht und mir zweitens für mein Studium mehr bringt, weil ich dann französisch sprechen kann. Und dass ich es vermeiden will, ihm ständig über den Weg zu laufen.«

»Sag mal, sind die roten Rosen von ihm?«

Uschi roch an den Rosen. Sie dufteten nicht.

Clara verdrehte die Augen.

»Die sind mit Fleurop gekommen.«

»Da ist ein Kärtchen dabei.« Uschi fischte es aus den stachligen Rosen hervor. »Darf ich?«

»Ja, ja. Ich hab's schon gelesen.«

»Ich bin immer für dich da. Dein Mark.« Uschi pfiff durch die Zähne. »Wow!«

»Für mich klingt ›immer‹ eher wie eine Drohung. Der schnallt echt gar nichts. Der Idiot.«

Der rosarote Panter war wieder da. Wenn auch gedämpft. Clara schielte zur Nachttischschublade.

»Wenn man vom Teufel spricht... Weißt du was? Ich sperre seine Nummer. Dann ist Schluss mit diesem Telefonterror.«

Sie nahm das Handy heraus und tippte gereizt auf der Tastatur herum.

Es klopfte an der Zimmertür. Eine Krankenschwester kam mit einem Rollwagen herein und trat an Claras Bett.

»Frau Lämmle? Ich sollte Ihnen kurz die Thrombosespritze verabreichen. Ist auch gleich erledigt...«

»Oh, ich wollte eh aufbrechen. Clara, mein Schatz. Ich wünsch dir eine gute Besserung. Ruh dich aus, reg dich nicht so auf und genieß noch eine Weile das Nichtstun. Ich meld mich, okay?«

Sie tätschelte ihrer Nichte ermutigend den Oberarm und schlich sich aus dem Zimmer. Sie hasste Spritzen. Und Thrombosespritzen ganz besonders.

Auf dem Heimweg dachte Uschi über diesen Mark nach. Sie kannte ihn nicht besonders gut. Das meiste, was sie über ihn wusste, stammte aus Claras Erzählungen. Er schien immer noch sehr an Clara zu hängen. Dass er mit seiner besitzergreifenden Art bei Clara zunehmende Verärgerung und Ablehnung auslöste, schien er nicht zu begreifen. Hm, Liebe und Eifersucht. Das waren typische Mordmotive.

Als sie an der Radarstation im Wohngebiet vorbeikam, strahlte ihr das Smiley mit einem breiten Grinsen entgegen.

Ob Mark dazu imstande war, seiner geliebten Clara etwas anzutun? Aus verschmähter Liebe? Aus lauter Frust?

Am nächsten Tag erschien eine kleine Zeitungsanzeige, die potenzielle Zeugen des Busunfalls aufforderte, sich bei der Polizei zu melden. Na, ob das jemand wahrnahm, so klein wie die Anzeige war? Überlas man schnell. Uschi war skeptisch, ob diese Maßnahme reichen würde, Zeugen zu finden.

Dieser Buckenmaier schien auch nicht besonders motiviert zu sein, die Hintergründe des Unfalls aufzuklären. Aber man sollte ja keine vorschnellen Schlüsse ziehen. Vielleicht leistete der Bursche wider Erwarten doch noch gute Arbeit. Zumindest war er vom Fach. Der Experte sozusagen. Und allein schon deshalb sollte man ihm einen Vertrauensvorschuss gewähren. Und Geduld haben.

Nach drei Tagen hatte sich Uschi ihrer Ansicht nach genug zurückgehalten. Jetzt war es wohl legitim, mal nachzufragen, was die Ermittlungen so machten. Da sie keine Lust hatte, stundenlang im Polizeirevier zu warten und zudem am frühen Nachmittag wieder auf der Burg sein musste, griff sie zum Telefon.

»Uschi Lämmle. Guten Tag. Könnte ich bitte Herrn Buckenmaier sprechen?«

Es dauerte eine Weile, bis Buckenmaier am Apparat war.

»Ja? Buckenmaier?«

»Uschi Lämmle. Hallo. Ich wollte mich mal erkundigen, ob sich bereits Zeugen gefunden haben, die etwas zum Unfall meiner Nichte aussagen konnten.«

Schweigen. Uschi wartete und lauschte. Sie hörte im Hintergrund Geraschel. Besonders kommunikativ war der Buckenmaier nicht. Höflich schon gar nicht. Könnte ja mal sagen, was er da gerade so trieb, ohne zu antworten. Als sich Uschi gerade schon überlegte, ob sie auflegen sollte, hörte sie Buckenmaiers sonore Stimme:

»So! Musste erst mal die Akte raussuchen. Sooo.«

Wieder hörte Uschi nur, dass es raschelte. Wann war er denn endlich soweit?

»Also. Nein! Tut mir leid. Da hat sich bisher niemand gemeldet.«

Na, das hätte sie sich ja denken können, dass die winzige Anzeige nichts gebracht hatte.

»War auch ziemlich klein, die Anzeige«, blaffte sie.

»Das ist die übliche Größe. Vielleicht meldet sich noch jemand. Kann man nicht sagen. Braucht manchmal seine Zeit, bis sich ein Zeuge traut, sich bei der Polizei zu melden. Wissen Sie, viele Leute haben Angst, sie könnten in den Vorfall irgendwie hineingezogen werden. So eine Zeugenaussage ist mit Mühe verbunden, bedeutet manchmal auch Ärger. Da brauchen manche eine Weile, bis ihr schlechtes Gewissen sie dann doch noch irgendwann zu uns führt.«

Kein Wunder! Ein bisschen mehr Freundlichkeit und weniger Bürokratie würden der Sache sicher dienlich sein, dachte Uschi. Sagte aber lieber nichts. Stattdessen fragte sie:

»Und wie geht's nun weiter?«

»Abwarten.«

»Nur abwarten? Gehen Sie denn nicht vor Ort auf die Burg, um dort die Zeugen zu befragen? Oder den Busfahrer zum Beispiel? Haben Sie den schon befragt?«

Buckenmaier wurde ärgerlich.

»Muss ich mir etwa von Ihnen sagen lassen, wie ich meine Arbeit zu tun habe? Ich weiß, was ich tue. Und nicht tue.«

Ich musste mir von den Eltern der Schüler auch manchmal

sagen lassen, wie ich ihre Kinder erziehen soll, obwohl ich die studierte Expertin war, dachte Uschi missmutig. Verkniff sich den Kommentar allerdings.

»Entschuldigung. So war das nicht gemeint«, sagte sie hingegen.

Buckenmaier zeigte sich sofort versöhnlich. Zumindest schien er nicht nachtragend zu sein.

»Frau Lämmle. Ich tue mein Bestes. Im Moment kann ich leider nicht mehr tun. Wir können nur abwarten, ob sich doch noch ein Zeuge meldet. Haben Sie ein wenig Geduld. Und was den Busfahrer betrifft. Natürlich habe ich mit dem bereits gesprochen. Hat aber leider nix gesehen. Er sagt, Ihre Nichte sei plötzlich vor ihm auf dem Asphalt gelegen und er habe grade noch in die Kufen steigen können, um sie nicht zu überrollen.«

Bei dem Wort »überrollen« bekam Uschi ein ganz mulmiges Gefühl. Das durfte man sich gar nicht bildlich vorstellen!

»Mit Ihrer Nichte hab ich inzwischen auch gesprochen. Nur weil Sie denken, wir würden in dem Fall nichts tun! Sie behauptet steif und fest, sie sei gestoßen worden. Nur schade, dass das sonst niemand bezeugen kann.«

»Dann dank ich Ihnen mal so weit, Herr Buckenmaier! Sagen Sie, könnten Sie mich anrufen, wenn Sie etwas Neues in Erfahrung bringen?«

»Das lässt sich machen. Hauptsache Sie ermitteln nicht wieder selbst.« Er lachte. »Das ist schließlich schon mal schiefgegangen, gell?«

Uschi schnaubte und drückte ihn weg. Vollidiot! Wie oft wollte er ihr die alte Geschichte noch vorhalten? Der schien es regelrecht zu genießen, sie zu ärgern. Wenn er so weitermachte, würde sie ihn wegen Mobbing anzeigen. Der würde sich noch umschauen! Der arrogante Schnösel!

Da ist sie ja noch mal glimpflich davongekommen. Die Clara.

Scheint einen Schutzengel zu haben… Hätte eigentlich gar nicht so weit kommen müssen. Aber sie lernt einfach nichts dazu. Sie hat die erste Warnung mit der Nylonschnur als Stolperfalle nicht ernst genommen. Macht immerzu weiter.

Sie hat mir gar keine andere Wahl gelassen. Ich musste zu drastischeren Mitteln greifen. Sie hat Glück gehabt, dass der Busfahrer rechtzeitig bremsen konnte. Es hat nicht viel gefehlt… Falls der Bus sie erwischt hätte, wär's dann halt Schicksal gewesen.

Ich geb ja nur den Impuls. Wie der Schmetterling bei der Chaostheorie. Ich schlag ganz unschuldig mit den Flügeln. Wenn sich daraus dann ein Tsunami entwickelt, kann ich nichts dafür.

Hoffentlich nimmt sie die Warnung nun endlich ernst. Sie hat auf der Burg nichts zu suchen. Wenn sie allerdings weiterhin so stur bleibt, könnte das gefährlich für sie werden. Dann wird aus dem Schutzengel womöglich doch noch ein Todesengel.

Die alte Lämmle könnte auch noch zum Problem werden. Die hat überall ihre Augen und Ohren. Wenn sie mit der Schnüffelei nicht aufhört, muss ich sie in ihre Schranken verweisen. Ein bisschen mit den Flügeln schlagen. Da fällt mir schon was Passendes ein. So alte Leute sind ja recht empfindlich. Das Reaktionsvermögen ist auch nicht mehr gut. Da kann ein Sturz oder so gleich üble Folgen haben.

Einmal Pommes ohne alles!«

Meike nickte beflissen:

»Wird gemacht!«

Sie werkelte an der Fritteuse herum und schüttete die Pommes mit geübtem Handgriff in ein Schälchen. Uschi schmunzelte. Am Kiosk stand in großen Buchstaben »Pommes Fritz« angeschrieben. Auf der Burg wurde behauptet, das Gericht sei nach König Friedrich dem Großen, dem »Alten Fritz« benannt, der die Kartoffel 1740 in Deutschland eingeführt hatte. Auf der Burg hielt man deshalb auch die Schreibweise »Pommes Fritz« für angemessen.

Meike holte sie aus ihren Gedanken.

»Wie geht es denn Ihrer Nichte inzwischen? Ich hab gehört, sie sei vor einen Bus gefallen ...«

»Sie ist nicht gefallen. Sie ist gestoßen worden!«, stellte Uschi schmatzend richtig.

»Gestoßen?« Meike schüttelte den Kopf. »Die Leute drängeln aber auch immer abartig, wenn es drum geht, einen Platz im Bus zu ergattern. Ich hab das schon oft beobachtet. Ein Wunder, dass sie sich nicht noch die Ellenbogen gegenseitig reinrammen. Jeder will der Erste sein. Eigentlich hab ich nur drauf gewartet, dass da mal was passiert.«

Sie wandte sich ihren Grillwürsten zu und überprüfte den Bräunungsgrad.

»Könnte auch sein, dass sie mit Absicht gestoßen worden ist«, sagte Uschi unwirsch und pikste energisch eine Fritte auf den Plastikstocher.

Meike blickte überrascht auf.

»Mit Absicht? Wie kommen Sie denn darauf?«

»Ich weiß nicht. Ist so ein Gefühl. Na ja, auf jeden Fall ermittelt die Polizei und sucht nach Zeugen. Sie haben wahrscheinlich auch nichts gesehen, oder?«

»Hm. Nein. Tut mir leid.«

Sie wischte mit einem Lappen die Theke sauber.

»Da fällt mir ein ...«, sagte Uschi und legte ein Foto auf die Theke, »haben Sie schon mal diesen Mann da im Biergarten gesehen?«

Sie hatte mehrere Alben durchforsten müssen, bis sie eine Aufnahme von Mark gefunden hatte, auf der er ausnahmsweise mal nicht mit Clara gemeinsam abgelichtet worden war. Meike begutachtete das Foto und schüttelte dann bedauernd den Kopf:

»Nein. Wissen Sie, hier sind so viele Leute jeden Tag. Da kann ich mir nicht jedes Gesicht merken.« Sie warf erneut einen Blick auf das Foto. »Obwohl der Typ schon ganz gut aussieht ... Aber ich kann mich nicht an ihn erinnern. Nein.« Sie schob das Foto zu Uschi zurück. »Wer ist das denn? Glauben Sie, dass er es war, der Ihre Nichte vor den Bus gestoßen hat?«

Uschi winkte ab.

»Nein, nein. Ich wollte nur wissen, ob er in letzter Zeit öfter hier auf der Burg war.«

»Keine Ahnung, wie gesagt. Öfter vermutlich nicht. Sonst wäre er mir vielleicht schon irgendwann aufgefallen.«

Uschi warf ihr leeres Pappschälchen in den Mülleimer.
»Ich muss. Tschüss dann und danke!«

Sie lief Richtung Schlossgebäude und entdeckte Tom, der sich gerade mit Sauter unterhielt. Uschi gesellte sich zu ihnen.

»Hallo allerseits!«

»Hallo. Na, habe Sie was Gutes gegesse?«

»Ja, Pommes halt.«

»Pommes? Lautrig? Ohne Schnitzel? Des wär mir zwenig. Werde Sie da satt?«

Uschi lachte.

»Klar. Es gibt natürlich Gesünderes, aber ab und zu gönne ich mir gern auch mal was Ungesundes.«

Tom flüsterte ihr ins Ohr:

»Was ist denn ›lautrig‹?«

»Lautrig?«, erläuterte Uschi amüsiert. »Das weißt du nicht? Lautrig bedeutet ›ohne alles‹, ›nur so‹, ohne Sauce oder Beilage. Ein Schwäbisch-Kurs würde dir mal guttun.«

»Stimmt. Interessant wäre das bestimmt. Aber mal was anderes: Wie geht's Clara?«

»Ja, wie geht's denn der Clara? Isch sie aus em Krankenhaus drauße?«

»Nein, leider noch nicht. Weil sie über Schmerzen im Fuß geklagt hat, haben sie ein MRT durchgeführt und festgestellt, dass sie einen Bänderriss davongetragen hat. Vermutlich ist das bei dem Sturz auf der Treppe passiert. Deshalb tat sie sich auch mit dem Laufen so schwer.«

»Oh Mann, die Arme!«, sagte Tom mit leichtem Kopfschütteln.

»Na ja, das wird schon wieder. Ich denke, dass sie spätestens übermorgen entlassen wird. Arbeiten kann sie allerdings vorerst noch nicht, Herr Sauter. Stellen Sie sich mal darauf ein, dass sie mindestens noch eine Woche oder länger krankgeschrieben sein wird. Die Krankschreibung wird Ihnen noch zugeschickt.«

Der Verwalter seufzte und fuhr sich mit der Hand durchs Haar.

»Da wird die Elke nicht begeistert sein. Die jammert ja jetzt schon rum, dass ihr alles zviel isch.«

»Ach, ich glaub, das sagt sie nur so, damit man ihre Arbeit mehr wertschätzt. Ich hab eher das Gefühl, dass sie zurzeit richtig aufblüht«, widersprach Tom.

»I muss auf alle Fäll im Büro Bscheid gebe, dass d' Clara noch a Weile fehlt. Des müsse die ja wisse. Für d' Planung. Also. Machet's gut. Tschüssle.«

Als Sauter außer Hörweite war, fragte Uschi:

»Apropos Elke. Hast du schon was rausbekommen?«

Tom sah sich erst um. Dann sagte er mit gesenkter Stimme:

»Nicht viel. Ich weiß nur, dass sie am Tag des Busunfalls bereits um 16 Uhr Dienstschluss gehabt hat. Sie hätte also durchaus um 17 Uhr bei der Bushaltestelle stehen können.«

»Aha. Und weißt du, ob sie tatsächlich bei dem Konzert war?«

»Nein. Ich hab mal bei der Stadthalle angerufen und mich erkundigt. Zumindest hat an diesem Abend tatsächlich ein Konzert stattgefunden.«

»Hm, wie könnte man denn rausbekommen, ob sie dort war?«

»Sie wollte mit ihrer Mutter ins Konzert gehen. Ich müsste die Mutter fragen, ob sie zusammen dort waren. Mir ist nur noch nicht klar, wie ich das anstellen soll. Ich kann ja nicht einfach anrufen und sie fragen, ob sie mit ihrer Tochter im Konzert war.«

»Dir wird bestimmt noch was einfallen …« Uschi zog einen Schlüssel aus ihrer Jackentasche und hielt ihn triumphierend in die Höhe. »Ich werde jetzt übrigens mal versuchen, dem Geheimnis der weißen Frau auf die Spur zu kommen.«

»Ist das der Schlüssel zum Gedärm der Burg?«, fragte Tom grinsend.

»Ich würde es etwas schöner formulieren: Es ist der Schlüssel zum unzugänglichen unterirdischen Teil der Burg. Ja. Möchtest du mich begleiten?«

»Ja, klar. Vier Augen sehen mehr als zwei.«

»Hör mir auf mit ›vier Augen‹!«, ermahnte ihn Uschi. »Daran will ich im Moment gar nicht denken …«

Tom lachte.

»So empfindlich? Ich glaube nicht, dass wir der weißen Frau begegnen werden. Aber es ist auf alle Fälle spannend, mal in den Bereich zu schauen, der normalerweise nicht zugänglich ist.« Er besah sich den Schlüssel. »Wenn ich fragen darf: Woher hast du denn das Schlüsselchen?«

»Oh, frau hat so ihre Beziehungen …«

»Kann es sein, dass diese Beziehung ziemlich breites schwäbisch spricht?«

»Du hasch's errate!«

Nur wenige Besucher befanden sich in den Kasematten. Die Leute wollten wohl lieber die Sonne im Biergarten genießen, anstatt sich in dunklen Gängen herumzutreiben. Das war gut so, denn das Letzte, was sie im Moment brauchen konnten, waren neugierige Zuschauer. Sie warteten, bis sie keine Stimmen mehr hörten, und öffneten dann das untere Türgitter zum vermeintlichen Gespenstergang.

Tom folgte Uschi, die ohne zu Zögern die Treppe hochstapfte.

»Na, dann wollen wir doch mal sehen, was das Gespenst heute so treibt!«, sagte sie in bestimmtem Ton.

Mit jeder Treppenstufe wurde der Gang dunkler. Uschi zog aus ihrer Tasche eine große, schwere Taschenlampe.

»Im Dunkeln lässt's sich zwar gut munkeln, aber mir ist es trotzdem lieber, wenn man sieht, wo man hintritt und was hier so kreucht und fleucht.«

Sie schaltete die Taschenlampe ein und leuchtete damit die Wände, den Boden und die Decke ab.

»Wow! Die hat ja einen Megaradius!«, rief Tom bewundernd aus.

»Ja, gell? Da können die Handyfunzeln nicht mithalten! Und das Beste daran ist, dass das Ding echt gut in der Hand liegt und schwer genug ist, um damit notfalls einen Einbrecher zu erschlagen. Oder auch den Geist, wenn er mir zu nahe kommt.«

»Okay, ich seh schon. So schnell lässt du dich nicht ängstigen«, sagte Tom lachend.

»Das kommt darauf an. Ich würde mich niemals freiwillig in eine Achterbahn setzen. Ich bekomme schon Gänsehaut vom Zusehen. Ah, ist das die ominöse Tür, die sich nicht öffnen ließ?«

»Ja. So weit war ich schon mal. Und dann ging's nicht weiter. Mal sehen, ob du den richtigen Schlüssel hast.«

»Herr Sauter meinte, der müsste passen«, sagte Uschi und leuchtete den Türrahmen der Holztür ab. »Weißt du, was mir auffällt?«

»Dass die Tür erstaunlich alt ist?«

»Nein, dass dieses Spinnennetz zerstört ist.«

Sie strahlte in die linke obere Ecke der Tür. Nun bemerkte Tom es auch.

»Und?«

»Na, die Spinne hatte ursprünglich ihr Netz über Eck gesponnen. So wie es aussieht, ist es ein altes Netz. Jedenfalls ist die Spinne weit und breit nirgends zu sehen. Und wenn das Netz jetzt zerrissen ist, dann könnte das bedeuten, dass jemand kürzlich die Tür geöffnet hat.«

»Vielleicht war es Oswald.«

»Herr Sauter sagte mir, er sei schon recht lange nicht mehr in dem Gang gewesen. Derjenige, der kürzlich durch diese Tür ist, hatte also ebenfalls einen Schlüssel. Was erstaunlich ist, weil offiziell eigentlich nur Herr Sauter Zugang zu diesen Schlüsseln hat.«

»Eines ist damit dann auch klar: Es war kein Geist.«

»Ach ja?«, fragte Uschi zurück und spitzte dabei ironisch die Lippen.

»Ja. Ein Geist benutzt doch keine Tür! Denn soweit ich das von Spukgeschichten weiß, brauchen Geister keine Schlüssel, sondern können durch die Wände schweben. Es sei denn, unsere Geisterfrau ist so handfest, dass sie sich so wie unsereins auch nur durch eine Tür verdünnisieren kann.«

Uschi steckte den Schlüssel ins Schloss, drehte hin, drehte her, rüttelte – nichts. Die Tür ließ sich nicht öffnen.

»Verflixt und zugenäht!«

»Aber Frau Lehrerin! Was sind denn das für Worte. Gemach, gemach. Das muss man mit Gefühl machen. Sonst bricht der Schlüssel noch ab und dann…«

Tom zog die Tür am Eisenknauf heran und drehte den Schlüssel behutsam herum. Mit einem leisen Knarren öffnete sich die Tür.

»Mit Gefühl?«, fragte Uschi staunend.

»Mit Gefühl!«

»Das ist der Gang der tausend Türen! Mann o Mann, wozu braucht man denn so viele Türen?«, stöhnte Uschi, als sie nach ein paar Metern erneut vor einer Eisentür standen.

Tom steckte den Schlüssel ins Schloss. Versuchte es zumindest.

»Pech gehabt! Passt nicht. Scheint kein Generalschlüssel zu sein. Und jetzt?« Probeweise drückte er die Klinke der Tür herunter. »Hoppla! Ist ja gar nicht abgeschlossen!«

Tom hielt Uschi die Tür auf.

»Ladies first.«

Nachdem sie die Eisentür passiert hatten, fiel sie mit so einem lauten Schlag ins Schloss, dass Uschi irritiert zusammenzuckte.

»Donnerwetter! Wie das hallt… Das schlägt das stärkste Gespenst in die Flucht.« Sie bückte sich. »Apropos Gespenst… was haben wir denn da?«

Sie fischte unter dem Türschlitz der Eisentür einen weißen Stofffetzen hervor und hielt ihn ins Licht der Taschenlampe. Ein triumphierendes Lächeln erhellte ihr Gesicht.

»Na, wenn wir da nicht ein Stück von unserer Geisterfrau gefunden haben!« Sie rieb den Stoff zwischen den Fingern. »Gute Qualität. Seide. Ich muss schon sagen, die

Dame hat Geschmack. Allerdings wundert es mich, weshalb sie Menschenkleidung trägt. Ich dachte immer, so ein Gespenst trägt über Jahrhunderte hinweg die gleiche durchsichtige Robe.«

Tom besah sich das Stück Stoff und schüttelte nachdenklich den Kopf.

»Ich versteh nicht, wer so etwas macht. Warum verkleidet sich eine erwachsene Frau als Gespenst und geistert umher?«

»Könnte auch ein Mann sein, der sich als Geisterfrau verkleidet. Irgend so ein Fetischist, der auf weiße Damenkleidung steht. Heutzutage ist so manches möglich.« Was früher undenkbar war, fügte sie in Gedanken hinzu. »Was aber noch viel wichtiger ist: Wir halten den Beweis in den Händen, dass sich Clara den Geist definitiv nicht eingebildet hat.«

»Stimmt. Kein Wunder, dass sie so verstört war. Mit so etwas rechnet man ja auch nicht. Ich meine mit einer leibhaftigen Geisterfrau. He, das gibt's nicht. Da vorn kommt noch eine Tür.«

Die Tür, die ihnen dieses Mal den Weg versperrte, bestand wie die erste Tür aus eisernen Gitterstäben. Dahinter führte der Gang weiter und verlor sich irgendwo in der Dunkelheit.

»Abgeschlossen. Probier mal, ob der Schlüssel von der unteren Tür passt.«

Uschi suchte den passenden Schlüssel heraus und versuchte, ihn ins Schloss zu stecken.

»Nein, der passt nicht. Hier ist leider Endstation. Weiter kommen wir nicht. Schade.«

Sie leuchtete mit der Taschenlampe den weiteren Gang ab, konnte aber nichts Besonderes entdecken.

»Lass uns umdrehen. Mich friert's inzwischen auch ziemlich. Ist echt kalt hier in diesem Verließ.«

Sie ging zurück zu der Eisentür und zog an dem Türknauf. »Wie hast du die Tür vorhin geöffnet? Braucht man dafür auch Gefühl? Ich bekomm sie nicht auf.«

»Außen war eine Klinke, kein Knauf. Lass mich mal.« Tom zog mit Schwung am Knauf. »Hä? Warum geht die Scheißtür jetzt nicht mehr auf?«

»Wie war das mit der Wortwahl?«

Tom war nicht mehr nach Scherzen zumute. Er rüttelte mit Gewalt an dem Knauf und versuchte, ihn nach links oder rechts zu drehen. Nachdem er abermals mit aller Kraft daran gezogen und gerüttelt hatte, gab er frustriert auf.

»Ich versteh das nicht!« Er hämmerte mit der Faust gegen die Tür. »Das kann doch nicht – wahr sein! Wir sind eingeschlossen!«

Mark!«

Damit hatte sie nun gar nicht gerechnet. Clara fuhr sich mit einer hektischen Handbewegung über die Haare und zog ihr Nachthemd glatt. Sie fühlte sich völlig überrumpelt. Kann hier eigentlich jeder völlig unangemeldet reinschneien wie er möchte, dachte sie erbost. Hat man als Patient gar kein Recht auf Privatsphäre?

»Hier. Für dich.«

Mark streckte ihr eine Pralinenschachtel in Herzform entgegen und strahlte sie wie ein kleines Kind an, das seiner Mama etwas Selbstgebasteltes zum Muttertag schenkte.

»Danke.« Sie deutete auf einen Stuhl an der Wand. »Willst du dich setzen?«

»Äh, nein. Danke. Ich kann nicht lange bleiben. Wollte nur mal kurz sehen, wie es dir geht.«

»Na ja, den Umständen entsprechend gut.«

»Aha.«

Hilflos schaute er sie an und fuhr mit den Händen an der Eisenstange ihres Bettes entlang. Eine unangenehme Pause entstand.

»Hast du Schmerzen?«

»Kaum noch.«

»Gut«, sagte Mark nickend.

Sein Blick wanderte durchs Zimmer und blieb an den roten Rosen hängen. Froh, ein neues Gesprächsthema gefunden zu haben, sagte er:

»Ah, sie sind schon angekommen. Haben dir die Rosen gefallen?«

»Ja. Danke.« Clara lächelte kurz, wurde dann aber ernst und fragte: »Mark. Was willst du?«

Er wand sich.

»Hab ich doch schon gesagt. Ich wollte nur mal sehen, wie es dir geht.«

Clara musterte ihren Exfreund skeptisch.

»Hör mal, wir waren uns doch einig, dass es besser ist, wenn wir uns nicht wieder sehen …«

Mark verzog den Mund zu einem gequälten Lächeln.

»Du weißt genau, dass ich das anders sehe. Ich glaube, dass jetzt vieles anders wäre. Wir sollten es noch mal probieren.«

»Ach Mark!«, sagte Clara tief seufzend. »Fang bitte nicht wieder damit an. Du musst endlich begreifen, dass es vorbei ist. Es tut mir echt leid, dass du dich damit so schwer tust. Aber mit uns beiden – das funktioniert einfach nicht.«

Mark straffte die Schultern und versuchte bewusst, ruhig zu bleiben. Doch seine Pupillen, die sich hektisch hin- und herbewegten, verrieten seine Anspannung.

»Von wem ist denn dieser Strauß?«

Er griff nach der Blumenvase auf ihrem Nachttisch und drehte sie – vermutlich nach einem Kärtchen suchend – herum.

»Lass das!«, zischte Clara.

Als habe er sich daran verbrannt, zog er die Finger zurück. Vorwurfsvoll blickte er sie an.

»Hast du schon einen Neuen?«

»Das geht dich gar nichts an!« Gereizt strich sie ihre Bettdecke glatt. »Bitte, lass mich doch endlich in Ruhe. Ich lebe mein Leben. Und du deins. Ich möchte nicht, dass du mir hinterherspionierst und mich dauernd belästigst. Das mache ich bei dir umgekehrt doch auch nicht!«

»Ich belästige dich?«, rief Mark aus. Seine geweiteten Augen offenbarten eine nicht zu übersehende Verbitterung. »Früher klang das aber ganz anders. Da hast du mir gesagt, dass du mich liebst. Hast es zumindest behauptet. Und jetzt? Du bist so … so eiskalt … dabei … würd ich alles tun, um dich zurückzubekommen.«

Clara starrte wortlos aus dem Fenster.

»Warum bist du so zu mir? Ich versteh's einfach nicht.« Jäh beugte er sich zu Clara herunter, packte sie an den Schultern und rüttelte sie. »Warum, Clara? Was hab ich dir denn getan?«

Clara wehrte seine Hände ab und schrie:

»Lass mich los! Du spinnst doch total!«

In diesem Moment kam die diensthabende Krankenschwester herein.

»Ist alles klar bei Ihnen? Gibt es ein Problem, Frau Lämmle?«

Clara war froh über die Intervention. Sie nickte.

»Der Besuch strengt mich an. Ich möchte jetzt schlafen.«

»Clara ...«

»Dann muss ich Sie nun bitten zu gehen. Die Patientin braucht Ruhe«, sagte die Krankenschwester entschieden und deutete auf die Tür.

Mark schüttelte niedergeschlagen den Kopf.

»Wie du willst. Dann sieh zu, wie du ohne mich zurechtkommst. So wie du da liegst, scheint das allerdings nicht gut zu klappen ...«

»Gehen Sie bitte. Die Besuchszeit ist beendet«, insistierte die Krankenschwester nochmals.

Mark ging zum Fenster und riss den Rosenstrauß aus der Vase.

»Die kann ich dann wohl auch wieder mitnehmen. Ich glaube nicht, dass du sie zu schätzen weißt.«

Mit dem Strauß in der Hand stürmte er aus dem Zimmer, ohne sich noch einmal umzusehen.

Clara räusperte sich und drehte sich weg. Die Krankenschwester musste nicht sehen, dass ihr die Tränen über die Wangen liefen.

Tom fluchte lautstark und hämmerte fortwährend auf die Tür ein. Was bezweckte er nur damit? Wollte er die Tür aus den Angeln prügeln? Sie saßen in der Falle. Je mehr Tom tobte, desto bedrohlicher erschien Uschi die Lage.

Nur keine Panik bekommen, sagte sie sich, das hilft uns in dieser Situation nicht weiter. Denk nach. Denk nach. Wenn Tom schon durchdrehte, musste sie die Nerven bewahren.

»Tom«, brüllte sie, »Tom, hör – auf – da-mit!«, jede Silbe einzeln betonend.

Tom ließ von der Tür ab und schaute sie erstaunt an.

»Hör mal. Mein Handy hat keinen Empfang. Wie sieht's mit deinem Smartphone aus?«

Tom legte skeptisch die Stirn in Falten.

»Ich glaub nicht, dass wir in diesem Drecksloch Empfang haben.«

»Probier's!«

Tom hielt sein Smartphone in alle Richtungen, lief den Gang auf und ab, hielt es über den Kopf bis an die Decke.

»Nichts. Sag ich doch. Kein Empfang.«

Immer wenn man diese Dinger mal wirklich braucht, gibt es keinen Empfang, dachte Uschi. Sie sagte aber nichts. Tom war auch so schon am Anschlag.

»Okay. Hm, was gibt es sonst noch für Möglichkeiten, dass wir hier schnell rauskommen?« Sie betrachtete die Gitterstäbe an der dritten Tür, zu der Sauters Schlüssel nicht gepasst hatte. »Kannst du dich zwischen den Stäben vielleicht durchzwängen?«

Tom schüttelte genervt den Kopf.

»Ne, der Abstand ist doch viel zu eng.«

Uschi trat an die Eisenstäbe heran, schob ein Bein durch

und steckte dann mit dem Po fest. Sie spannte ihren Hintern an. Nix. Lies ihn ganz locker. Auch nix. Sie versuchte den Kopf durchzustecken. Nicht einmal das ging. Tom stöhnte:

»Sag ich doch! Da kommt höchstens ein kleines Kind durch.«

»Ich muss das immer ausprobieren. Ich kann mir das aus der Distanz schlecht vorstellen«, murmelte Uschi. »Hab Probleme beim räumlichen Sehen.«

Tom ging zur Eisentür zurück, ließ sich mit dem Rücken an der Wand herunterrutschen und setzte sich auf den Steinboden. Er stierte vor sich hin und sprach kein Wort mehr. Uschi setzte sich neben ihn und schwieg ebenfalls. Hoffentlich bekomme ich keine Blasenentzündung auf dem kalten Boden, dachte sie beklommen.

Nachdem sie ein paar Minuten geschwiegen hatten, räusperte sich Uschi und sagte leise:

»Wir müssen um Hilfe rufen. Schreien. Vielleicht hört uns jemand.«

»Es ist recht unwahrscheinlich, dass uns jemand hört. Wir haben uns zu weit von den Kasematten entfernt. Die Eisentür lässt auch nicht viele Geräusche durch.«

»Wir müssen es trotzdem versuchen. Es ist unsere einzige Chance.«

»Hallo!«

»Hilfe!«

»Hier sind wir! Hallooo!«

Sie schrien abwechselnd. Schrien gemeinsam. Brüllten was das Zeug hielt – ungefähr eine halbe Stunde lang. Als ihre Stimmbänder schmerzten und sie kurz davor waren, heiser zu werden, gaben sie auf. Vermutlich war es eh für die Katz. Niemand hörte sie.

Niedergeschlagen setzten sie sich wieder hin. Ratlos.

»Wann hättest du deine nächste Führung?«, fragte Uschi.

»Morgen Mittag, 14 Uhr. Und du?«

»Übermorgen«, sagte Uschi kaum hörbar. »Das heißt, sie werden erst morgen Mittag bemerken, dass etwas nicht stimmt. Wenn du nicht zur Führung kommst. Und dann – dann wird es noch mal eine Weile dauern, bis sie auf die Idee kommen, uns hier zu suchen.«

Sie knipste die Taschenlampe aus.

»Ich weiß nicht, wie lange die Batterien noch halten. Nicht, dass wir bald ganz im Dunkeln sitzen.«

»So wie jetzt«, entgegnete Tom.

Uschi starrte in die Dunkelheit und versuchte, in der Schwärze etwas erkennen zu können. Nichts. Absolut nichts. Ist es so, wenn man blind ist, fragte sie sich. Ein schwaches Pfeifen drang an ihr Ohr. Ein anderes Organ machte sich bemerkbar. Ihre Lunge.

Oh nein, bitte kein Asthmaanfall, schoss es Uschi durch den Kopf. Mein Asthma ist austherapiert. Ich bin gesund. Das Pfeifen wird nur noch durch Allergene ausgelöst. Wie zum Beispiel Blütenpollen. Gibt es hier nicht. Wie zum Beispiel Staub. Gibt es hier. Wie zum Beispiel Schimmelsporen. Gibt es hier vermutlich auch.

Atmen. Pfeif. Atmen. Pfeif. Tief Atmen. Pfeif. Nein. So schnell kann mein Immunsystem gar nicht auf diese Umgebung reagieren, sagte sie sich. Das ist nur psychosomatisch. Weil du Angst hast. Atme gleichmäßig weiter. Dann geht das wieder weg. Pfeif.

»Irgendwas pfeift hier.« Jetzt hatte es auch Tom gehört.

»Das ist meine Lunge. Aber lass es uns einfach ignorieren, okay. Mir geht es gut.«

In Wirklichkeit lechzte Uschis Körper bereits nach frischer Luft. Und trotz aller Bemühungen um eine positive Sichtweise, ergriffen zunehmend weniger erbauliche Gedanken von ihr Besitz, schossen wie Pfeile durch ihr Hirn:

Wie tief sind wir hier unten eigentlich? Ist ja fast wie ein Grab hier. Wie lange überlebt man ohne Wasser? Luft. Luft. Luft. Ich brauche dringend mehr Sauerstoff! Und Durst! Ich hab solchen Durst. Jetzt schon. Wie wird das dann erst in 24 Stunden sein?

Die Dunkelheit machte sie völlig fertig. Uschi knipste die Taschenlampe an. Der unerwartete Lichtschein blendete dermaßen, dass Tom vor Überraschung mehrmals blinzelte.

»Du siehst so blass aus. Geht's dir nicht gut?«

Prüfend blickte er ihr ins Gesicht.

»Das sieht in dem Licht nur so aus.«

»Hast du was zu trinken dabei?«

»Nein. Hast du auch so einen Durst? Du, wir dürfen da ab sofort nicht mehr drüber reden. Sonst wird's nur noch schlimmer, wenn man ständig dran denkt.«

Sie hörte, wie Tom trocken schluckte.

»Was hast du denn in deiner Tasche? Irgendwas Nützliches?«

Uschi wühlte in ihrer Handtasche.

»Nützlich? Wofür nützlich? Für eine Übernachtung in den Kasematten? Weißt du, wenn ich das gewusst hätte, dass diese Besichtigung länger dauert, hätte ich mich dementsprechend präpariert. Aber da dies nicht zu erahnen war… Also, was haben wir denn da. Einen Lippenstift.« Sie kramte weiter in ihrer Tasche. »Einen Kamm. Unnütz.«

Tom schnellte hoch.

»Was für einen Kamm? Aus Metall? Vielleicht könnte man daraus einen Dietrich basteln und …«

»Aus Horn«, unterbrach Uschi seinen Redeschwall. »Und zudem grobzinkig. Das bringt gar nichts. Mit dem kann man nur kämmen.«

»Hast du denn nichts anderes aus Metall? Eine Nadel oder so?«

»Nein, tut mir leid. Nur die Schlüssel. Die lassen sich allerdings schlecht verbiegen. Tja, und sonst? Mein unnützes Handy. Papiertaschentücher. Geldbeutel. Haargummi. Blöckchen. Kugelschreiber. Bonbon …«

»Kugelschreiber? Lass mal sehen. Vielleicht könnte ich …«

Ruckzuck hatte er den Kugelschreiber auseinandergebaut und friemelte mit der Mine im Schloss der Eisentür herum. Als er keinen Erfolg hatte, probierte er es im Schloss der vergitterten Tür.

»Das gibt's doch nicht!« Erst gab er der Tür einen wütenden Tritt, dann schlug er laut fluchend mit der Faust auf das Türschloss.

Uschi traute sich nicht, zu fragen, was passiert war. Sie sah es dann auch selbst. Aus dem Türschloss ragte ein ganz kleines Stück der Mine heraus. Abgebrochen. Tom stocherte mit dem anderen Teilstück am Schloss herum, um es herauszubekommen. Doch die abgebrochene Mine steckte nun so fest drin, dass er sie nicht mehr lösen konnte. Dieses Mal verzichtete er darauf zu fluchen. Stattdessen fragte er:

»Hast du noch einen Kugelschreiber?«

Uschi schüttelte den Kopf. Resigniert setzte sich Tom auf den Boden.

»Ich mach das Licht aus, okay?«

Sofort hatte sie wieder das Gefühl blind zu sein. Und im selben Atemzug, da ihr Sehsinn ausgeschaltet war, meldete sich von Neuem ihr Atemtrakt. Pfeif, Pfeif, Pfeif.

»Uh! Mittlerweile ist es ganz schön kalt geworden«, meldete sich Tom mit leicht zitternder Stimme.

»Das kommt dir nur so vor. Es ist hier unten immer gleich kalt«, belehrte ihn Uschi. »Tagsüber und nachts, vielleicht auch Sommer wie Winter. Wie in einer Höhle. Kalt halt. Und dunkel …«

Uschi dachte an den Höhlenforscher, von dem sie irgendwann einmal in der Zeitung gelesen hatte. Er hatte verletzt in einer unglaublich tiefen Höhle gelegen und konnte erst nach Tagen gerettet werden. Man hatte zig Höhlenspezialisten gebraucht, bis man imstande gewesen war, ihn fachmännisch aus der Höhle zu bergen. Danach hatte er gesagt, dass er natürlich trotzdem weiterhin Höhlen erforschen werde. Unbelehrbar.

So wie sie selbst. Warum hatte sie denn überhaupt hier unten herumschnüffeln müssen? So ein Schwachsinn! Warum hatte sie denn nicht die Polizei diese Arbeit machen lassen? Die Experten? Weil die Experten hier niemals gesucht hätten und somit auch nicht den Stofffetzen gefunden hätten, flüsterte eine leise Stimme in ihr. Sie ertastete das kleine Nebenfach in ihrer Tasche. Da war er. Der Beweisfetzen. Was steckte nur hinter diesem geheimnisvollen Spuk?

Uschi steckte ihren Kopf in den Ausschnitt und hauchte die warme Atemluft auf ihren Oberkörper. Kaum war die warme Luft verschwunden, spürte sie die feuchte Kälte umso mehr. »Hatschi!« Nun musste sie auch noch niesen. Hoffentlich bekam sie keine Erkältung!

Vorsichtshalber setzte sie sich auf ihre Tasche. War zwar etwas unbequem, aber in Ermangelung eines Kissens musste die Tasche als Ersatz ausreichen. Sie seufzte. Wie gerne wäre sie jetzt zu Hause auf ihrem Sofa vor dem Fernseher gesessen.

Uschi zuckte zusammen, als Tom hustete. Er hatte sich wohl auch schon erkältet.

»Willst du das Bonbon?«

»Nein, danke.«

»Ich geb es dir gerne.«

Schweigen.

»Ich frage mich, ob dieser Spuk mit der weißen Frau etwas mit Claras Unfällen zu tun hat«, sagte Tom nach ein paar Minuten.

»Da ein echter Geist ausscheidet, kann zumindest für die Stürze kein Fluch in Frage kommen. Es sieht ganz danach aus, dass Clara bewusst von jemandem vor den Bus gestoßen worden ist.« Sie schnaubte. »Man hat einen Mordanschlag auf sie verübt. Stell dir das mal vor. Es war kein Unfall. Kein Versehen. Es war versuchter Mord.«

Kaum hatte sie es ausgesprochen, wurde Uschi die Tragweite ihrer Worte bewusst. Sie flüsterte:

»Das ist ja furchtbar …«

»Machst du noch mal das Licht an? Ich möchte schauen, wie spät es ist.«

Uschi knipste die Taschenlampe an.

»Was? Es ist erst 19.30 Uhr? Die Zeit vergeht hier unten wie in Zeitlupe. Durch die Dunkelheit hat man das Gefühl, als sei es schon Nacht.«

Nicht mehr lang bis Mitternacht, dachte Uschi bitter. Geisterstunde. Im besten Fall kommt die weiße Frau und öffnet uns die Tür. Sie schloss für einen Moment die Augen. Im schlechtesten Fall erscheint sie uns und verkündet uns damit unseren Tod.

»Uschi, ich hab da grad so einen Gedanken …«

»Sprich dich ruhig aus. Ich höre?«

»Könnte doch sein, dass derjenige, der Clara auf dem Kieker hat, auch dafür verantwortlich ist, dass diese blöde Tür nicht mehr aufgeht. Vielleicht waren wir so mit der Gittertür beschäftigt, dass wir gar nicht gehört haben, dass die Eisentür von außen abgeschlossen wurde.«

»Das wäre ja ein starkes Stück! Lässt uns hier im Kerker schmoren –und hat freie Bahn, um einen erneuten Anschlag auf Clara zu verüben.« Uschi klatschte sich mit der Hand auf den Schenkel. »Oh, mein Gott. Tom! Clara ist in Gefahr.« Ächzend stand sie auf. »Wir müssen hier raus! Aber wie?«

»Vorerst gar nicht. Zum Glück ist Clara zurzeit noch im Krankenhaus. Da ist sie sicher.«

»Daran hab ich gar nicht mehr gedacht. Ich glaube, sie wird erst übermorgen entlassen.«

Uschi tigerte eine Weile im Gang auf und ab. Schließlich setzte sie sich wieder seufzend zu Boden, knipste die Taschenlampe aus und schloss nochmals die Augen. Mit geschlossenen Augen wirkte die Dunkelheit weniger bedrohlich. Als würde man schlafen. Schlafen.

»Wir sollten versuchen, zu schlafen«, schlug sie vor. »Dann geht die Zeit schneller rum. Und man hat weniger körperliche Bedürfnisse.«

Apropos Bedürfnisse, dachte Uschi mit einem Mal betreten. Im Grunde hatte sie bereits ein dringendes Bedürfnis.

Aber die Blöße würde sie sich vor Tom nicht geben. Wenn es irgendwie ging, wollte sie bis morgen Mittag durchhalten. Pustekuchen! Ihre Blase fing postwendend an zu rebellieren.

Als ob Tom ihre Gedanken gelesen hätte, meinte er:

»Übrigens, falls du mal aufs Klo musst, könnten wir die Ecke an der Gittertür als Klo-Ecke nutzen.«

Bei dem Wort »Klo-Ecke« musste Uschi sofort an ihren Hamster Charly denken, der sich im obersten Stockwerk seines Käfigs auch eine solche eingerichtet hatte. Ach du meine Güte! Der Hamster! Den würde ja auch niemand füttern! Genau genommen war dies aber nicht ganz so schlimm, da er bestimmt genügend Vorräte im Häuschen gehortet hatte. Davon konnte er vermutlich eine ganze Woche leben. Sie selbst würde freilich keine drei Tage in diesem Kellerloch überstehen. Ihre Blase drückte unangenehm. Zwickte und zwackte. Allzu lange konnte sie es nicht mehr aushalten. Gut, dass es dunkel war. Brauchte man sich nicht so zu schämen. Alles hatte zwei Seiten.

Nachdem sich Uschi erleichtert hatte, fühlte sie sich deutlich besser. Möglicherweise konnte sie nun sogar ein wenig schlafen. Sie kauerte sich als ganz kleines Päckchen zusammen, zog die Beine eng an sich und ließ den Kopf nach unten sinken. Nur ein wenig ausruhen, dachte sie sich. Sie fühlte sich so erschöpft.

Dass sie eingeschlafen war, merkte sie erst, als Tom sie anstupste. Uschi schreckte hoch.

»Was? Was ist los? Ist es schon Morgen?«

Sie knipste die Taschenlampe an und blickte verwirrt in Toms Gesicht.

»Nein. Du hast gerade mal eine Stunde geschlafen. Ich glaub, ich hab was gehört! Sei mal ganz still ...«

Uschi lauschte. Tatsächlich. Da rief jemand. Ohne zu zögern, brüllten sie beide aus Leibeskräften:

»Hallo! Hier sind wir! Hallooo! Hilfe!«

Kurz darauf öffnete sich die Eisentür.

»Ja, um Gottes Wille. Jetzt bin i aber froh, dass ich Sie gfunde hab.«

»Herr Sauter!«, rief Uschi. Sie war so erregt, dass sich ihre Stimme überschlug. »Endlich! Woher – woher wussten Sie ...«

»Ha, i hab gsehe, dass Ihre Autos immer noch auf em Parkplatz gstande sind«, erklärte Sauter aufgeräumt. »Dann isch mir wieder eingfalle, dass Sie doch den Schlüssel für die Kasematte gholt habe. Deshalb hab i lieber mal nachguckt, was los isch.«

Als sie auf den Schlosshof traten, war es bereits dunkel. Uschi zog gierig die Abendluft in ihre Lungen.

»Ah, das tut gut! Frische Luft! Mann o Mann, bin ich froh, dass wir draußen sind. Herr Sauter, wir haben schrecklichen Durst. Könnten Sie uns noch etwas zu trinken besorgen?«

»Klar. Komme Se, wir gehe in d' Restaurantküche. Da finde mir bestimmt au noch was zum Esse.«

Zehn Minuten später saßen sie im leeren Restaurant bei einer großen Apfelsaftschorle und ließen sich dazu eine Portion Käsespätzle schmecken, die der Verwalter in der

Mikrowelle für sie erhitzt hatte. Ein Festessen, wenn man schon darauf eingestellt gewesen war, für unbestimmte Zeit hungern zu müssen. Nachdem sich Uschi und Tom gestärkt hatten, wollte Sauter mehr wissen:

»Was um älles in der Welt wollte Sie eigentlich in dem Keller erkunde?«

Uschi erklärte ihm mit wenigen Worten, welche Überlegungen sie dazu getrieben hatten, sich den Gang genauer anzuschauen.

Sie nahm den weißen Stofffetzen aus ihrer Tasche und legte ihn auf den Tisch.

»Immerhin haben wir dieses Beweisstück gefunden. Clara hat sich die Geschichte mit der weißen Frau nicht eingebildet. Irgendjemand wollte ihr einen Schrecken einjagen.«

Sauter ließ das Stück Stoff durch seine Finger gleiten.

»Wieso grad der Clara? Da hätt ja jeder komme könne. Vielleicht wollt derjenige, der sich da verkleidet hat, auch einfach d' Leut erschrecke. So ähnlich wie ein Exhibitionist. Nur als Gespenst halt. Des war wahrscheinlich 'n Zufall, dass d' Clara da grad auf des Gespenst gstoßen isch.«

»Das glaub ich nicht«, wandte Tom ein. »Wir vermuten, dass man Clara bewusst Angst gemacht hat, bevor man den Mordanschlag auf sie verübt hat.«

»Mordanschlag? Isch des net a bissle übertriebe?«

»Oswald, wie würdest du es denn bezeichnen, wenn du vor einen Bus gestoßen wirst?«

Sauter schüttelte betrübt den Kopf.

»Ha, des wär ja Wahnsinn …«

»Und wenn du nicht gekommen wärst, um uns zu retten,

wären wir ebenfalls in Lebensgefahr gewesen. Man hat uns eingeschlossen!«

»Wie kommsch denn da druf? Wieso eingschlosse?«

»Na, die Eisentür war ursprünglich offen gewesen. Später muss sie jemand abgeschlossen haben.«

»Noi, die Tür war net abgschlosse! Die kann man nur net ohne Schlüssel von der andere Seit aufmache. Des isch wie a Haustür. Du kannst mit der Klink raus, aber nimmer rein, weil da nur 'n Knauf isch. Es sei denn du hascht 'n Schlüssel.«

Diese neue Information brachte Tom ganz aus dem Konzept. Verärgert schob er seinen leeren Teller von sich und sagte:

»Das heißt, wir sind aus eigener Dummheit in diese Lage geraten.«

»Oder wir sind in eine Falle geraten«, fügte Uschi hinzu. »Möglicherweise hat die Geisterfrau diesen Gang bewusst für ihr Erscheinen gewählt, um mögliche Verfolger in diese Falle zu locken.«

»Bleibt die Frage, woher derjenige den Schlüssel hatte.« Tom schaute dem Verwalter direkt in die Augen: »Hast nur du allein Zugriff auf die Schlüssel?«

»Na ja, wenn's jemand drauf anlegt, kann man schon an die Schlüssel rankomme. Die hänge am Brettle im Büro. I acht normalerweis net so auf die Schlüssel. Die Schlüssel für die Notausgäng im Keller brauch ich ja auch nie.«

»Notausgänge? Sind das Notausgänge?«

»Noi, so sag i halt dazu. Kei Ahnung, für was man die Gäng ursprünglich baut hat. Vielleicht schon als Notausgang, falls man mal belagert wird oder so.«

»Wo führt der Gang denn hin?«, fragte Uschi.

»Wenn man bis ans End geht, kommt man in der Waffekammer raus. Da isch im hintere Eck eine kleine Tür. Da kommt man raus.«

»Wow, und die Waffenkammer führt in die Schatzkammer. Das ist ja der perfekte Zugang für Diebe!«

»Noi, da isch keine Gefahr. Was glaubsch, was da für Sicherheitssysteme und Alarmanlage installiert worde sind? Noch mal passiert uns des net, dass wir beklaut werde.«

»Der Diebstahl damals war aber auch wirklich spektakulär«, sagte Tom. Er wusste sofort, von welchem Vorfall der Verwalter sprach. »Ich hab gelesen, dass der Dieb nur geschnappt wurde, weil er seinen Bolzenschneider im Wald liegen gelassen hat. Ein Junge hat das Werkzeug im Wald gefunden und mit nach Hause genommen. Da der Bolzenschneider eine Produktionsnummer hatte, konnte man den Käufer ausfindig machen und ihn überführen.«

»Ja, da hat er aber 'n Teil vom Diebesgut schon zusammengschlage und eingschmolze ghabt.«

»Furchtbar«, entfuhr es Uschi. Sie schüttelte empört den Kopf. »Wenn ich mir das vorstelle! Diese kunstvollen Gegenstände einfach zu einem Klumpen einzuschmelzen ... Das ist doch ...« Sie suchte nach dem richtigen Wort. »... pietätlos!«

»Wenigstens hat er die Kron dagelasse. Die und die Tabakdos hat er net mitgnomme.« Sauter seufzte. »Ja, lang, lang isch's her. So um die 60 Jahr schon.«

»Ja, vor der Krone hatte der Dieb irgendwie Respekt. Die hat er bewusst nicht geklaut«, sagte Tom, der sich mit der Sache eingehender beschäftigt hatte. »Andererseits wundert es mich auch nicht wirklich, dass der Typ das Diebesgut für seine Zwecke umfunktioniert hat. Schließlich hat

Kronprinz Friedrich in der Notzeit 1945 ebenfalls einen Großteil der Edelsteine aus der Krone gebrochen, um sie zu verkaufen.«

»Also hör mal. Das kann man ja wohl nicht vergleichen. Immerhin gehörte ihm die Krone«, warf Uschi schulterzuckend ein. »Und es war für ihn überlebenswichtig.«

»Und was sagst du dazu, dass Friedrich II. mit Goldtellern den Siebenjährigen Krieg finanziert hat?«

»Erstens handelte er aus einer Notlage heraus. Und zweitens war es zur damaligen Zeit nicht unüblich, solche Besitztümer zu Geld zu machen, wenn man welches brauchte.«

»Trotzdem ist das bitter, wenn man bedenkt, dass es sich dabei um historische Kunstschätze handelte.«

»Aus heutiger Sicht kann man das so sehen. Damals betrachtete man diese Teller allerdings nicht als Kunstschätze, sondern als Gebrauchsgegenstände.«

»Extrem wertvolle Gebrauchsgegenstände, wenn du mich fragst«, murrte Tom und betrachtete mit argwöhnischem Blick seinen Essteller aus Porzellan.

»Wie war dem Dieb eigentlich der Einbruch bei all den Sicherheitsmaßnahmen gelungen?«, fragte Uschi und gähnte hinter vorgehaltener Hand.

»Die Schatzkammer war damals noch nicht im Keller, sondern ein Stockwerk höher. Er hatte ins Fenster ein Loch geschnitten und sich da durchgezwängt. Das kuriose an der Geschichte war, dass der Typ als Artist im Zirkus arbeitete.« Tom machte eine schlängelnde Bewegung mit seinem Arm. »Als Schlangenmensch. Nur deshalb hatte er es geschafft, sich durch das kleine Loch durchzuschlängeln.«

»Meine Güte! Das ist ja wie in einem Kinofilm!«, staunte Uschi.

»Ja. Und weil das Loch so klein war, hat die Polizei lange den Jungen verdächtigt, der den Bolzenschneider im Wald gefunden hatte. Die Polizei war überzeugt davon, dass nur ein Kind durch so ein kleines Loch kommen konnte.«

Uschi schnaubte verächtlich.

»Pah, die Polizei. Dann hatte sie damals genauso wenig den richtigen Riecher wie heutzutage. Die glauben mir ja auch nicht, dass das mit Clara kein Unfall, sondern versuchter Mord war.«

»Trotzdem bleibt uns nichts anderes übrig, als zur Polizei zu gehen und denen den Stofffetzen zu zeigen. Die müssen unbedingt Bescheid wissen. Sonst können sie Clara nicht schützen«, meinte Tom und stand auf. »Ich pack's jetzt. Ich bin froh, wenn ich in mein Bett komme.«

Sauter und Uschi taten es ihm gleich und gingen gemeinsam zum Parkplatz. Uschi reichte dem Burgverwalter zum Abschied die Hand und sah ihm dabei tief in die Augen.

»Ich weiß gar nicht wie ich Ihnen danken soll, Herr Sauter. Wenn Sie nicht so aufmerksam gewesen wären, wenn Sie uns nicht gefunden hätten …«

»Ah was! Des war doch selbstverständlich. 's nächschte Mal sage Sie Bscheid, dann begleit i Sie auf Ihre Erkundungsgäng. I kenn mich schon recht gut aus auf der Burg. Dann passiert so was nimmer.«

»Ich werde dran denken. Also, gute Nacht. Bis morgen.«

Uschi lächelte ihm nochmals zu und stieg dann in ihr Auto. Heiße Dusche und ab ins Bett, dachte sie, alles andere hat Zeit bis morgen.

Clara konnte kaum glauben, was sie da hörte.

»Mann! Ich fass es nicht! Zum Glück hat Herr Sauter gemerkt, dass da was nicht stimmen konnte. Und in den Kasematten hast du diesen Stofffetzen gefunden?«

Nachdenklich strich sie mit der Hand über das weiße Gewebe. Schließlich gab sie Uschi das Beweisstück zurück und sagte:

»Weißt du was? Ich bin beruhigt, dass du was gefunden hast. Nun weiß ich wenigstens, dass ich nicht spinne.«

»Fragt sich nur, wer dieses Spektakel wegen dir abzieht und was er damit bezweckt. Clara, ganz ehrlich. Ich hab Angst um dich.« Uschi setzte sich auf die Bettkante und nahm Claras Hand in die ihre. »Solange wir denjenigen nicht geschnappt haben, musst du ganz besonders auf dich Acht geben. Wenn du aus dem Krankenhaus rauskommst, gehst du bitte nur in Begleitung aus dem Haus.«

»Aber Tante Uschi ... wie soll ich das denn machen? Das geht doch gar nicht.«

Uschi überlegte.

»Ich werde nachher zur Polizei gehen und darum bitten, dass du Polizeischutz bekommst.«

»Polizeischutz?« Clara schüttelte heftig den Kopf. »Auf gar keinen Fall! Ich will keinen Polizeischutz. Das ist doch total überzogen!«

Uschis Stimme wurde scharf:

»Schau dich doch mal an, Mädchen. Wie du aussiehst! Du hast Prellungen, eine Gehirnerschütterung und einen Stützverband um den Fuß. Und dann sagst du, das sei überzogen?« Sie ließ Claras Hand los. »Das seh ich nicht so. Und eines kann ich dir sagen. Deine Eltern sehen das ganz sicher auch nicht so. Mensch, Clara. Ich trage die Verantwortung für dich. Immerhin wissen deine Eltern von gar nichts. Wenn dir was passiert …«

»Ich bin volljährig.«

»Ja, aber deine Eltern verlassen sich auf mich. Sie erwarten von mir, dass ich dir beistehe, wenn sie nicht da sind. Auch wenn du volljährig bist.«

Clara schwieg eine Weile. Dann sagte sie mit fester Stimme:

»Tante Uschi, ich will keinen Polizeischutz.«

»Hast du denn keine Angst?«

»Doch. Schon. Natürlich hab ich Angst.«

»Da draußen läuft irgendein Spinner herum, der weiße Frau spielt und dich umbringen will, Clara. Da müssen wir doch was tun!«

»Ich will vor allem mal zur Ruhe kommen.« Sie seufzte. »Mir ist das alles einfach zu viel…« Ihre Stimme wurde weinerlich.

Eine ganze Weile herrschte Stille. Clara starrte mit glasigem Blick aus dem Fenster und ignorierte ihre Tante.

Schließlich stand Uschi auf und sagte:

»Ich versteh dich nicht Clara. Du bist so lethargisch. Du kannst doch nicht einfach den Kopf in den Sand stecken und so tun, als sei nichts geschehen.« Sie ging zum Fenster und öffnete es. Vogelgezwitscher klang herein. »Klar willst du deine Ruhe haben. Ich will auch meine Ruhe haben. Da gibt es allerdings irgendjemanden, der dich nicht in Ruhe lassen wird. Glaub mir, ich hab das im Gespür. Du bist nach wie vor in Gefahr.«

Clara fuhr herum:

»Mensch, jetzt hör doch mal auf damit! Du machst mich noch ganz verrückt! Ich hab auch so schon Albträume.

Wenn du mir weiter solche Angst machst, dann geh ich nie wieder auf die Burg!«

»*Ich*? *Ich* mach dir Angst?« rief Uschi verärgert aus.

»Du dramatisierst so…«, antwortete Clara und stellte das Kopfteil ihres Krankenbettes höher.

»Weißt du was? Im Grunde hab ich überhaupt keine Lust, zur Polizei zu gehen. Das kannst du mir glauben. Ich mach das alles nur dir zuliebe…« Und bekomme keinerlei Dank dafür, fügte Uschi in Gedanken hinzu.

Clara kniff den Mund zu einem dünnen Strich zusammen und guckte erneut aus dem Fenster.

»Ich muss los!«, sagte Uschi ungeduldig. Sie zog eine neue Frauenzeitschrift aus ihrer Tasche, sagte kurz angebunden: »Hier. Gute Besserung!«, und knallte die Zeitschrift so fest auf den Abstelltisch, dass Clara erschreckt zusammenfuhr.

Buckenmaiers Blick wanderte skeptisch von dem Stofffetzen zu Uschi.

»Und Sie behaupten, dass dieses Stück Stoff von demjenigen stammt, der Ihre Nichte vor den Bus gestoßen hat?«

Er runzelte die Stirn und sah Uschi grimmig an. Uschi sah grimmig zurück und schwieg.

Er versuchte, die zerknitterte Seide zu glätten, und schob den Fetzen dann auf Uschis Tischhälfte zurück.

»Ist das nicht ein bissle weit hergeholt? Wissen Sie, ich sehe da keinen rechten Zusammenhang zwischen dem Faschingsgedöns und dem Unfall.«

»Es war kein Unfall, es war ein Mordanschlag. Und deshalb braucht meine Nichte Polizeischutz«, presste Uschi zwischen zusammengebissenen Zähnen hervor.

Buckenmaier entfuhr ein zynisches Lachen.

»Polizeischutz? Sonst noch was! So einfach geht das nicht, Frau Lämmle. Ich glaube, Sie sehen zu viele Krimis im Fernsehen an. In der Realität läuft das alles ganz, ganz anders ab. Beim Polizeischutz sind wir noch lange nicht.«

Uschi spürte, wie ihr die Hitze in den Kopf stieg. Dieser arrogante Wichtigtuer, schimpfte sie im Stillen, sagte aber laut zu ihm:

»Was muss denn noch passieren, bis Sie den Ernst der Lage begreifen? Immerhin liegt meine Nichte verletzt im Krankenhaus. Sie wurde fast umgebracht. Eine Steigerung ist doch fast nicht mehr möglich, wenn Sie mich fragen.«

Sie zögerte einen Augenblick, entschloss sich dann aber doch, zu sagen, was sie gerade dachte.

»Oder ermitteln Sie immer erst, wenn Sie eine Leiche daliegen haben?«

Nun war es Buckenmaier, der sich verärgert zeigte. Er funkelte Uschi böse an, richtete sich in seinem Bürostuhl kerzengerade auf und wurde unangenehm laut:

»Mir reicht es so langsam mit diesem Theater, das Sie hier vollführen. Was glauben Sie eigentlich? Wir haben noch andere Dinge zu tun, als uns um irgendwelche Stofffetzen zu kümmern. Wenn Ihnen langweilig ist, dann spielen Sie Schach oder bestricken von mir aus Straßenlaternen. Ich sag Ihnen mal was. Auf die Zeitungsanzeige hat sich absolut niemand gemeldet. Und das, obwohl wir sie ein zweites Mal geschaltet haben. Niemand hat was gesehen. Also muss ich nach dem Stand der Dinge von einem Unfall ausgehen. Alles andere wäre reine Spekulation. Und dieser Stofffetzen hilft uns dabei auch nicht weiter.«

Er lehnte sich wieder in seinen Stuhl zurück, faltete seine Hände im Schoß und sagte nachdrücklich:

»So leid es mir tut. Ich kann nichts für Sie tun.« Er rollte auf seinem Bürostuhl schwungvoll zurück, stand auf und streckte ihr die Hand entgegen. »Auf Wiedersehen, Frau Lämmle.«

Uschi erhob sich und schaute Buckenmaier konsterniert an. Sie wusste nicht, was sie sagen sollte, was sie dagegenhalten konnte. Seine Worte waren nicht nur unfreundlich, sondern auch respektlos gewesen.

Sie fühlte sich völlig überfahren. Also schnappte sie sich den weißen Stoffzipfel, ignorierte seine ausgestreckte Hand und ging wort- und grußlos aus dem Büro.

Der Polizist hatte sie bloßgestellt. Dabei hatte sie so gehofft, dass man sie nun – da sie ein Beweisstück in Händen hielt – ernst nehmen würde. Dieser Mensch hatte es geschafft, sie nicht nur zu verärgern, sondern was noch viel schlimmer war: dass sie sich schämte. Für ihren Übereifer. Ihre aufdringliche Art. Ihre Besserwisserei.

Frustriert war kein Ausdruck. Ihr Selbstbewusstsein war hinüber. Gedankenverloren fuhr Uschi zur Burg hoch. Nanu? War das nicht Toms Auto gewesen, das da auf dem Waldweg stand? Ein roter Renault Clio. Möglicherweise hatte sie sich auch getäuscht. Warum sollte er hier auch parken? Auf halber Strecke zur Burg. Machte keinen Sinn.

»Einmal Pommes ohne alles, bitte.«

»In Ordnung. Oh, heute ist wohl nicht Ihr Tag? Ist was passiert?«

Uschi war froh, dass Meike ihr ein offenes Ohr lieh. Sie musste sich ihren Kummer von der Seele reden. Egal bei wem.

»Ach. Es ist wegen Clara. Wir sind inzwischen sicher, dass der Sturz vor den Bus kein Unfall, sondern ein Mordanschlag war. Aber die Polizei nimmt mich nicht ernst.«

»Was? Ein Mordanschlag? Bei uns, auf der Burg?« Meike war fassungslos.

»Ja, stellen Sie sich das mal vor! Und trotzdem weigert sich die Polizei zu ermitteln. Ich komme soeben vom Präsidium. Drum bin ich auch so frustriert. Der Polizist hat mich eiskalt abblitzen lassen. Hat mich behandelt, als sei ich unzurechnungsfähig.«

»Ach, die Bullen. Man kann froh sein, wenn man mit denen nichts zu tun haben muss.« Meike schüttete eine ordentliche Ladung Salz über die Pommes. »Vermutlich ist es schwierig, da was zu beweisen.«

»Sie sagen es.«

Uschi nahm ihre Pommes, setzte sich in eine ruhige Ecke und futterte drauflos. Eine Fritte nach der anderen. Salzig. Fettig. Ein Genuss, der tröstete. Frustessen.

Uschi fuhr schwungvoll in die Kurven. Gab eh keinen Gegenverkehr. Um diese Zeit fuhren die Touristen nicht mehr auf den Zoller hoch, sondern nur noch abwärts. Ihr reichte es für heute. Erst der Streit mit Clara und dann auch noch dieser unverschämte Polizist.

Ihr könnt mich alle mal gern haben, dachte sie erbost.

Wenn ihr meine Hilfe nicht wollt, dann seht doch zu, wie ihr die Angelegenheit in den Griff bekommt!

Ihr Instinkt sagte ihr, dass der Täter so schnell nicht aufgeben würde. Schließlich musste dieser irgendeine Beziehung zu Clara haben. Er wollte ihr schaden. Und wenn sie demnächst ihren Job auf der Burg wieder aufnahm und so weitermachte wie bisher, hatte der Täter mit seinen Anschlägen nichts erreicht. Es war naheliegend, dass er sich erneut etwas ausdachte. Und beim nächsten Mal hätte er dann vielleicht wirklich Erfolg.

Uschi trat auf die Bremse, da das Heck eines Kleinwagens in die Fahrbahn ragte. Eine Familie hatte am Fuß der Burg gestoppt, um noch ein Erinnerungsfoto zu schießen. Der Anblick war von hieraus grandios. Im Vordergrund die Blumenwiese, dahinter der bewaldete Zoller und obenauf thronte die Burg wie ein Märchenschloss. Wie wenn der Anblick nicht schon perfekt genug gewesen wäre, tauchte die untergehende Abendsonne das Gemäuer auch noch in ein rötliches Licht.

Ein kleines dunkelhaariges Mädchen hüpfte ausgelassen um seine Mutter herum, während der Vater die Idylle mit dem Foto festhielt. Das Mädchen erinnerte Uschi an Clara, als sie klein war.

Ach, Clara. Da ihr selbst nicht das Glück vergönnt gewesen war, eigene Kinder zu bekommen, war ihr dieses Patenkind ganz besonders ans Herz gewachsen. Deshalb hatte sie ihre Aufgabe als Patin stets ernst genommen. Hatte immer schon Monate im Voraus nach passenden Geschenken für Clara gesucht, die sie ihr zum Geburtstag, zu Weihnachten, Nikolaus und Ostern überreichte. Als ihre Nichte noch jünger war, hatten sie sich manchmal sogar Briefe geschrieben.

Inzwischen war der Kontakt natürlich nicht mehr so eng. Man traf sich allerdings immer noch zu den Festen. Und sie hatte sich umso mehr gefreut, als Clara ihr von dem Job als Burgführerin vorgeschwärmt und sie überraschenderweise gefragt hatte, ob das nicht auch eine Option für sie sei. Sie hatte sich geehrt gefühlt und den Vorschlag ihrer Nichte begeistert angenommen.

Uschi horchte in sich hinein. Warum war sie innerlich so unausgeglichen? So zornig? Das war nicht auf die Meinungsverschiedenheit mit Clara zurückzuführen, das wusste sie. Das würde sich ganz schnell wieder legen. Es war etwas anderes. Tief in ihr. Hatte etwas mit der Ablehnung, mit der Kritik zu tun, die sowohl Clara als auch Buckenmaier ihr gegenüber zum Ausdruck gebracht hatten. Obwohl sie sich eingestehen musste, dass die von außen kommende Kritik weniger harsch gewesen war als die Selbstkritik, der sie sich daraufhin ausgeliefert hatte. Das Gefühl der Scham lastete auf ihr. Ja, das war es wohl. Und das hatte mit ihrer Rolle als Lehrerin zu tun.

Ursprünglich hatte sie nach dem Abitur ganz andere Berufswünsche gehabt. Archäologin oder Schauspielerin hatte sie werden wollen. Doch ihre Eltern hatten darauf gepocht, dass sie einen »vernünftigen« Beruf ergriff. So war sie Lehrerin geworden. Und es war letztlich eine gute Entscheidung gewesen. Die Arbeit mit den Kindern hatte sie erfüllt und sie hatte es nie bereut, Lehrerin geworden zu sein.

Trotzdem hatte sie gehofft, im Ruhestand die Lehrerinnenrolle ablegen zu können. Sich diese Rolle von der Haut zu schälen – wie eine Schlange. Und dass da eine neue Haut zum Vorschein käme, die mit der Lehrerin nichts mehr zu tun hatte.

Denn als Lehrer war man immer und ewig auf seinen Ruf bedacht. Hatte sich in der Gesellschaft zu benehmen. Musste stets Vorbild sein, sich an die Regeln halten und diszipliniert sein.

Diese Angepasstheit und das ständige Bemühen um Ansehen hatten Uschi im Lauf der Jahre zunehmend angestrengt.

Darum hatte sie sich jeden Sonntag auf den neuen Tatort gefreut. Die Kommissare nahmen kein Blatt vor den Mund. Sagten immer, was sie dachten. Eckten an. Taten Verbotenes. Hielten sich nicht an die Regeln. Riskierten was. Scherten sich einen Dreck um ihren Ruf. Fluchten. Kämpften. Soffen. Waren unvernünftig.

Diese Kommissare lebten jenen Teil von ihr aus, den sie als Lehrerin unterdrücken musste.

Nun war sie keine Lehrerin mehr. Und eigentlich war sie alt genug, um sich selbst von den auferlegten Zwängen zu befreien und sich nicht mehr darum zu sorgen, was andere von ihr dachten. Sie hatte nicht viel zu verlieren. Ganz nach dem Motto: Ist dein Ruf erst ruiniert, lebst du gänzlich ungeniert. Noch war ihr Ruf in keinster Weise ruiniert, aber das konnte ja noch kommen. Und dann müsste sie so gelassen sein, dass ihr das egal war. Sie musste nur selbst in den Spiegel schauen können. Vor sich selbst Rechenschaft ablegen. Solang ihre Taten nicht die Gesetze überschritten, war alles erlaubt. Sie durfte auch mal über die Stränge schlagen. Wenn sie jetzt nicht den Sprung schaffte, würde sie bis an ihr Lebensende in einem Korsett aus Benimmregeln leben und darin irgendwann ersticken.

Der erste Schritt zur Befreiung war, dass sie diese übertriebene Scham ablegte. War doch egal, was dieser Polizist über sie dachte. Sie wusste, dass sie am Ende recht behalten würde. Und wenn er sie nicht unterstützen wollte, dann fand sie eben selbst raus, was hinter all dem steckte. Entschlossen wendete Uschi den Wagen und fuhr zurück.

Sie parkte das Auto direkt am Beginn des Fußweges. Clara hatte gesagt, sie wäre im unteren Drittel des Weges gestürzt. Sie würde diesen Teilabschnitt noch einmal gründlich absuchen. Nach was, das wusste sie nicht so genau. Im besten Fall fand sie einen weiteren Stofffetzen oder die Stolperfalle oder sonst irgendwelche verdächtigen Spuren. Sie lief die Treppen hoch und scannte jeden Zentimeter links und rechts des Weges. Nichts. Runter. Nichts. Wieder hoch. Nichts. Uschi keuchte.

Gipfelburg, dachte sie. Man spürt bei jedem Schritt, dass es sich bei der Burg Hohenzollern um eine Gipfelburg handelt. War bestimmt nicht leicht zu erobern gewesen. Aber dieser Wald. Der ist alles andere als stilecht. Der Zoller war bestimmt gerodet gewesen. So konnte man die Feinde schon aus der Ferne beobachten und sich für einen Angriff bereit machen, aus den Schießscharten schießen oder Pech runterschütten. Alles was die mittelalterliche Verteidigungstechnik halt so hergab. Ein Wald wäre völlig kontraproduktiv gewesen. Jeder Feind hätte sich ins Fäustchen gelacht.

Und nochmals runter. Nichts. Nur ein Papiertaschentuch im Gebüsch. Sie überlegte kurz, ob sie es mitnehmen sollte, für eine DNA-Überprüfung. Als sie dann jedoch daneben das dazugehörige Geschäft entdeckte, verzichtete sie lieber darauf. Hätte jeder sein können, der da seine Notdurft hinterlassen hatte. Es war sogar eher unwahrscheinlich, dass der Täter in Ruhe sein Geschäft verrichtete, wenn er einen Anschlag vorhatte. Obwohl, wer weiß? Vielleicht hatte er solche Angst gehabt, dass er … Ach was! Uschi beschloss, das potenzielle Beweismittel erst mal an Ort und Stelle liegen zu lassen. Falls eine DNA-Probe erforderlich war, konnte sie das Papiertaschentuch immer noch holen.

Um dieses stille Örtchen im Bedarfsfall wiederzufinden, benötigte sie noch eine Markierung. Etwas, das der Wind nicht fortblasen konnte. Uschi sah sich um. Brombeerhecken, Brennnesseln. Alles ungeeignet. Ein paar Fichtenzweige würden gute Dienste leisten. Beherzt schnappte sie sich den Ast einer nahe stehenden Fichte und versuchte, ihn abzuknicken. Au! Die Nadeln stachelten extrem! Jetzt war es allerdings zu spät, sich einen weniger widerborstigen Baum auszusuchen. Der Ast war schon geknickt und hing halb abgerissen zur Seite. Es wäre ein Unding gewesen, den Baum verstümmelt zurückzulassen. Sie hatte sich für diesen Ast entschieden, also musste sie ihn nun auch nehmen. Uschi zog einen Ärmel so lang, dass der Stoff ein Stück weit über ihre Handfläche ragte. Damit packte sie den piksenden Zweig nochmals und zog mit Leibeskräften daran. Er gab ein Stück nach, ließ sich aber immer noch nicht abreißen. Also kurbelte und drehte sie so lange daran, bis sich der Zweig endlich löste. Geschafft! Sie legte den Zweig auf den Fundort und warf der Fichte einen letzten Blick zu, bevor sie ging. Sah ziemlich gerupft aus.

Gut, dass Pflanzen nicht sprechen können, dachte Uschi mit schlechtem Gewissen.

Mittagspause. Zeit, um mal den Ex zu überprüfen. Uschi hatte Marks Nummer im Internet ausfindig gemacht. Clara hatte sie lieber nichts davon gesagt. Sie würde sich nur wieder aufregen.

Tut-Tut. Hoffentlich kein AB. Tut-Tut. Uschi räusperte sich. Tut.

»Ja?«

»Ähm, spreche ich mit Herrn Eber? Mark Eber?«

»Ja? Worum geht's denn?«

»Polizeirevier Hechingen. Wir bräuchten eine kurze Auskunft von Ihnen. Uns liegt eine Anzeige vor. Eine Zeugin glaubt gesehen zu haben, dass Sie am 31. Juli an einem Unfall auf dem Besucherparkplatz der Burg Hohenzollern beteiligt waren. Sie sollen den rechten Außenspiegels eines Toyotas RAV 4 abgefahren und sich dann unerlaubt von der Unfallstelle entfernt haben.«

Stille. Dann:

»Das kann nicht sein.«

»Warum nicht?«

»Weil ich am 31. Juli im Urlaub war. Auf Mallorca.«

»Oh, gibt es dafür Zeugen?«

»Der halbe FC Onstmettingen war mit dabei.«

»Aha! Dann muss sich die Zeugin wohl geirrt haben.«

»Ja, das muss sie wohl.«

Stille.

»Gibt es sonst noch was?«

»Ähm, es tut mir leid. Ich glaube … ja, da hab ich mich doch leider im Datum vertan. Es war gar nicht der 31. Juli. Die Zeugin hatte den 7. August angegeben. Na, so was! Bin irgendwie in der Zeile verrutscht. Also? Wo waren Sie am 7. August?«

Stille.

»7. August. Hm, lassen Sie mich überlegen. Da bin ich abends von Mallorca zurückgeflogen. Das kann der halbe ...«

»... FC Onstmettingen bezeugen«, ergänzte Uschi. »Ich weiß. Tja, da hat sich die Zeugin wohl gründlich geirrt. Dann entschuldigen Sie die Störung.«

»Moment mal. Wie kommt diese Zeugin eigentlich dazu, mich anzuzeigen? Hat die mein Kennzeichen genannt? Wie heißt denn die Zeugin?«

»Ach, das kann es schon mal geben, dass irrtümlicherweise ein falsches Kennzeichen angegeben wird. Ich bedanke mich für Ihre Auskunft und wünsche einen schönen Tag. Auf Wiedersehen.«

Schnell drückte Uschi das Gespräch weg. Puh! So viel hatte sie noch nie am Stück gelogen. Dafür, dass sie wenig Übung im Lügen hatte, war das gar nicht schlecht gewesen. Und erfolgreich. Sie hatte ihre Auskunft bekommen und wusste nun, dass es Mark nicht gewesen sein konnte. Der halbe FC Onstmettingen konnte das bezeugen. Das war ein wasserdichtes Alibi.

Wenn Mark ausschied, war Elke nun ihre Hauptverdächtige. Genau betrachtet war sie überhaupt die einzige Verdächtige. Es sei denn, sie zählte noch den Burggärtner dazu. Denn wie hieß es so schön: Der Mörder ist immer der Gärtner. Was jedoch sollte der Gärtner mit Clara zu tun haben? Genau genommen nichts. Es sei denn, sie hatte mal was mit dem Gärtner gehabt. Wenn sich die Wogen ein wenig geglättet hatten, konnte sie Clara mal danach fragen. Ob sie den Gärtner näher kannte? Oder den Kellner? Es gab schon noch so einige Leute beim Burgpersonal, die man verdächtigen konnte. Uschi bezweifelte jedoch, dass Clara mit vielen der Angestellten ernsthaft Kontakt gehabt hatte. Zumindest so engen Kontakt, dass dies zu einem Konflikt geführt hätte.

Ah, da war doch was – hatte der Koch nicht mit Clara anbandeln wollen? Und war wiederholt bei Clara abgeblitzt? Vielleicht war sein Liebeskummer in Mordlust übergegangen. Aber würde der nicht eher zu Gift greifen? Vielleicht wäre es besser, vorerst mal das Burgrestaurant zu meiden. Die besten Pommes gab es eh beim Kiosk.

Doch nun mal der Reihe nach. Als nächstes würde sie Elke observieren. Eventuell hatte Tom mittlerweile in Erfahrung bringen können, ob sie dieses Konzert tatsächlich besucht hatte. Sie selbst würde den Busfahrer fragen, ob er Elke bei dem Unfall zwischen den Leuten an der Bushaltestelle gesehen hatte. So lange wie die schon Burgführerin war, kannte der Busfahrer sie bestimmt. Wenn sie dies abgecheckt hatte, würde sie mal einen Abstecher in die Küche unternehmen.

Unverhofft bekam Uschi dann allerdings die Gelegenheit, die Reihenfolge ihrer Pläne so umzustellen, dass sie die selbst auferlegten Pflichten mit dem Angenehmen verbinden konnte. Nachdem sie ihre letzte Führung am Spätnachmittag beendet hatte, traf sie auf den Burgverwalter, der sie spontan zum Essen ins Burgrestaurant einlud. Sie hatte den Bruchteil einer Sekunde gezögert, dann jedoch zugesagt. Sie wollte ja nicht paranoid werden. Außerdem hatte es der Koch, wenn überhaupt, lediglich auf Clara abgesehen.

»Und, Frau Lämmle? Wie läuft's inzwische?«, fragte Sauter und lächelte sie aufmunternd an.

»Gut! So langsam stellt sich eine gewisse Routine ein.«

Sie beäugte ihren Teller. Schnitzel mit Pommes. Sie kannte sich mit Giften nicht aus. Aber vermutlich war es nicht so einfach, bei einem trockenen Essen unauffällig Gift beizumischen. Auf die Sauce hatte sie vorsichtshalber verzichtet.

»Wird's schon langweilig?«

»Nein, nein, das wollte ich damit nicht sagen!«, sagte Uschi und lachte dabei. »Im Gegenteil. Jetzt erst macht die Sache richtig Spaß. Wenn man sich mit zunehmender Erfahrung sicher genug fühlt, ist man auch imstande frei zu sprechen.«

Sauter sah zufrieden aus.

»Des freut mich, dass Sie so gut zurechtkomme.« Er nahm einen Schluck von seinem Pils.

Uschi überlegte, wie sie am Geschicktesten ihren Wunsch formulieren sollte. Geistesabwesend kaute sie unentwegt auf dem gleichen Stück Schnitzel herum. Sauter war ein aufmerksamer Beobachter.

»Schmeckt's net? Isch des Fleisch zäh?«

Rasch schluckte Uschi den Bissen runter und legte das Besteck zur Seite.

»Es schmeckt hervorragend! Wer hat denn heute gekocht?«

»I glaub der Paule. I weiß net so genau.«

»Aha. Ähm, ich hätte da noch eine Frage…« Uschi stockte.

Sauter goss noch etwas Soße über seine Spätzle, stellte das Soßenkännchen auf den dazugehörigen Teller und blickte sie offen an.

»Ja? Nur raus mit der Sprach. Was haben Sie auf em Herze?«

»Hm, wissen Sie, mich beschäftigt immer noch der Unfall von Clara an der Bushaltestelle.«

»Des versteh i. D' Polizei hat in der Zeitung Zeuge gsucht. Hat sich da was Neues ergebe?«

»Nein. Es hat sich niemand gemeldet. Deshalb suche ich selbst nach möglichen Zeugen. Vielleicht ist manchen gar nicht klar, dass sie was gesehen haben, das von Bedeutung ist.«

»Des isch allerdings eine schwierige Sach. Sie wisse ja gar net, welche Leut an der Bushaltestell gstanden sind.«

»Eben. Darum kann ich auch nur das Burgpersonal befragen.«

Sauter zuckte unmerklich zusammen. Er versuchte, sich nichts anmerken zu lassen, aber Uschi entging nicht, dass sich seine Augen geweitet hatten.

»Alle?«, wollte er wissen.

Uschi schüttelte den Kopf und lächelte ihn freundlich an.

»Oh nein. Nicht alle natürlich. Es ist nur so, dass Clara meint, den einen oder anderen Angestellten an der Haltestelle gesehen zu haben.« Sie senkte die Stimme. »Die Elke oder den Hannes zum Beispiel. Wäre es denn möglich, mal im Dienstplan nachzuschauen, ob sie an dem Tag entsprechend Schluss hatten?«

Sie spürte, wie ihr die Röte ins Gesicht stieg.

Sauter schob sich eine Gabel Spätzle in den Mund und schien über eine diplomatische Antwort nachzudenken. Als er den Mund leer hatte, sagte er:

»Wieso frage Sie denn die Elke und den Hannes net direkt?«

Gute Frage. Weil sie dann merken, dass ich hinter ihnen her schnüffele, dachte Uschi.

»Weil ich erst einmal abklären wollte, ob das von der Uhrzeit überhaupt stimmen kann, bevor ich sie belästige«, log sie.

Sauter zögerte. Man sah ihm an, dass er mit sich rang. Er aß noch ein Stück von seinem Zwiebelrostbraten und sagte dann:

»Na gut. Ausnahmsweise. Eigentlich gebe ich keine Auskünfte ohne das Einverständnis der betroffenen Personen. Aber ich kann natürlich auch verstehen, dass es Ihnen unangenehm ist, die Kollegen anzusprechen.«

Nanu? Was war denn das? Sauter konnte ja hochdeutsch sprechen! Das hätte sie ihm nie und nimmer zugetraut! Wechselte er ins Hochdeutsche, wenn es um ernste Angelegenheiten ging? Damit er professioneller wirkte? Sauter war vielseitiger, als man dachte! Uschi strahlte ihn an.

»Vielen Dank! Das ist wirklich sehr nett von Ihnen.«

Das Büro des Burgverwalters war sehr ordentlich. Alles hatte seinen festen Platz. Während Uschi es sich in einem Ledersessel bequem machte, öffnete Sauter einen Schrank und durchsuchte das Hängeregister. Kurz darauf legte er zwei graue Akten auf den Tisch.

»So! Hier ist der Dienstplan von Elke. Wollen wir mal sehen – um welchen Tag dreht es sich?«

»Den 7. August.«

Er setzte sich eine Lesebrille auf und fuhr mit dem Finger über die Spalten der Tabelle. Schließlich murmelte er:

»Jaaa, die Elke hatte am 7. August um 16.30 Uhr ihre letzte Führung. Wann ist denn der Unfall passiert?«

»So gegen 17.30 Uhr.«

»Ja, das käm hin.« Er schob die Brille zur Nasenspitze

und schaute sie über die Brillengläser an. »Die Elke könnt an dem Tag an der Bushaltestell gwesen sein. Frage Sie sie mal.«

Er rückte sich die Brille ordentlich auf der Nase zurecht, schob Elkes Akte zur Seite und schlug die zweite Akte auf.

»Guuut. Hannes Rautenbach...«, er überflog den Plan, »der Hannes hat am 7. August.... noi, des kommt net hin. Der Hannes hat am 7. August bis um 22 Uhr schaffe müsse. Der isch bestimmt net um 17.30 Uhr an der Haltestell gstande. Der war in der Küche.«

Uschi getraute sich kaum zu fragen.

»Und... der Busfahrer? Könnten Sie mir bitte noch sagen, welcher Busfahrer die Vollbremsung hingelegt hat? Mit dem Busfahrer müsste ich auf jeden Fall sprechen.«

Sauter erhob sich und blätterte nochmals das Hängeregister durch. Er nahm eine weitere graue Akte heraus und ließ sich schwerfällig auf den Schreibtischstuhl fallen. Er wirkte müde. Uschi linste auf ihre Uhr. Kein Wunder! Es war schon fast 21 Uhr. Die Zeit war beim Essen wie im Flug vergangen.

»Also, das war der Peter Kaufmann. Zu der Zeit hatten zwar auch noch zwei andere Busfahrer Dienst, aber bei Peter wurde hier ein Vermerk zu dem Unfall gemacht.«

Hochdeutsch. Professionell. Er schloss die Akte mit einem Knall und legte sie auf die anderen beiden Akten.

»So! Konnte ich Ihnen helfen?«

»Ja. Vielen Dank für Ihre Mühe! Sie waren mir eine große Hilfe! Dafür lad ich Sie demnächst mal zu einem Bier ein.«

»Na, na. Des lasse mir lieber. Net dass noch jemand auf den dumme Gedanke kommt, Sie hätte mich bestoche.« Als er Uschis betretenes Gesicht sah, lachte er. »Net dass Sie mich falsch verstehe. I trink gern mit Ihne bald mal a Bierle. Aber zahle tu ich's selber, gell?«

Uschi bedankte sich noch mehrmals und begab sich dann auf den Nachhauseweg.

Die Elke, dachte sie. Also doch!

Obwohl es inzwischen stockdunkel war, fuhr sie recht zügig in die Kurven. Sie kannte die Serpentinen des Zollerbergs inzwischen im Schlaf. Schlafen durfte sie bei der Geschwindigkeit allerdings nicht. Das war ihr sehr wohl bewusst. Hochkonzentriert behielt sie den Fahrbahnrand im Auge, um bei einem Wildwechsel rechtzeitig bremsen zu können. Damit sie nur ja kein Tier anfuhr. Sie hatte keine Ahnung, was man in so einem Fall zu tun hatte. Was machte man mitten in der Nacht mit einem verletzten Tier? Einen Förster suchen? Oder einen Jäger? Oder zum Tierarzt fahren?

Irgendetwas bewegte sich im Gebüsch. Schon vorbei. Was war das gewesen? Uschi blickte in den Rückspiegel, musste sich dann aber wieder auf die Straße und die nächste Kurve konzentrieren. Sie reflektierte kurz: Das konnte doch nicht sein! Sie hatte im Rückspiegel etwas Helles gesehen. Es hatte ausgesehen wie…

Die weiße Frau, durchfuhr es sie. Da war die weiße Frau!

Sie trat auf die Bremse, stoppte den Wagen. Als sie die ersten Schrecksekunden überwunden hatte, setzte ihr Verstand wieder ein. Quatsch, weiße Frau. Elke! Das war Elke! Und das war die Gelegenheit, sie zu schnappen! In drei Zügen wendete sie den Wagen. Ha! Man konnte sich vielleicht vor einem Gespenst fürchten. Aber nicht vor

Elke! Außerdem konnte man nicht gleichzeitig ängstlich und wütend sein. Und sie war gerade so was von wütend! Der würde sie den Marsch blasen. Was glaubte dieses boshafte Weibsstück eigentlich? Uschi lenkte mit der einen Hand, mit der anderen Hand öffnete sie das Handschuhfach und zog ihre Taschenlampe heraus. Na, der würde sie heimleuchten. Und ihr notfalls, falls sie aggressiv werden würde, damit eins überbraten.

Uschi war zu allem bereit. Als sie um die Kurve fuhr, schaltete sie zusätzlich das Fernlicht ein. Nichts. Die weiße Frau war verschwunden. Sie hielt an, ließ das Fenster herunter und leuchtete mit der Taschenlampe in den Wald hinein. Bäume und Büsche boten ausreichend Versteckmöglichkeiten. Aber das weiße Gewand musste doch auch im Dunkeln sichtbar sein! Weit und breit regte sich nichts. Kein Geräusch verriet, wo sie sich befand. Verdammt! Sie war ihr entkommen!

Sie wartete noch eine Weile, sah dann allerdings ein, dass sie ihre Chance verpasst hatte. Das Gespenst alias Elke war über alle Berge.

Erst als sie zu Hause angekommen war und ihre Haustür aufschloss, kam ihr der Gedanke, es könnte auch durchaus möglich sein, dass eine andere Person unter dem weißen Gewand gesteckt hatte. Was sie nämlich inzwischen irritierte, war die Tatsache, dass Elke eine auffällig große Frau war. Das Gespenst hatte dagegen, soweit sie das von der flüchtigen Begegnung her beurteilen konnte, nicht besonders mächtig gewirkt.

Sphärische Klänge tönten durch die Nacht. Ein grün leuchtender Stern tanzte über den Burghof und drehte sich schwankend um seine eigene Achse.

Clara nippte an ihrem Coconut-Kiss-Cocktail und verfolgte das Lichtkunstspektakel, das auf die Schlossmauern projiziert wurde. Eine filigrane Spirale erschien wie von Geisterhand auf dem Turm, nach und nach ergänzt durch Schnörkel, Arabesken und Blumen. Schließlich präsentierte sich die gesamte Front wie ein Blumengemälde. Das Bild verschwand und stattdessen zierten riesige Kronen die Mauern, gefolgt von Königportraits, Schriftzitaten und Mondimpressionen. Zuletzt überzog das Sternengefunkel des Weltraums die Szenerie.

Die Leute drängten sich im Schlosshof, staunten über die Illumination, flanierten durch das Schlossgebäude oder nahmen das kulinarische Angebot in Anspruch. Die Sternschnuppennacht war in vollem Gange und dieses Jahr schienen besonders viele Besucher angereist zu sein, um an dem Schauspiel teilzunehmen. Kein Wunder. Diese Nacht war perfekt zum Sterne-Beobachten. Der Nachthimmel präsentierte sich wolkenlos, obendrein war es eine laue Sommernacht mit angenehmen Temperaturen.

»Pass auf, hinter dir!«, rief Tom und ging einen Schritt zur Seite.

Clara drehte sich um.

»Huch!«

Hinter ihr standen ein blauer und ein roter Riese, die unsicher auf ihren hohen Beinen umherstaksten und dabei ihre endlos langen Arme baumeln ließen. Man hatte das Gefühl, sie könnten jeden Moment das Gleichgewicht verlieren und umkippen. Der rote Riese schlenkerte einen

Arm in Claras Richtung und reichte ihr dann seine überdimensionierten Wurstfinger. Kichernd gab ihm Clara die Hand. Gummiwurstfinger. Die Riesen wirkten mit ihren bizarren Masken durchaus etwas Furcht einflößend. Nicht wenige Kinder schlupften an ihre Mutter heran oder nahmen ängstlich Reißaus, wenn sich die Riesen in ihre Richtung bewegten. Sollten vermutlich Außerirdische darstellen. Der blaue Riese war so groß, dass er locker breitbeinig über den Stehtisch steigen konnte. Halt suchend stützte er sich am Dach eines Maultaschen-Verkaufstands ab, um dann neuerlich in der Menschenmenge für Erheiterung oder Schrecken zu sorgen, je nachdem.

»Sollen wir uns nun mal ein ruhiges Plätzchen auf der Bastei suchen?«, schlug Tom vor. »Wir müssen nach Nord-Osten schauen. Der Meteoritenschauer wird im Sternbild des Perseus zu sehen sein.«

Sie hatten Glück und konnten eine Hängematte ergattern.

»Wir wechseln uns ab, okay? Ich zuerst!«

Clara legte sich so schnell in die Hängematte, dass Tom eh keine Chance gehabt hätte, ihr den Platz streitig zu machen.

»Na gut, Prinzessin. Darf ich Sie ein wenig schaukeln?«

»Ja, gerne. Aber ganz sachte, bitte!«

»Sachte. Natürlich, Prinzessin. Ganz sachte.«

Er setzte sich neben sie auf den Boden und schubste die Hängematte ein wenig an, bis sie leicht zu schaukeln begann. Clara streckte sich wohlig aus und seufzte.

»Ah, ist das schön! Der Sternenhimmel ist traumhaft. Sieh nur – diese unzähligen Diamanten dort oben. Fantastisch! Ich könnte ewig hier liegen ...«

»Mo-ment! Wir hatten von Abwechseln gesprochen. Erinnern Sie sich, Prinzessin? Sonst geht's wie beim Froschkönig. Königtochter Jüngste, lass mich rein! Weißt du nicht, was du mir versprochen hast?«

»Du weißt aber auch, wie das Märchen ausgegangen ist, oder? Sie hat ihn schließlich an die Wand geklatscht, den garstigen Stalker-Frosch!«, sagte Clara feixend.

»Und weißt du auch«, flüsterte Tom, »was die Prinzessin gemacht hat, als sich der Frosch in einen Prinzen verwandelt hat?«

Clara blinzelte verwirrt. Die Stimmung hatte sich von einer Sekunde zur nächsten gewandelt. Sie spürte, dass das unverbindliche Flirten in etwas anderes überging. Etwas Tieferes, Ernsthafteres. Erwartungsvoll blickte sie in seine Augen. Was sie da entdeckte, erfüllte sie mit einem elektrisierenden Glücksgefühl. Ein angenehmes, aufregendes Prickeln durchströmte ihren Körper. Sie wollte nur noch eines – ganz nah bei ihm sein. Sanft berührte sie seine Finger. Es war nur ein Hauch von Berührung, kaum wahrnehmbar. Und löste doch eine Welle des Begehrens aus.

»Sie hat den Prinzen geküsst…«, antwortete sie ebenfalls flüsternd.

Als ihre Lippen aufeinandertrafen, so zart, so inniglich, verschwand die Welt um sie herum. Es gab nur noch diesen einen Kuss. Nur noch sie beide. Raum und Zeit existierten nicht mehr.

Clara schloss die Augen. Wollte nur noch spüren. Toms Finger streichelten ihre Haare, wanderten zu ihren Armen und wieder zurück zu ihren Wangen. Er überhäufte sie mit Küssen. Jeder Zentimeter ihres Gesichts wurde von ihm erkundet, begrüßt, in Besitz genommen. Er küsste ihre

Ohren, den Hals, ihr Dekolleté. Zärtlich fuhren seine Finger ihre Augenbrauen nach, betasteten ihre weichen Lippen, nur um diese abermals zu küssen. Wieder und immer wieder. Irgendwann hielt er inne, betrachtete mit etwas Abstand aufmerksam ihr Gesicht und strich ihr eine Locke aus der Stirn. Er setze seine Lippen auf ihr Ohr, liebkoste es kurz und wisperte dann:

»Du bist so bezaubernd!«

Clara rückte ein wenig zur Seite und sagte:

»Komm. Komm her.«

Vorsichtig legte er sich neben sie. Sie hielten sich an der Hand, schauten gemeinsam in den Sternenhimmel und schwiegen. Genossen einfach nur das Glück, das ihnen zuteil geworden war.

»Immer wenn ich in die Sterne schaue, fühle ich mich ganz klein«, flüsterte Clara nach einer Weile. »Diese unfassbare Weite des Weltalls nimmt mir fast den Atem. Ich staune und staune und – begreife gar nichts. Wenn ich diese Unendlichkeit vor mir habe, denke ich, dass es einen Gott geben muss. Irgendeine höhere Macht, die all dies geschaffen hat. Kann ja nicht einfach aus dem Nichts entstanden sein. Und oft frage ich mich dann nach dem Sinn meines Lebens. Der Anblick der Sterne ist für mich immer so überwältigend, dass ich es meist gar nicht lange aushalte, sie anzuschauen. Dann stellt sich nämlich alles in Frage. Das ganze Leben hier auf unserer Erde.«

»Das kann ich gut nachempfinden. Ich muss dabei oftmals an das Gleichnis mit dem Hund denken, das mir mein Lateinlehrer mal erzählt hat. Kennst du das?«

»Nein.«

»Ein Hund ist voller Flöhe, die zwischen dem Fell und

auf der Haut des Hundes leben und zwischen den Haaren herumwuseln. Die Flöhe sind zufrieden mit ihrem Leben auf dem Hund. Das ist ihre Welt. Natürlich denken sie auch, dass all das, was sie da in diesem Hundefell tun, furchtbar wichtig ist. Außer dem Hund gibt es für sie keine andere existierende Welt. Und nur ganz selten gelingt es einmal einem der Flöhe, an einem der Haare emporzuklettern und einen weiten Sprung in die Höhe zu machen. Irgendwann stellt einer dieser Flöhe fest, dass es da noch mehr gibt außer diesem Hund. Der Floh sagt: ›He Leute! Es gibt da draußen noch viel, viel mehr zu entdecken. Unser Hund ist nicht alles, was existiert. Ich hab es gesehen.‹ Doch die Flöhe wollen davon nichts wissen. Ihnen reicht dieser eine Hund vollkommen aus. Weiter reicht ihr Horizont nicht. Die Welt außerhalb des Hundes interessiert sie nicht, würde sie vermutlich auch überfordern …«

»Dann befinden wir uns gerade an der Spitze eines Hundehaars und schauen über unsere Welt hinaus?« Clara lachte.

»Ja. Aber was bringt uns das? Wenn wir nicht gerade Weltraumforscher oder Astronaut werden möchten, bleibt die Betrachtung des Universums meist ohne Folgen, oder?«

»Ja, schon. Aber es macht einen zumindest ein wenig demütig. Es dreht sich eben doch nicht alles um uns. Wir sind nicht der Nabel des Universums.«

Tom streichelte ihre Wange und schenkte ihr einen liebevollen Blick.

»Aber du – du bist seit einiger Zeit schon der Nabel meines Universums. Meine Gedanken kreisen dauernd um dich. Auch wenn das furchtbar kitschig klingt!«

Clara kicherte.

»Ja, es klingt furchtbar kitschig. Aber auch schön … Weißt du was? Ich kann mich nicht erinnern, wann ich das letzte Mal so glücklich war!«

»Da!«, schrie Tom. »Hast du sie gesehen? Eine Sternschnuppe!«

»Was? Wo? Oh schade, ich hab sie nicht gesehen. Hast du dir was gewünscht?«

»Nein, das ging zu schnell … Sah mehr wie ein kurzer Blitz aus.«

Still beobachteten sie das Firmament, suchten nach weiteren Sternschnuppen. Clara überlegte sich, was sie sich wünschen sollte, falls sie eine Sternschnuppe sehen sollte.

»Da!« Tom deutete zum Himmel. »Jetzt hast du sie aber gesehen, oder?«

Clara schüttelte den Kopf.

»Keine Sorge. Du siehst bestimmt noch eine. Immerhin sind heute Abend 160 Sternschnuppen pro Stunde zu sehen. Theoretisch.«

»Eben. Theoretisch. Du darfst mich nicht mehr so ablenken. Sonst kann ich mich nicht konzentrieren.« Aufmerksam betrachtete sie die Sterne über sich. Nichts. »Hm, das verlangt schon ein wenig Geduld«, sagte sie, ohne das Firmament aus den Augen zu lassen. »Im Grunde brauch ich … Oh! Wie schön!«

Sie drückte unbewusst Toms Hand, als die Bilderbuchsternschnuppe in einem leuchtenden Bogen über den Himmel fiel und mit einem letzten Aufblitzen verglühte. Schnell wünschte sie sich etwas.

»Hast du sie auch gesehen? War die nicht wunderschön?«

»Ja, fast so schön wie du!«

Uschi hasste Massenveranstaltungen. Allerdings hatte Sauter gemeint, sie müsste unbedingt mal so eine Sternschnuppennacht miterlebt haben. Es sei spektakulär.

Spektakulär war zumindest die megalange Warteschlange vor ihr. Es waren so viele Touristen gekommen, dass die regulären Parkplätze nicht einmal ausgereicht hatten. Uschi hatte auf einer Wiese mit kniehohem Gras parken müssen. Sie musste dem Burgverwalter unbedingt sagen, dass man die Wiese für solche Mammutveranstaltungen vorsorglich zu mähen hatte. Nun stand sie am Wiesenrand und wartete wie hundert Leute vor ihr auf den Busshuttle. Ah, es ging ein paar Zentimeter vorwärts. Trotzdem war bereits abzusehen, dass sie mindestens noch zwei Bustouren abwarten musste, bis sie endlich an der Reihe war. Auf dem Rückweg würde sie definitiv laufen und auf den Bustransfer verzichten.

Endlich oben angekommen, musste sie sich gleich in die nächste Warteschlange vor der Kasse einreihen. Und neuerlich ging es nur im Zeitlupentempo vorwärts. Oh Mann. Warum hatte sie eigentlich keinen VIP-Ausweis? Schließlich gehörte sie zum Personal. Aber eben nicht heute Abend. Sie war nur zu ihrem Vergnügen da. Und deshalb stellte sie sich auch so wie alle anderen Schaulustigen zum Vergnügen in die Warteschlange. Keine halbe Stunde später hatte sie es tatsächlich geschafft und befand sich im Inneren der Burg.

Aber erst hatte sie die gewissenhafte Kontrolle durch die Herren des Sicherheitsdienstes über sich ergehen lassen müssen. Securitycheck nannte sich dies. Sie war sogar aufgefordert worden, ihre Tasche zu öffnen – könnte ja eine Bombe drin sein. Was bei Bomben-Uschi auch durchaus nicht so abwegig war. War aber keine Bombe drin. Nur ein Mineralwasserfläschle. Das Fläschle wurde sofort beschlagnahmt. Sie musste es noch auf der Zugbrücke ex trinken. Wie am Flughafen. Obwohl sie doch gar nicht fliegen, sondern lediglich das Sternschnuppenfest besuchen wollte. Aber da ließen die muskelbepackten Männer nicht mit sich verhandeln. Uschi hätte die Männer in ihren schwarzen engen T-Shirts gerne gefragt, ob sie nicht auch noch eine Leibesvisitation durchführen wollten. Aber sie traute sich nicht. So etwas ziemte sich nicht für eine Dame ihres Alters. Vermutlich hätten die jungen Männer das auch nicht lustig gefunden.

Im Mittelalter waren die Soldaten bestimmt genauso unnachgiebig gewesen und hätten auch nicht Hinz und Kunz in der Burg Einlass gewährt, dachte sich Uschi. Vermutlich hätten sie zudem Wegezoll kassiert. Deshalb war sie auch nur ein ganz klein wenig verärgert über diese mittelalterlichen Praktiken. Allerdings, so überlegte sie sich, wäre es unter diesen Umständen angemessen gewesen, wenn die gestrengen Securitymänner nach ihrem Begehr gefragt und eine mittelalterliche Rüstung getragen hätten.

Wenn schon, denn schon.

Uschi genehmigte sich zur Stärkung ein Stück Pizza und ging damit zum Kutschenstall, wo eine Astrologin ihre Dienste anbot. Sie stellte sich in die Schlange. Inzwischen war sie an das Schlangestehen dermaßen gewöhnt, dass ihr diese kleine Minischlange von fünf Personen geradezu lächerlich kurz erschien. Kaum hatte sie den letzten Bissen ihrer Pizza runtergeschluckt, war sie auch schon an der Reihe und durfte sich auf einem wackligen Stuhl platzieren.

Die Astrologin war wie eine Wahrsagerin gekleidet. Zigeunermäßig. Oder – wie man heute sagen musste: Sinti- und Roma-mäßig. Sie hatte aber keine Kristallkugel vor sich, sondern eine Vielzahl von Sternenkarten, die auf dem Tisch ausgebreitet lagen. Erwartungsvoll guckte sie Uschi an und lächelte breit. Nachdem sie ihr zwei Euro über den Tisch zugeschoben hatte, lächelte sie noch etwas breiter.

»Gut«, sagte die Astrologin mit erstaunlich wohlklingender Stimme. »Wann sind Sie geboren?«

»Am 4. April 1953.«

»Aha!« Sie beäugte ihre Kundin prüfend. »Eine Widderfrau! Temperamentvoll, eigenwillig, zielstrebig, stolz, ehrgeizig, launisch – und«, sie lachte, »oftmals mit dem Kopf durch die Wand, gell?«

Uschi sah sie abwartend an. Das war hoffentlich nicht alles, was der guten Frau zu ihr einfiel. Sie hatte es schon immer als absurd empfunden, dass Millionen von Menschen, die im selben Monat geboren waren, dieselben Charakterzüge haben sollten.

»Wissen Sie, um welche Uhrzeit Sie geboren sind?«

Aha, jetzt wurde es schon ein wenig konkreter.

»Die Uhrzeit weiß ich nicht. Aber auf jeden Fall morgens. Vielleicht so um 7 Uhr.«

»Gut! Mal sehen. 7 Uhr …«

Die Astrologin schob die oberste Karte zur Seite, wobei ihre silbernen Armreifen klimperten, und zog eine andere Karte hervor, auf der viele Kreise und Tierkreiszeichen eingezeichnet waren. Sie sinnierte darüber, schob diese Karte wiederum klimpernd zur Seite, um sie mit zwei weiteren Karten zu vergleichen. Je mehr sie in die Karten schaute, desto mehr Falten bildeten sich auf ihrer Stirn. Schließlich kniff sie auch noch die Augen zusammen und formte einen spitzen Mund. Sie sah aus wie eine Schildkröte.

Es schien ihr nicht zu gefallen, was sie da erblickte. Uschi fing an, mit dem Stuhl zu wackeln. Irgendwie machte sie die Mimik der Astrologin nervös. Wann würde sie ihr offenbaren, was sie da in ihren Karten herauslas? Um ihrer Ungeduld Ausdruck zu verleihen, räusperte sie sich lautstark. Die Astrologin interpretierte das Geräusch richtig und schaute von ihren Karten auf. Sie wirkte konfus.

»Ähm. Ja. Wie erkläre ich Ihnen das am besten?«

Uschi lächelte sie ermutigend an.

»Na, so schlimm wird's schon nicht sein, oder? Was haben Sie denn gesehen?«

»Nun, so wie die Konstellation momentan ist, so wie die Sterne momentan stehen, kann ich Ihnen leider nicht viel Positives sagen.« Sie stockte und starrte Uschi mit weit aufgerissenen Augen an. »Ich … ich sehe Gefahr.«

»Gefahr? Inwiefern?«

»So genau kann ich das nicht sagen. Aber es gibt diverse Spannungen, die sich kumulieren werden. Daraus resultiert eine gefährliche Situation, die Sie nicht unterschätzen dürfen. Also sehen Sie sich bitte vor und geben Sie Acht auf sich.«

Sie sortierte die Karten zu einem Stapel und schob ihn behutsam zur Seite.

Als Uschi sie immer noch fragend anguckte, fügte sie hinzu:

»Die Charakterzüge des Widders sind bei Ihnen ziemlich stark ausgeprägt. Das kann in dieser Krisensituation von Vorteil sein. Nutzen Sie Ihre Zielstrebigkeit, Ihren Ehrgeiz und Ihre Eigenwilligkeit, um so stark wie möglich aufzutreten.

Seien Sie vorsichtig mit Ihrem Stolz. Und zügeln Sie Ihr Temperament mit ausgleichender Besonnenheit.«

Sie lächelte bedauernd und zeigte auf den nächsten Kunden, der hinter Uschi bereits ungeduldig von einem Bein aufs andere Bein wechselte.

Uschi nickte, bedankte sich und räumte den Platz.

Puh! Na, das waren ja tolle Aussichten. Auch wenn man diesen hysterischen Blödsinn nicht ernst nehmen durfte, hatte sie nun ein unangenehmes Gefühl. Wer hörte auch gerne, dass gefährliche Zeiten bevorstanden? Uschi ärgerte sich. Für die zwei Euro hätte diese Pseudoastrologin auch was Nettes, was Erfreuliches sagen können. Hatte die noch nie was von self-fulfilling prophecy gehört? Nachher steigerte sie sich noch so sehr in die Angst hinein, dass sie nicht mehr klar denken konnte. Und dann geschah womöglich tatsächlich ein Unglück. Diverse Spannungen, die kumulieren. Pah! Was sollte denn das heißen? Das Einzige, was sich bei der Astrologin kumulierte, waren die Euro, die sie für den verzapften Unsinn abkassierte.

Da half nur eins: ein nervenberuhigender, die Spannungen abbauender Cocktail – mit Alkohol natürlich! Voller Besonnenheit bestellte sie einen Caipirinha. Einige Schluck später fühlte sie sich schon wesentlich entspannter. Da machte es ihr sogar nicht einmal etwas aus, dass sie sich mitten im größten Trubel befand.

Zum Glück musste sie heute Abend keine Führung machen. »Königliches Flanieren« stand auf dem Programm, was bedeutete, dass die Besucher selbstständig durch die Räumlichkeiten schlendern durften. Uschi ging in die

Schatzkammer. Ah, eine der Burgführerinnen hatte doch Dienst und gab bei Fragen Auskunft. Elke. Das traf sich ja gut.

»Ach, Frau Kollegin! Hallo! Haben Sie heute Abend Dienst?«

Elke nickte beflissen:

»Ja, ja – für solche unliebsamen Arbeiten ist man immer gut genug. Dabei hab ich im Moment eh schon die doppelte Arbeit.« Vorwurfsvoll schaute sie Uschi an.

»Wegen Clara? Keine Sorge, sie wird in ein paar Tagen zurück sein.«

»Wirklich? Ich hätte vermutet, dass sie nach diesem Unfall vielleicht gar nicht mehr kommt. Ich hab in der Zeitung gelesen, dass die Polizei nach Zeugen sucht. Gibt es denn was Neues?«

»Nicht, dass ich wüsste. Sagen Sie, wissen Sie denn zufällig, welche Busfahrer an diesem Abend Dienst hatten?«

Schadet nicht, die gute Elke mal ein bisschen unter Druck zu setzen, dachte sich Uschi.

Elke zuckte mit den Achseln und zog eine Schnute.

»Woher soll ich denn das wissen? Ich nehme mal an, dass es die üblichen Busfahrer waren.«

»Im Prinzip interessiert mich auch nur derjenige Busfahrer, der an dem Abend die Vollbremsung für Clara hinlegen musste! Muss ich halt mal bei den Busfahrern rumfragen, wer das war. Lässt sich ja bestimmt leicht rausfinden.«

Elke hob die Augenbrauen.

»Warum wollen Sie denn mit dem Busfahrer sprechen? Was soll das denn bringen?«

»Kann doch sein, dass er was gesehen hat.«, sagte Uschi und machte demonstrativ große Augen.

»Glauben Sie nicht, dass die Polizei ihn dazu bereits befragt hat? So wie es aussieht, hat er demnach nichts gesehen.«

Elke verschränkte die Arme vor der Brust und blickte äußerst skeptisch auf Uschi herunter.

»Ach, wer weiß«, sagte Uschi und versuchte, einen überlegenen Gesichtsausdruck aufzusetzen. »Manchmal erinnert man sich erst später so richtig an die Details. Möglicherweise hat er doch jemanden in der Menschenmenge entdeckt, der ihm aufgefallen ist.«

Uschi beobachtete Elkes Reaktion. Na ja, ängstlich sah sie nicht gerade aus. Eher verwundert. Aber für so eine skrupellose Person war es bestimmt ein Leichtes, ein Pokerface aufzusetzen.

Als Elke die Konversation beenden und sich von Neuem ihrer Aufgabe widmen wollte, tippte Uschi sie am Oberarm an.

»Kann es eigentlich sein, dass ich Sie vor Kurzem in der Balinger Stadthalle gesehen habe?«

Elke runzelte die Stirn.

»Wann soll das denn gewesen sein? Ich glaube nicht.«

»Am 31. Juli, unterbrach sie Uschi. »Da wurde die ›Lustige Witwe‹ aufgeführt.«

»Ich weiß. Ich hatte ja Karten für diesen Abend. Aber ich bekam schlagartig dermaßen Migräne, dass ich letztlich nicht hingehen konnte. Kann also nicht sein, dass Sie mich gesehen haben. Da müssen Sie mich wohl mit jemandem verwechselt haben.«

Uschi lachte gekünstelt.

»Oh, dann hab ich mich wohl getäuscht.« Um die daraufhin entstehende peinliche Stille zu überbrücken, fügte sie strahlend hinzu: »War eine tolle Aufführung! Fantastische Sopranistin! Da haben Sie echt was verpasst.«

Elke verzog keine Miene und sagte kurz angebunden:

»Ich muss mich um die Gäste kümmern. Einen schönen Abend noch!«

Sie drehte sich auf dem Absatz um und stellte sich neben den Glaskasten mit der berühmten Schnupftabakdose, welche Friedrich dem Großen das Leben gerettet hatte – die auf ihn abgefeuerte Gewehrkugel war in ihr steckengeblieben. Diese Anekdote faszinierte die Besucher stets aufs Neue.

Uschi ging nach draußen und stürzte sich ins Getümmel. Sie jubelte innerlich. Na, wenn das kein Erfolg war! Migräne! So, so … ganz schlagartig Migräne. Die gute Elke hatte kein Alibi für den 31. Juli. So sah es aus. Und sie hatte gewusst, um welche Uhrzeit die Exklusivführung beendet sein würde. Zudem hatte sie genügend Zeit gehabt, die Stolperfalle für Clara aufzubauen. Die Indizien waren erdrückend!

Uschi nuckelte versonnen am Trinkhalm ihres Cocktails. Elke hatte die Gelegenheit gehabt, an die Schlüssel der Kasematten zu kommen. Da sie als Burgführerin mit der Geistergeschichte vertraut war, hatte sie sich als weiße Frau verkleidet, um Clara zu erschrecken. Wenn nun auch noch der Busfahrer bestätigen konnte, dass sie bei dem Unfall an Ort und Stelle war, dann war sie dran. Der Buckenmaier staunte bestimmt, wenn sie ihm unterbreitete, was sie alles recherchiert hatte! Dann musste er nur noch eine Hausdurchsuchung machen und das weiße Kleid finden.

Uschi rieb sich die Hände. Der Fall war so gut wie

gelöst! Das schrie geradezu nach einer Belohnung! Ein weiterer Cocktail musste her. Aber dieses Mal ohne Alkohol. Leider. Sie begab sich an die Bar, um das Pfand für das leere Glas zu kassieren. Schlange stehen. Aber eine kurze zum Glück. Pfand einstecken und dann abermalig Schlange stehen. Zwei Schlangen an ein und derselben Bar, die Pfandschlange und die Cocktailschlange. Hier war alles perfekt organisiert. Da konnte man nicht meckern. Nach Meckern war Uschi allerdings sowieso nicht zumute. Sie wollte jubeln, feiern! Sie fühlte sich richtig euphorisch. Zum einen wegen des Ermittlungserfolgs, zum andern wegen des Caipis, den sie schon intus hatte.

Uschi musste sich eingestehen, dass Sauter recht gehabt hatte. Die Lichtshow war in der Tat spektakulär! Am besten gefielen ihr die gelben, rosa und weißen Blumen, die aus der Burg ein buntes Feenschloss zauberten. Riesige Seifenblasen, die ein Künstler mit einem langen Draht hervorbrachte, schwebten empor und verführten die Kinder zu Luftsprüngen, um die schillernden Blasen zu erhaschen. Uschi hörte, wie ein kleiner Junge seine Mutter fragte, ob denn der Prinz auch da sei. Der Blick der Mutter wanderte zum Turm.

»Nein, Schatz. Ich sehe keine Fahne. Der Prinz ist wohl nicht da.«

Der Junge schaute verständnislos.

»Aber wieso ist er bei seinem eigenen Fest nicht dabei?«

»Keine Ahnung. Vielleicht ist er im Urlaub.«

»Aber Mama, wer organisiert denn dann das Fest?«

»Na, die Verwaltung.« Die Mutter lachte.

Apropos Verwaltung, dachte Uschi, wo treibt sich wohl Herr Sauter rum?

Sie beschloss, einen Rundgang zu machen. Erst einmal musste sie den Schlosshof durchqueren, was gar nicht so einfach war, da gerade ein Feuerkünstler seine Show präsentierte und die Leute dicht an dicht um ihn herumstanden und sich drängten. Uschi konnte nur ab und zu eine Feuerwolke sehen, die zum Nachthimmel aufstieg. Sie stellte sich auf die Zehenspitzen. Wow! Der Feuerkünstler wirbelte zwei brennende Stöcke so gekonnt durch die Luft, dass sich leuchtende Zeichen und Spiralen aus Feuer in der Dunkelheit abzeichneten.

Sie blickte zum Himmel. Die Sterne waren nur schwach zu erkennen. Es war zu hell hier im Schlosshof. Sie musste zu den Basteien gehen. Da war es dunkler.

Sauter hatte ihr einen Geheimtipp verraten: Dass sie nach Nord-Osten schauen musste, um die maximale Sternschnuppenausbeute zu bekommen. Die Perseiden kreuzten dort die Umlaufbahn der Erde. Deshalb würde sie sich zur Neuen Bastei durchkämpfen, es sich dort auf der Burgmauer bequem machen, ab und zu an ihrem Cocktail nippen und den einen oder anderen Wunsch äußern, falls sie tatsächlich Sternschnuppen zu Gesicht bekam.

Leider war sie nicht die Einzige, die von dem »Geheimtipp« gehört hatte. Bereits bei der Schnarrwachtbastei saßen die Leute wie die Hühner auf der Stange nebeneinander und blickten sehnsuchtsvoll nach Osten, die Köpfe zum Firmament gerichtet. Bedauerlicherweise war die Neue

Bastei gesperrt. Rot-weiß gestreifte Absperrbänder, ergänzt durch Metallgitter, verhinderten das Betreten. Warum hatte man diesen Abschnitt denn gesperrt? Bei näherem Hinsehen entdeckte Uschi an einigen Stellen loses Mauerwerk. An einer Ecke fehlte sogar ein Stück der Mauer. Gut, auf diese bröckelige Mauer setzte man sich besser nicht. Vor allem, weil es dahinter gut 20 Meter in die Tiefe ging. Oder gar 50? Sie war nicht gut im Schätzen. Egal. Wer hier runterfiel, war in jedem Fall tot.

Uschi ging ein Stück weiter. Überall saßen oder lagen Leute auf dem Boden und guckten in den Himmel.

Uschi war schließlich erfolgreich und fand für sich ein freies Plätzchen. Sie legte den Kopf in den Nacken und suchte mit den Augen den Himmel ab. Immer, wenn sie den Sternenhimmel betrachtete, bedauerte sie, die Sternbilder nicht zu kennen. Sie kannte nur den Großen Wagen. Das war's dann auch schon. Eigentlich hatte sie sich schon vor langer Zeit vorgenommen, sich mehr mit der Astronomie zu beschäftigen. Aber so war das nun mal mit manchen Vorhaben. Man schob sie kontinuierlich vor sich her.

Uschi senkte den Kopf und rieb sich den Nacken. Die Himmelsguckerei im Sitzen zu betreiben, hatte leider zur Folge, irgendwann ein steifes Genick zu bekommen. Kein Wunder waren sämtliche Hängematten im Schlossgarten besetzt. Auf Dauer ließ sich das Firmament nur im Liegen entspannt beobachten. Uschi richtete ihre Aufmerksamkeit abermals auf die Sterne. Je mehr sie in den Himmel starrte, desto unsicherer wurde sie, ob ihre Augen ihr womöglich Streiche spielten. Sie hatte den Eindruck, kleine blitzartige Sternschnuppen zu sehen. Kaum gesichtet, waren die Funken auch schon wieder verschwunden. Es erinnerte sie an

»mouches volantes«, sogenannte »Fliegende Mücken« – schwarze Punkte, die auf der Netzhaut erschienen und einen schier verrückt machen konnten. Hatte sie mal gehabt. War aber zum Glück irgendwann von selbst verschwunden.

Apropos Mücken – irgendwie hatte sie das Gefühl, dass sie von nächtlichem Getier bekrabbelt wurde. Uschi wischte über ihre Arme und Beine. Eklig, ein Krabbeltier zu spüren, es aber nicht sehen zu können. Aber wozu hatte sie ihre Taschenlampe eingepackt? Uschi leuchtete um sich herum. Da waren ja die Übeltäter. Kleine, schwarze fliegende Ameisen! Überall! Die ganze Mauer war übersät von den Viechern. Im Nu war Uschi von der Mauer runtergesprungen.

In diesem Fall bevorzugte sie es, die Observation im Stehen fortzusetzen. Also, nochmals Kopf in den Nacken legen und beharrlich in die Ferne schauen.

So wie die Sterne stehen…, ging es Uschi durch den Kopf. So leicht ließ sie sich verunsichern. Dabei glaubte sie doch gar nicht an Horoskope. Oder zumindest nur dann, wenn sie so richtig vielversprechend waren. Gefahr. Gefahr war relativ. Momentan war sie allen möglichen »Gefahren« ausgeliefert. Wenn sie Pech hatte, konnte sie in der Dunkelheit stürzen und sich den Fuß brechen. Oder gerade jetzt ereignete sich das lang erwartete und gefürchtete nächste Erdbeben im Zollergraben und die Burg krachte in sich zusammen. Das Leben war nun mal gefährlich. Trotzdem würde sie sich in Acht nehmen. Und sich vorsorglich bei der nächsten Sternschnuppe wünschen, dass ihr nichts Schlimmes passieren möge. Eine Sternschnuppe als Versicherungsschutz sozusagen. Aber wo blieben sie denn nur, die Sternschnuppen?

Da! Tatsächlich! Das war eindeutig eine Sternschnuppe gewesen! Ziemlich zackig und schnell verglüht, aber durchaus beeindruckend.

Hier! Noch eine. Wieder so eine kurze, schnelle Schnuppe. Gut, dass sie sich ihren Wunsch schon im Voraus überlegt hatte. Diese Meteore waren schneller als man gucken konnte verschwunden. Da und auch schon weg. Zack! Dann lange nichts. Bis zur Genickstarre.

Uschi beschloss, noch eine Runde um die Basteien zu laufen und dann den Heimweg anzutreten. Sie war müde. Überall saßen und lagen Himmelsgucker und ab und zu hörte man ein »Aaah!« oder »Oooh!« Fast so wie bei einem Feuerwerk, aber dezenter und in gedämpfter Lautstärke. Dem lautlosen eleganten Fall der Sternschnuppen angepasst. Die Stimmung unter den Besuchern war beschaulich, ja nahezu andachtsvoll. Vom Rummel auf dem Schlossplatz war hier rein gar nichts zu hören.

Ach, wen haben wir denn da? Der Koch war auch da und guckte nach den Sternschnuppen. Was er sich wohl wünschte? Vielleicht irgendetwas in Bezug auf Clara? Hoffentlich etwas Gutes. Nicht so wie die schwarze Fee bei Dornröschen, die dem Mädchen den Tod gewünscht hatte. Uschi musterte ihn unauffällig und ging dann weiter. Morgen würde sie mal sein Alibi überprüfen.

Apropos Clara. Wo war das Mädle überhaupt? Bestimmt hing sie irgendwo mit Tom rum. Ach, war auch egal. Die beiden kamen sehr gut ohne sie klar. Bei so einem romantischen Abend wie diesem würde sie nur stören.

So. Die Sterne hatten nun eine letzte Chance, sich ihr zu präsentieren. Dann würde sie endgültig gehen. Kopf in

Nacken und Richtung Osten schauen. Wow! Das hatte sich gelohnt! Die hatte einen Megaschweif! Fast wie ein Komet. So musste es in Bethlehem ausgesehen haben! Grandios!

Na denn. Wenn's am schönsten ist, dann soll man gehen. Und außerdem sind aller guten Dinge drei. Uschi schlenderte die Rampe zum Adlertor runter. Wenn sie Glück hatte, war an der Bushaltestelle noch nicht so viel los. Wie viel Uhr war es denn? Oh, doch schon kurz vor zwölf. Hui, kurz vor Mitternacht – Geisterstunde. Der weißen Frau war jedenfalls anzuraten, sich besser nicht blicken zu lassen. Uschi war entschlossen, sie bei nächster Gelegenheit am Gewand zu packen und ihre Identität zu lüften. Genug Theater gespielt!

Verflixt! So wie es aussah, hatten sämtliche Eltern beschlossen, ihre Sprösslinge um Mitternacht ins Bett zu bringen. Die Schlange aus Müttern, Vätern und ihren übermüdeten, quengligen Kindern an der Pendelbus-Haltestelle war so lang, dass sich ihr Ende irgendwo in der Dunkelheit verlor.

Uschi überlegte nicht lange und zückte ihre Taschenlampe. Sie würde laufen. Ganz klar. Erstaunt stellte sie fest, dass ihr eine Absperrung den Zugang zum Fußweg untersagte.

»Was soll das denn?«, brummte Uschi.

Auf einem Schild an der Absperrung stand:

»Der Fußweg ist gesperrt. Benutzen Sie bitte den Bus.«

Unschlüssig betrachtete Uschi das Schild.

Warum hatten die den Weg wohl gesperrt? Womöglich fürchtete man eine Gefährdung der Fußgänger. Aus welchem Grund auch immer. Sie sollte ja eigentlich Gefahren meiden. Wie hatte die Astrologin gesagt? Das Temperament zügeln und die Besonnenheit walten lassen. Oder so ähnlich.

Mist! Dies war heute schon die zweite Absperrung, die sie beeinträchtigte. Aber – weshalb fiel ihr das jetzt erst ein? Na klar! Die renovierungsbedürftige Neue Bastei verlief oberhalb des Fußwegs. Der Weg war deshalb steinschlaggefährdet! Das war der Grund für die Sperrung. Na dann! Na dann? War doch klar: Die Burgverwaltung musste sich rechtlich absichern und konnte nicht riskieren, dass einer der Besucher von einem Steinbrocken erschlagen wurde.

Aber genau genommen war sie ja keine Besucherin, sondern gehörte zum Personal. Für sie galt die Absperrung deshalb nur bedingt. Es war mehr als unwahrscheinlich, dass exakt in diesen Sekunden, wenn sie die Stelle unterhalb der Bastei passierte, ein Stein herunterfiel. Sehr unwahrscheinlich. So unwahrscheinlich, dass es dann tatsächlich Schicksal wäre. Und das war bestimmt nicht ihr Schicksal. Das hatte sie im Gespür. So ganz unwahrscheinliche Dinge passierten ihr im Grunde nie. Ein letzter Blick zurück. Die Security war mit der Aufsicht der Familien beschäftigt… Geschwind um die Absperrung herum und dann ab durch die Mitte.

Sicherheitshalber wartete sie ein wenig, bis sie die Taschenlampe anmachte. Da heute Abend der Mond schien, war es sowieso nicht so dunkel. Ein Käuzchen rief mehrfach in die Nacht hinein. Uschi war zufrieden. Sie war überzeugt, die richtige Entscheidung getroffen zu haben.

Sie wäre bestimmt um Welten schneller beim Parkplatz als die Leute, die mit dem Bus fuhren. Während die sich immer noch die Beine in den Bauch standen, wäre sie schon längst beim Auto. Der Weg sah auch aus wie immer. Falls überhaupt Steine aus der Burgmauer herabgestürzt waren, hatte man sie bereits entfernt. Weder auf dem Weg noch im Wald waren Spuren eines Steinschlags zu entdecken. Bei der Sperrung handelte es sich wohl doch nur um eine reine Vorsichtsmaßnahme.

Es war kaum zu hören gewesen. Nur ein leichtes Rascheln der Blätter in den Bäumen über ihr. Ehe sie sich versah, schlug ein faustgroßer Stein mit lautem Krachen auf dem Boden auf. Keine 30 Zentimeter von ihr entfernt. Erschrocken stieß Uschi einen Schrei aus und machte reflexartig einen Sprung zur Seite.

O mein Gott! Fast hätte mich der Stein getroffen, dachte sie bestürzt.

Ihr Herz schlug wie verrückt. Sie spähte nach oben und versuchte, zwischen dem dichten Laubwerk der Blätterkronen die Burg auszumachen. In diesem Moment erblickte sie den nächsten Stein. Er kam allerdings so schnell auf sie zugeschossen, dass sie vor Schreck wie angewurzelt stehen blieb und mit offen stehendem Mund auf den Aufprall wartete. Der Stein landete ein stückweit hinter ihr im Gebüsch.

Uschi schnaubte und überlegte sich krampfhaft, was sie tun sollte. Wegrennen? Hinter einem Baum in Deckung gehen? Da sie keine gute Läuferin war, entschied sie sich für die Deckung. Sie sprang ein paar Sätze durchs Dickicht und verkroch sich hinter dem nächstbesten dickeren Baumstamm. Dort kauerte sie sich ängstlich auf den Boden und harrte der Dinge. Lauschte. Herrje! Warum hatte sie auch unbedingt laufen müssen! Wollte mal wieder schlauer als alle anderen sein.

Wumm! Ein weiterer Stein schlug wie eine Bombe neben ihr ein. Uschi duckte sich instinktiv und presste sich zitternd gegen den Baumstamm, die Arme schützend über den Kopf verschränkt. Zack. Noch eine Steinbombe schlug ein, dicht gefolgt von einer nächsten, die auf der Vorderseite ihres Baumstammes abprallte. Uschi presste sich die Hand vor den Mund und unterdrückte ein Wimmern. Was ging hier eigentlich vor sich? Das war doch kein normaler Steinschlag – jemand zielte auf sie! Zack! Noch ein Stein wurde an ihren Baumstamm geschleudert. Eindeutig!

Da wirft irgendjemand Steine auf mich, schrie sie innerlich auf. O nein! O nein! Was soll ich denn nur tun? Und weit und breit niemand, der mir helfen kann. Soll ich trotzdem um Hilfe rufen?

Uschi entschied sich für eine andere Lösung. Sie brüllte:

»He! Aufhören! Aufhören!« Ihre Stimme hallte schrill durch den Wald und durchbrach die Stille. Uschi brüllte abermals: »Aufhören. Verdammt noch mal!«

Die einzige Antwort, die sie erhielt, war der erneute Ruf des Käuzchens. Dann versank der Wald wieder in Dunkelheit und Stille.

Sie wusste nicht, wie lange sie da hinter diesem Baum gehockt war, bis sie sich halbwegs von dem Schock erholt hatte. Bis sie imstande war, die Arme von ihrem Kopf zu nehmen. Bis sie sich erheben konnte. Trotz wackliger Beine. Obwohl seit ihrem Geschrei kein Stein mehr auf sie geworfen worden war, traute sie dem Frieden nicht. Sie würde nicht auf den Weg zurückgehen. Dort hatte sie keine

Deckung. Nein, sie würde von Baumstamm zu Baumstamm schleichen. Im Wald fühlte sie sich etwas sicherer.

Wo war nur ihre Taschenlampe? Hatte sie wohl vor Schreck auf dem Weg fallen lassen, als der erste Stein runterkam. Sie konnte sie nicht holen. Das war zu gefährlich. Sie hätte sie eh nicht mehr benutzen können. Ihr Angreifer hätte ansonsten genau gewusst, wo sie sich befand. Es ging auch gut ohne. Ihre Augen hatten sich bereits an die Dunkelheit gewöhnt, außerdem schimmerte das Mondlicht zwischen den Bäumen hindurch und erhellte das Dickicht. Einfach war es trotzdem nicht, sich durch das Gestrüpp zu schlagen.

Da ihre Bermuda nur bis zu den Knien reichte, zerkratzte sich Uschi an den Ästen und Brombeerranken die Waden. Autsch! Eine Brennnessel hatte ihr Bein gestreift und hinterließ einen feurigen Schmerz. Ihr blieb auch nichts erspart! Einige Kratzer später hatte sie endlich den Parkplatz erreicht. Sie rannte zu ihrem Auto, schloss mit zitternden Fingern die Tür auf und ließ sich erschöpft auf den Sitz fallen.

Tränen stiegen ihr in die Augen, rollten über ihre Wangen und landeten als salzige Tropfen in ihren Mundwinkeln. Uschi schluchzte, legte sich völlig entkräftet auf das Lenkrad und ließ ihrem Kummer freien Lauf. Ihr Herz bummerte immer noch wie wild. Jemand hatte sie umbringen wollen! Wenn sie so ein faustgroßer Stein aus dieser Höhe auf den Kopf getroffen hätte, wäre sie jetzt tot. Tot.

Und alles nur wegen ihrer Schnüffelei. Da oben auf der Burg geisterte ein Mörder umher. Er wollte erst Clara und nun sie umbringen. Es reichte. Sie hatte eine Wahnsinnsangst. Sie würde jetzt nach Hause fahren und da würde sie bleiben. Sie würde nicht mehr auf die Burg zurückkehren. Und Clara auch nicht. Sie würde ihre Zeit anders verbringen. Nur noch lesen und im Garten arbeiten. Dann würde sie der Mörder irgendwann vergessen. Und in Ruhe lassen. Ruhe. Ja, sie wollte nur ihre Ruhe.

Sie fuhr so in Gedanken verloren durch die Gegend, dass sie erst durch einen grellen Blitz zur Besinnung kam. Schlagartig wurde ihr klar, dass sie sich bereits in ihrem Wohngebiet befand. Doch was war das für ein Blitz gewesen? Oh, nein! Sie hatten das freundliche Smiley durch einen unfreundlichen Blitzer ersetzt. Wie viel war sie wohl drüber gewesen? Zehn Stundenkilometer, 20? Ach, das war jetzt auch egal. Sie konnte notfalls die nächsten vier Wochen zu Fuß gehen.

Am nächsten Morgen erwachte Uschi mit einem Stöhnen. Sie fühlte sich völlig gerädert. Unausgeschlafen. Dabei war es schon 7 Uhr. Zeit aufzustehen. Sie hatte um 10 Uhr eine Führung. Uschi rollte sich wie ein Embryo zusammen und zog sich die Decke über den Kopf. Bitte, lass es einen Traum gewesen sein. Einen Albtraum. Sie hielt kurz den Atem an und ließ die Luft dann ganz langsam durch ihre Lippen entweichen. Nein, es war kein Albtraum gewesen. Dieser Horror war gestern Nacht wirklich passiert. Sie fuhr mit den Fingerspitzen über ihre Beine. Aaah! Die Kratzer waren noch deutlich zu spüren. Einige Minuten blieb sie zusammengerollt liegen. Sie wollte nichts mehr von dieser Welt sehen und hören. Irgendwann dämmerte ihr, dass sie sich nicht ewig im Bett verkriechen konnte. Auch wenn dies eine verlockende Option war.

Ihr Körper lechzte nach Kaffee. Vielleicht konnte sie der bittere Geschmack wieder ein wenig auf Vordermann bringen. Dazu ein großes Beerenmüsli und die Tageszeitung. So wie immer eigentlich. Obwohl nichts wie immer war. Aber zumindest brachte dieses Frühstück ein Stück Normalität in ihr Leben. Sie würde mal kurz alle Probleme zur Seite schieben und sich ausschließlich auf ihr Frühstück konzentrieren.

Während sie die Zeitung überflog, drifteten ihre Gedanken dennoch ab.

Bei Tageslicht betrachtet, blieb das nächtliche Erlebnis genauso erschreckend wie in der Nacht. Man hatte versucht, sie zu steinigen. Das war schlimm. Mehr als das. Es war katastrophal. Und sie hatte furchtbare Angst, dass der Mörder noch einmal versuchen könnte, sie zu töten. Sie fühlte sich völlig wehrlos. Das war definitiv eine Nummer zu groß für sie. Sie brauchte Hilfe. Von einem Freund und Helfer. Der Polizei.

Und wie sieht's aus? Klappt es mit dem Essen-Gehen?«

Clara lächelte Tom erwartungsfroh an.

»Ja, klar! Ich muss nur noch kurz was mit Oswald besprechen, dann bin ich soweit. Hast du einen bestimmten Wunsch? Italienisch? Chinesisch? Oder schwäbisch?«

»Beim ›Lindich‹ kann man schön auf der Terrasse sitzen. Sollen wir dahin?«

»Schloss Lindich? Warum nicht? Da war ich schon lange nicht mehr.«

Tom zog sie zu sich heran, legte seine Hände um ihre Taille und gab ihr einen langen Kuss, der von Clara leidenschaftlich erwidert wurde.

»Weißt du was?«, sagte Tom und küsste sie schnell noch einmal. »Ich könnte so natürlich endlos weitermachen, aber da wir noch was vorhaben, schlage ich vor, dass wir damit einfach später fortfahren. Ein-ver-stan-den?« Jede Silbe betonte er mit einem kurzen Küsschen.

»Gut. Aber beeil dich, ja?«, erwiderte Clara und löste sich sanft aus seiner Umarmung.

Während Tom über den Schlosshof zum Verwaltungsbüro lief, schaute Clara ihm nach. Sie konnte es immer noch nicht fassen, dass sie nun zusammen waren. Tom. Ihr Tom von nun an. Er war so süß. So charmant und humorvoll. Und dazu auch noch unglaublich gut aussehend. Sie war dermaßen glücklich, dass sie den ganzen Tag hätte singen können. Und tanzen! Es reichte schon, dass sie seine Finger berührte, um in Verzückung zu geraten. Wenn sie ihn küsste, konnte sie gar nicht mehr aufhören. Und sie wollte jede Sekunde bei ihm sein. Seit der gestrigen Sternschnuppennacht dachte sie ununterbrochen nur noch an ihn. So verliebt war sie. Im Liebestaumel. Sie konnte sich nicht erinnern, jemals so verliebt gewesen zu sein. Tom war ihr absoluter Traummann. Keine Frage. Alles war mit ihm so leicht. So einfach. Nichts konnte sie belasten. Alle Sorgen waren wie weggeblasen.

Sie war so im Glück, dass es ihr sogar nicht einmal etwas ausmachte, als Elke breit grinsend auf sie zukam. Wenn sie so affektiert grinste, verhieß das allerdings nichts Gutes.

»Hallöchen! Mensch, muss Liebe schön sein!« Sie verdrehte die Augen. »Seid ihr jetzt ein Paar, du und Tom?«

Claras Schutzschild fuhr sofort hoch. Hatte sie es nicht gewusst? Aus diesem Mund konnte nichts Nettes kommen. Auch wenn sie dabei lächelte, die falsche Schlange. Clara sagte erst mal gar nichts, presste ihre Handtasche, die über ihrer Schulter hing, an sich und trat einen Schritt zurück. Was sollte sie denn darauf antworten?

»Hat es dir die Sprache verschlagen? Braucht dir nicht peinlich zu sein! Ist doch schön, wenn man so verliebt ist.« Elke lachte nach diesen Worten hell auf.

Clara fragte sich, was sie damit bezweckte. Wollte Elke sie provozieren?

»Ich wüsste nicht, was dich das angeht. Kümmere dich um deine eigenen Angelegenheiten!«

Elke brach in schallendes Gelächter aus:

»O Gottchen! Warum bist du denn so empfindlich? Wir sind doch alle erwachsen ...«

Ich wünschte, dir würde dein arrogantes Lachen im Hals stecken bleiben, dachte Clara.

Elke setzte von Neuen an:

»Weißt du, so ernst würde ich das Ganze eh nicht nehmen.« Sie machte eine bedeutungsvolle Pause und schaute sie durchdringend an. Als sie das Gefühl hatte, Clara am Haken zu haben, fuhr sie fort. »Der Tom ist ein toller Typ. Der kommt gut an bei den Frauen. Das weiß er natürlich auch.«

Clara sagte nichts. Was sollte das? Was für ein Spiel trieb Elke mit ihr?

»So ein Schätzchen ist nicht so leicht zu halten«, fuhr Elke fort. »Bis jetzt hat das jedenfalls keine geschafft. Seitdem er hier ist, hatte er jedes Semester eine neue Flamme. Hat nie lange gedauert. Wobei«, sie unterbrach sich und kratzte sich am Ohr, »dass die eine Beziehung zu Ende ging, dafür konnte er ja nichts. Ist gestorben, das Mädchen. Hach ja. War 'ne schlimme Sache. Ich glaub, das war das einzige Mädchen, das er wirklich geliebt hat.« Sie sinnierte einen Moment, zuckte dann mit den Achseln und sagte zuckersüß: »Von daher wär ihm ein neues Glück durchaus zu wünschen. Und wer weiß? Vielleicht passt es mit dir letztlich besser als mit deinen Vorgängerinnen.«

Sie legte den Kopf schief und wartete auf eine Reaktion.

»Warum erzählst du mir das alles? Bist du eifersüchtig?«

Kaum ausgesprochen, bereute Clara ihre Worte schon. Mist! Nun hatte sie Elke neuen Brennstoff geliefert.

»Eifersüchtig?« Elkes Stimme hob sich. »Schätzchen, mach dich nicht lächerlich. Der Tom ist doch viel zu jung für mich. Nein, nein. Keine Sorge. Der Tom ist ein Wildfang! Schön anzusehen, aber schwer zu bändigen. Gib also gut auf ihn Acht. Nur so als Tipp von Frau zu Frau.«

Clara kochte. Auf diese Tipps konnte sie gut und gerne verzichten! Sie trat so nah an Elke heran, dass sie ihr süßes Parfum riechen konnte.

»Und ich sag dir jetzt auch was«, raunte sie ihr zu. »Als Tipp von Mensch zu Mensch sozusagen. Ich finde es weder nett noch kollegial, wie du über Tom redest. Soll ich ihm das erzählen, was du so über ihn rumerzählst? Das ist ja schon fiesestes Mobbing! Und ich glaube nicht, dass Herr Sauter es gutheißen würde, dass jemand in seinem Team gemobbt wird.«

Elke wurde blass, fing sich aber schnell wieder. Mit ihrer gewohnten Überheblichkeit erwiderte sie bissig:

»Ich wollte dich nur warnen. Aber wenn du die Wahrheit nicht hören willst… bitte! Mach halt deine eigenen Erfahrungen. Wirst schon sehen.«

Da Tom im Anmarsch war, ließ sie Clara ohne ein weiteres Wort stehen. Als sie sich ein paar Schritte entfernt hatte, drehte sie sich nochmals um und rief:

»Und die Filzpantoffeln hast du übrigens immer noch nicht aussortiert!«

»Was wollte sie? Ein bisschen Gift verspritzen?«, fragte Tom misstrauisch und schaute Elke nach, die erhobenen Hauptes davonstolzierte.

Clara zögerte. Verunsichert betrachtete sie ihn für einen Moment, sagte dann aber schnell:

»Ach, schon wieder Theater wegen der Pantoffeln. Die gibt einfach keine Ruhe.«

»Soll ich mal mit ihr sprechen? So geht das doch nicht weiter.«

»Nein. Ich regle das schon selbst«, erwiderte Clara und schüttelte den Kopf.

»Komm! Lass uns gehen!«

Er reichte ihr lächelnd die Hand und zog sie mit sich. Nach ein paar Metern löste Clara unauffällig ihre Hand aus seiner und hielt ein bisschen mehr Abstand zu ihm. Schweigend liefen sie zum Burgtor hinab. Clara ärgerte sich über sich selbst. Warum ließ sie sich von Elke so beeinflussen? Diese Frau durfte man gar nicht ernst nehmen. Sie fühlte doch, wie verliebt Tom in sie war. Dass es etwas ganz Besonderes zwischen ihnen beiden war. Außerdem war es völlig normal, dass Tom schon vor ihr Freundinnen gehabt hatte. Alles andere wäre bei seinem Aussehen ja auch verwunderlich gewesen.

Aber – jedes Semester eine andere? Würde er sie nach diesem Semester vielleicht ebenfalls abservieren? Dieser Gedanke war ihr unerträglich. Und was hatte Elke damit gemeint, als sie sagte, dass eine Exfreundin von Tom gestorben sei? Würde er ihr irgendwann davon erzählen? Warum wusste Elke überhaupt so viel von Tom? War er mit all seinen Freundinnen hier auf der Burg gewesen, hatte er sie womöglich auch bei der Sternschnuppennacht verführt? Verärgert steckte sie ihre Hände in die Hosentaschen. Irgendwie hatte es Elke tatsächlich geschafft, sie in ihrem Liebesrausch zu ernüchtern. Ein düsterer Schleier lag plötzlich über ihrer Verliebtheit. Ein Schleier des Misstrauens.

Tom betrachtete sie prüfend.

»Was denkst du?«, wollte er wissen.

»Nichts. Nichts Besonderes«, log Clara.

Er runzelte die Stirn und blieb abrupt stehen.

»Du siehst auf einmal so traurig aus. Irgendwas ist doch? Hat es mit Elke zu tun? Was hat sie dir denn gesagt?«

»Es ist nichts. Wirklich! Ich bin nur ein wenig müde«, sagte Clara achselzuckend und starrte zu Boden.

Tom hob zärtlich ihr Kinn an und blickte ihr tief in die Augen.

»Sicher?«

»Sicher.« Clara rang sich zu einem Lächeln durch.

»Okay.« Tom hauchte ihr einen Kuss auf die Lippen, den Clara zwar annahm, aber nicht erwiderte.

Während sie zum Auto liefen, betrachtete Tom sie wiederholt von der Seite. Er spürte eindeutig, dass sich irgendetwas in Claras Verhalten verändert hatte. Es war unerklärlich für ihn. Vor einer Stunde hatte sie sich ihm noch ganz hingegeben und sie waren im siebten Himmel gewesen. Und nun ging sie auf einmal massiv auf Distanz. War völlig unnahbar. Irgendwie war sie ihm entglitten. Und er wusste nicht wodurch. Hatte er irgendetwas falsch gemacht?

Er war sich zumindest keiner Schuld bewusst. Nun ja. Vielleicht würde es beim Essen wieder harmonischer zwischen ihnen werden. Das hoffte er sehr. Denn Clara war eine wunderbare Frau. Er wollte es auf keinen Fall mit ihr wegen irgendetwas vermasseln. Dazu war sie ihm viel zu wichtig.

Diese Elke. Wer weiß, was sie Clara vorhin gesteckt hatte. Vermutlich hatte sie ihn irgendwie schlecht gemacht. Ob sie ihr davon erzählt hatte? Die Trauer, die ihn augenblicklich überfiel, kam so unerwartet, dass er das überwältigende Gefühl so schnell er konnte in den tiefsten Winkel seines Herzens verbannte und es durch ein anderes Gefühl ersetzte, mit dem er besser umgehen konnte: Wut. Elke sollte sich lieber vorsehen. Wenn sie Clara weiter das Leben schwer machte und sich in sein Leben einmischte, würde er sie sich vorknöpfen. Wer Wind säht, wird Sturm ernten.

Meine Damen und Herren! Die Burg Hohenzollern ist, so wie sie heute dasteht, ein typisches Beispiel der Neugotik. 1867 wurde der Bau unter König Wilhelm I. von Preußen vollendet. Sie verkörpert die damalige Idealvorstellung einer mittelalterlichen Burg und ist Ausdruck des romantischen Geistes jener Zeit. Und was war mit der ursprünglichen Burg auf dem Zollerberg geschehen? Nun ja. Die erste Burg, die erstmals 1267 erwähnt wurde und vermutlich auf das 11. Jahrhundert zurückgeht, wurde 1423 durch den Bund der schwäbischen Reichsstädte erobert und leider vollständig zerstört. Ab 1454 wurde die zweite

Burg an derselben Stelle erbaut. Diese zweite Burg wurde von den Württembergern erobert. Nach dem Dreißigjährigen Krieg geriet die Burg jedoch in habsburgischen Besitz, bevor sie während des österreichischen Erbfolgekriegs 1744 von französischen Truppen besetzt wurde. Nach 1798 verfiel die Burg zunehmend und Anfang des 19. Jahrhunderts war sie nur noch eine Ruine. Die St. Michaelskapelle ist der einzige nennenswerte Teil, der von der zweiten Burg erhalten geblieben ist. Deshalb würde ich Ihnen nun gerne zuerst einmal diesen ältesten Teil der Burg zeigen. Folgen Sie mir bitte ...«

Eine halbe Stunde später verabschiedete Uschi ihre Gruppe und genehmigte sich zur Belohnung ein Eis. Heute verzichtete sie aber auf den üblichen Plausch mit Meike, da sie noch einiges vorhatte. Bevor sie zur Polizei gehen konnte, musste sie noch etwas überprüfen. Sie musste dem Buckenmaier etwas Handfestes liefern, sonst würde er sie erneut abweisen. Deshalb hatte sie sich entsprechend präpariert ...

Den Rucksack geschultert und das Erdbeereis in der Hand schlenderte sie in Richtung Neue Bastei. Eine Gruppe von Japanern stand an der frei zugänglichen Burgmauer, bewunderte die Aussicht und hielt die Schönheit der Alb auf dem einen oder anderen Foto fest. Noch schien die Sonne. Am Horizont hatten sich allerdings dunkle Gewitterwolken gebildet, die sich in der schwülen Luft zu hohen Haufenwolken aufgetürmt hatten und nur darauf zu warten schienen, sich endlich entladen zu dürfen. Uschi hoffte, dass sie bis dahin bereits im Auto saß.

Sie stellte ihren Rucksack ab, lehnte sich mit dem Rücken an die Schlossmauer und schleckte ihr Eis, während sie die

Absperrung gegenüber betrachtete. Hm. An der Seite befand sich ein schmaler Spalt. Vermutlich ließ sich das Absperrgitter noch etwas weiter zur Seite schieben, so dass sie durchpasste. Sie knusperte die Eistüte zu Ende und wartete darauf, dass die Japaner sich weit genug entfernt hatten. Es durfte sie keiner sehen. Denn wenn sie dabei erwischt würde, gäbe es garantiert Ärger. Und vor allem geriete sie in beträchtliche Erklärungsnot. Nein, sie musste schnell sein. Extrem schnell.

Zur Sicherheit beugte sie sich über die Burgmauer und spähte in die Tiefe. Zwischen den Baumkronen konnte sie den Fußweg ausmachen. Teilweise war die Sicht auf den Weg zwar durch die Bäume behindert, aber wenn da jemand gelaufen wäre, hätte man dies gut von oben beobachten können. Es lief jedoch niemand auf dem Weg. Sie hatte sich vorweg vergewissert, dass der Weg immer noch gesperrt war. Und es war unwahrscheinlich, dass es noch mehr Aufsässige gab, die gesperrte Wege begingen.

Als sie davon überzeugt war, dass in der nächsten Minute niemand kommen würde, beugte sie sich vor und holte etwas aus dem Rucksack. Einen faustgroßen Stein, den sie zu Hause mit roter Farbe besprüht hatte. Sie schaute abermals nach links und rechts, nahm dann Anlauf wie eine Athletin und schleuderte den Stein so weit sie konnte in die Tiefe. Der Aufprall des Steins war nicht zu hören. Ein Schmerzensschrei zum Glück auch nicht. Uschi machte ein unschuldiges Gesicht und ging gemächlich zu ihrem Rucksack zurück.

Das war der leichtere Teil der Übung gewesen. Nun kam der Part für Fortgeschrittene. Den nächsten Stein, den sie aus dem Rucksack zog, hatte sie blau angesprüht. Sie hielt den Stein unter ihrer Jacke versteckt und ging mit großen Schritten auf die Absperrung zu. Hoffentlich kam niemand! Sie versuchte, das Gitter zu verschieben, um den Spalt zu vergrößern. Obwohl sie zunehmend kräftiger drückte und schließlich sogar daran rüttelte, bewegte sich das Gitter keinen Zentimeter. Es bog sich etwas, ja, aber im unteren Bereich blieb es unverändert verankert. Verankert? Oh! Tatsächlich. Es war am Boden verschraubt worden. Also einfach wegdrücken ging nicht. Wäre auch zu einfach gewesen.

Sie merkte gerade noch rechtzeitig, dass Leute im Anmarsch waren und ließ flugs von dem Gitter ab. Die Leute achteten gar nicht auf sie und gingen zügig an dem abgesperrten Bereich vorbei. Das Unansehnliche wurde von den meisten Menschen bewusst übersehen. Nicht schön. Uninteressant. Weiter. Nur bei Kindern war die Neugier noch so stark ausgeprägt, dass sie sich gerade für die unschönen Dinge interessierten.

Uschi ging derweil an die Schlossmauer zurück und untersuchte unauffällig den abgesperrten Bereich. Irgendwo musste doch ein Schlupfloch zu finden sein! Die Neue Bastei sah wie ein halbes Sechseck aus und ragte terrassenförmig nach vorne hinaus. An der Seite machte die Mauer einen starken Knick über Eck. Theoretisch war es möglich, von der einen Mauerseite außerhalb des abgesperrten Bereichs zur gegenüberliegenden Mauer hinter der Absperrung rüberzuklettern. Theoretisch. Praktisch war dies nicht ganz ungefährlich. Den tiefen Abgrund, den es dabei zu überwinden galt, musste man nämlich geflissentlich ausblenden. Wenn sie sich so richtig dumm anstellte und den Halt verlor, stürzte sie unzweifelhaft in den Tod.

Ich stell mich halt nicht dumm an, machte sich Uschi Mut. Ich kann das. Muss mich nur gut an der Mauer festkrallen. Und mir darf nicht schwindlig werden. Kleiner Ohnmachtsanfall ist nicht drin.

So ermutigt, drückte Uschi ihren blauen Stein fest an sich und ging zu der Ecke, wo die Mauern aufeinanderstießen. Niemand in der Nähe? Na dann, los! Um beide Hände zum Klettern frei zu haben, verstaute sie den Stein rasch in ihrer Jackentasche. Ihr Herz klopfte so heftig, als ob sie bereits einen Hundertmetersprint hingelegt hätte!

Ruhig Blut, sagte sie sich, ist doch nur ein ganz kurzes Stück! Nur nicht runter schauen. Mach es wie die Seiltänzer. Die stellen sich auch vor, dass das Seil eigentlich auf dem Boden liegt. Aber haben die nicht immer ein Netz, in das sie sich notfalls fallen lassen können? Damit würde ich mich jetzt auch bedeutend sicherer fühlen …

Uschi schnaufte wie ein Ross, als sie auf die Burgmauer kletterte. Das lag aber nicht an der Höhe der Mauer, schließlich reichte ihr die Mauer nur bis zum Oberschenkel, sondern an der Todesangst, die ihren Körper in Wallung versetzte. So dicht wie möglich presste sie sich an das Absperrgitter und krabbelte auf allen Vieren über den Höllenschlund hinweg. Geschafft! Mit weichen Knien kletterte sie auf der gegenüberliegenden Mauer herunter. Als sie am äußersten Ende der Bastei angelangt war, begutachtete sie das Mauerwerk. Wie bröckelig war die Mauer wirklich? An einigen Stellen fehlten Mauerstücke. Im hinteren Bereich lagen einige Steine auf dem Boden verteilt.

Hauptsache, die Bastei bricht nicht komplett unter mir zusammen, ging es Uschi durch den Sinn. Sie musste sowieso zusehen, dass sie dies schnellstens über die Bühne brachte. Wenn sie jetzt jemand erwischte – daran wollte sie gar nicht denken.

Sie ging so nah wie möglich an die Mauer heran, zog dann den Stein hastig aus ihrer Jackentasche und warf ihn im hohen Bogen in die Weite. Noch während der Stein fiel, hörte sie eine tiefe Männerstimme, die sie von hinten anbrüllte.

»He! Sind Sie noch ganz dicht? Was machen Sie denn da? Das gibt's doch gar nicht!«

Uschi zuckte aufgeschreckt zusammen und fuhr herum. Hinter der Absperrung stand ein Securitymann, der unentwegt seinen hochroten Kopf schüttelte. Fassungslos. Wutentbrannt. Oje! Das durfte doch nicht wahr sein! Was jetzt? Nun war doch passiert, was auf keinen Fall hätte passieren dürfen! Wie sollte sie reagieren? Seit wann war er da? Was hatte er gesehen? Vielleicht hatte sie ja Glück und er hatte gar nichts gesehen …

»Ich, äh … ich wollte mal da runterschauen.«

»Wie kommen Sie dazu, da einen Stein runterzuwerfen?«

Sein Kopf war inzwischen so knallrot, dass Uschi Angst hatte, er könne jeden Moment vor Zorn hyperventilieren.

Oha, er hatte es also doch gesehen! Uschi stieg postwendend die Schamesröte ins Gesicht.

Der Mann wartete nicht auf ihre Antwort.

»Können Sie mir das mal erklären? Sie ticken doch nicht ganz richtig! Wissen Sie was? Ich ruf jetzt die Polizei!«

»Äh, ich wollte nachher eh zur Polizei gehen. Deshalb hab ich den Stein ja auch runtergeworfen. Äh, es ist ein bisschen schwierig, das auf die Schnelle zu erklären.«

Der Securitytyp stierte sie an, als seien ihr gerade alle Sicherungen durchgebrannt. Uschi musste zugeben, dass ihr Gefasel tatsächlich total unverständlich war. Für jemanden, der in die Geschehnisse nicht eingeweiht war. Es war eine absolut groteske Situation. Der Mann starrte sie durch das Gitter an und überlegte wohl, was er nun am besten tun sollte. Er nahm sein Handy und tippte eine Nummer ein.

»Rufen Sie die Polizei an?«

»Nein, erst mal den Verwalter«, brummte er.

Oh nein. Oh nein. Oh nein. Das war wesentlich schlimmer als die Polizei! Wenn Sauter sie hier hinter der Absperrung sah, würde er sicher annehmen, sie sei völlig durchgeknallt. Wie peinlich!

Uschi spürte, wie der Schweiß die Ärmel ihres T-Shirts durchtränkte. Da der Mann so cholerisch rumgebrüllt hatte, waren nun auch noch allerlei Leute zusammengelaufen, die neugierig schauten, weshalb er so ein Geschrei veranstaltete. All diese Menschen standen nun da und begafften sie in ihrem Käfig. Uschi kam sich vor wie ein wildes Tier. Die Leute warteten gespannt darauf, wie sie auf das Gebrüll des Mannes reagieren würde. Sie musste zuerst einmal raus aus diesem Gefängnis. Doch als sie Anstalten machte, auf demselben Weg zurückzuklettern, wie sie hereingekommen war, stieß der Mann einen lauten Schrei aus, der sie sofort in der Bewegung innehalten ließ.

»Halt! Jetzt schlägt's dreizehn! Wehe, Sie klettern auf diese Mauer!«

»Ich will aber raus!«, sagte Uschi kläglich.

»Sie warten hier gefälligst, bis der Verwalter da ist. Wir müssen das Gitter erst entfernen. Dann können Sie raus. So lange bleiben Sie an Ort und Stelle.«

Als Sauter im Eilschritt angelaufen kam, war ihm die Überraschung deutlich anzusehen. Er riss die Augen auf, als könne er nicht glauben, was er erblickte. Er schien völlig perplex zu sein.

»Hier. Hier ist die Frau! Die hat…«, schrie der Wachmann ihm entgegen.

Sauter legte verärgert die Stirn in Falten und signalisierte ihm nachdrücklich, leise zu sein. Dann kam er ans Gitter heran und sagte kopfschüttelnd:

»Aber… Frau Lämmle! Wie komme Sie denn da nei?«

Wo ist das nächste Mauseloch, dachte Uschi und spürte zugleich eine neue Hitzewelle in sich aufsteigen. Sie schaute ihn betreten an und antwortete:

»Ich… ich erklär es Ihnen später.«

Nach der kurzen Phase der Irritation war der Verwalter jedoch schnell wieder Herr der Lage, nickte und scheuchte zuerst einmal die Leute weg.

»Würden Sie bitte weitergehen? Hier gibt's nichts zu sehen. Gehen Sie bitte weiter.«

Nachdem er die Schaulustigen vertrieben hatte, wandte er sich dem Wachmann zu, der sich am Gitter positioniert hatte und sich offensichtlich furchtbar wichtig vorkam.

»Was mache Sie denn für ein Gschrei? Muss des denn sei? Die Leut denke ja wunder was. Und d' Frau Lämmle sieht auch schon ganz verängstigt aus. Rufe Sie gscheider 'nen Handwerker. Des hätte Sie schon längst mache könne. Wir müsse die Frau da schnellstens raushole! Also machet Se!«

Der Wachmann wirkte enttäuscht. Statt des erwarteten Lobs hatte er einen Rüffel erhalten. Trotzdem tat er wie von Sauter befohlen und zückte sein Handy.

»Wir müsse des Gitter erst einmal uffschraube. Dann könne wir Sie da raushole.« Sauter schüttelte den Kopf. »I frag mich nur, wie Sie da überhaupt neikomme sind? Sage Sie net, dass Sie da übers Eck klettert sind …«

Uschi sah beschämt zu Boden.

»Ha, Frau Lämmle! Jetzt kann i aber nimmer. Da sind Sie drüber? Ja Heidenei! Sie mache Sache! Des war allerdings a saugfährliche Sach. Isch Ihne des klar? Wenn des schiefgange wär. Na, da gut Nacht.«

Als er merkte, dass Uschi zu weinen anfing, kam er so nah es ging ans Gitter heran und versuchte, sie zu trösten.

»Frau Lämmle – Sie brauche doch net zu heule. So schlimm isch es doch gar net. 's isch ja nix passiert. Zum Glück. Wisse Sie was? Wenn der Willi Sie da rausgholt hat, dann trinke mir zur Beruhigung erst einmal an Kaffee zusamme und dann erkläre Sie mir ganz in Ruh, was da passiert isch, gell?«

Nach zwei Tassen Kaffee und einem Stück Schokoladenkuchen war Sauter im Bilde. Ob er ihre Gründe für diese irrwitzige Aktion allerdings tatsächlich verstehen oder gar gutheißen konnte, wusste Uschi nicht. Der Verwalter war viel zu höflich, um ihr Handeln infrage zu stellen oder sie offen zu kritisieren. Dass sie für das Begehen des gesperrten Weges und das Eindringen in die abgesperrte Bastei kein Lob erwarten konnte, war klar. Zumindest hatte ihr Ansehen bei dem Verwalter keinen allzu großen Schaden genommen. Das konnte sie deutlich spüren.

Sie bedankte sich mehrfach bei ihm für sein offenes Ohr und versprach, künftig keine unvernünftigen Dinge mehr zu unternehmen und außerdem so schnell wie möglich zur Polizei zu gehen. Und genau das hatte sie auch wirklich vor. Allerdings musste sie auf dem Weg zur Polizei noch einen kurzen Abstecher machen … Mit einem höllisch schlechten Gewissen Sauter gegenüber. Aber wenn sie auf das, was sie noch erledigen musste, verzichten würde, wäre das ganze Weitwurfexperiment vergeblich gewesen. Sie durfte sich nur nicht erwischen lassen!

Kaum war Uschi auf dem Waldweg angelangt, war es soweit. Dicke Tropfen fielen zur Erde und kündigten den bevorstehenden Wolkenbruch an. Jeden Moment konnten sich die Gewitterwolken ihrer Last entledigen. Uschi fluchte. Sie musste sich wohl oder übel wieder durchs Gebüsch schlagen, um von der Burg aus nicht gesehen zu werden. Wenn es nun gleich zu schütten begann, konnte sie nicht einmal ihren Regenschirm aufspannen. Sie durfte auf gar keinen Fall hier entdeckt werden. Ansonsten würde sie vor Scham tot umfallen. Was dem Mörder wohl sehr entgegenkäme …

In diesem Moment brach der Regen über sie herein. Obwohl es absehbar gewesen war, überraschte sie doch das Ausmaß der Heftigkeit. Puh! Das mussten bestimmt 40 Liter auf den Quadratmeter sein. Oder mehr. Innerhalb von Sekunden war Uschi total durchnässt. Ihre Jeans klebte hauteng an ihren Oberschenkeln und ihre Hochsteckfrisur drohte durch die plötzliche Schwere der Haare abzurutschen. Uschi straffte ihre Schultern und rammte zwei der Haarklammern entschieden in ihren Dutt zurück. Egal. Nasser konnte sie nicht werden.

Die Frage war nur, ob die Farbe, die sie auf die Steine gesprüht hatte, wasserfest war. Sie konnte sich nicht erinnern, was auf der Sprühdose gestanden hatte. Aber waren solche Sprayfarben nicht immer wasserfest? Hoffentlich. Denn

Steine gab es hier wie Sand am Meer. Ohne Kennzeichnung würde sie »ihre« Steine niemals finden. War auch mit Kennzeichnung schon schwer genug.

Uschi linste nach oben. Über ihr war zwischen den Bäumen die Burgmauer zu erkennen. Erst daneben begann die Neue Bastei. Ah, da war die Stelle. Sie erkannte ihren Lebensretter wieder. Freudig und mit einem warmen Gefühl der Dankbarkeit ging sie auf die stattliche Buche zu und begutachtete die Rinde. Die Steinigung hatte klaffende Wunden an dem Baumstamm hinterlassen. Dieser Baum war ihr Schutzschild gewesen und hatte ihr das Leben gerettet! Da war es durchaus angemessen, ihm dies mit einer Umarmung zu danken. Sie brauchte sich für diese Sentimentalität nicht zu schämen. Es sah sie ja keiner dabei. Uschi umschlang den Baum und verharrte kurz andächtig in dieser Position.

Dann umkreiste sie den Baum und suchte den Boden ab. Schnell wurde sie fündig. Da lag die Bombe, die auf sie abgefeuert worden war. Faustgroß. Und einen Meter weiter entfernt lagen noch zwei Steine. Sie unterschieden sich nicht im Geringsten von den anderen Steinen, die im Wald herumlagen. Wenn sie nicht ihren Baum erkannt hätte, wären die »Tatwaffen« nicht zu identifizieren gewesen. Uschi nahm einen der Steine in die Hand. Er wog schwer. Den hatte der Mörder in der Hand gehabt. Und hatte sie damit töten wollen. Der Gedanke löste eine Gänsehaut bei ihr aus. Die nasse kalte Kleidung verstärkte den Effekt noch. Es wurde Zeit, dass sie ins Trockene kam.

Vorher musste sie jedoch noch ihre eigenen Steine finden. Sie umkreiste ihren Baum, den Blick konzentriert auf den Boden gerichtet, auf der Suche nach etwas, das blau oder rot leuchtete. Hm. War gar nicht so einfach. Wenn ihre Steine in dichtes Gestrüpp gefallen waren, fände sie sie eventuell gar nicht mehr. Sie musste ihren Suchradius vergrößern.

Uschi fuhr zusammen. Ein Blitz zuckte mit gleißend hellem Zickzackschein über den Himmel. Sie zählte sogleich, um die Entfernung des Gewitters abzuschätzen. »Einundzwanzig.« Grrmm. Mann o Mann. Das war ein Donnerschlag gewesen! Das Gewitter tobte direkt über ihr.

Gewitter und Bäume. Keine gute Kombination, dachte Uschi ängstlich. Vor den Eichen musst du weichen. Gut, dass ich unter einer Buche stehe.

Sie schaute sich um. Gab es hier überhaupt Eichen? So wie es aussah, befand sie sich in einem Buchen-Monokulturwald. Galt in dem Fall auch der Spruch mit den Eichen? Vermutlich nicht. Buchen musst du suchen. Ein greller Blitz erhellte den Wald und wiederum folgte der Donner unmittelbar. Uschi ging instinktiv in die Hocke und machte sich so klein wie nur möglich, den Kopf in den Armen verborgen. Holla! Jetzt hatte es irgendwo in der Nähe eingeschlagen. Der Krach war ohrenbetäubend gewesen! Der Spruch mit den Buchen schien nicht zu stimmen. Sie musste zusehen, dass sie aus diesem Wald herauskam. Es war zu gefährlich.

Hektisch erhob sie sich, drehte sich um ihre eigene Achse und suchte nochmals den Boden ab. Und da – da sah sie es plötzlich rot leuchten. Erleichtert rannte sie zu der Stelle und fischte den roten Stein aus einem Himbeerbusch. Sie nickte zufrieden. Der Stein war nur wenige Meter neben ihrem Baum gelandet. Das war der Beweis! Der Beweis dafür, dass es kein Steinschlag gewesen sein konnte. Nicht von der Neuen Bastei ausgehend. Denn diesen roten Stein hatte sie außerhalb des abgesperrten Gebiets abgeschleudert. Viel weiter drüben. Von da hatte man sie beworfen. Der Mörder hatte sich nämlich nicht die Mühe gemacht, hinter die Absperrung zu klettern. Er hatte die Steine bequem vom nächsten frei zugänglichen Teilstück der Burgmauer abgefeuert.

Ihren blauen Stein, den sie von der Neuen Bastei aus geworfen hatte, brauchte sie nun gar nicht mehr zu suchen. Der lag irgendwo weiter oben im Wald. Und da würde auch irgendwann das Gestein der beschädigten Mauer landen, wenn man sie nicht irgendwann restaurierte.

Das Gewitter entfernte sich. Uschi wollte jetzt nur noch eines: Schnell nach Hause und ab unter die heiße Dusche. Eine der Steinbomben hatte sie eingepackt. Damit sie dem Buckenmaier das Beweisstück gleich unter die Nase halten konnte. Aber nicht mehr heute. Morgen war auch noch ein Tag.

Während Uschi den Zoller runterbrauste, fiel ihr ein Fahrzeug auf, das am Straßenrand parkte. Roter Renault Clio. Schon wieder? Sie musste Tom unbedingt mal fragen, ob das sein Auto war. Und falls dies der Fall war, würde sie interessieren, was er da mitten im Wald zu erledigen hatte …

Hier«, sagte Uschi resolut und platzierte am nächsten Vormittag im Polizeirevier den Stein auf Buckenmaiers Schreibtisch. Auffordernd guckte sie ihn an.

Buckenmaier zuckte die Achseln und betrachtete den Stein skeptisch, ohne ihn zu berühren.

»Was – hier?«

»Mit diesem Stein wurde ein Mordanschlag auf mich verübt.« Sie sprach bewusst langsam. »Ich sollte gesteinigt werden!«

Buckenmaiers Mundwinkel zuckten. Er würde es doch wohl nicht wagen zu lachen? Uschi hob drohend die Augenbrauen.

»Gesteinigt? Also, Frau Lämmle. Ihre Geschichten werden jedes Mal abstruser.«

»Ist das alles, was Sie dazu zu sagen haben?« Sie blinzelte nervös.

Buckenmaier seufzte, lehnte sich zurück, ließ dann seine Finger knacken und fing an, auf der Tastatur seines PCs zu tippen.

»Wo?«

»Auf dem Fußweg der Burg Hohenzollern. Eigentlich war der Weg …«

»Wann?«, fiel er ihr ins Wort.

»Vorgestern. Sagen Sie mal, sprechen Sie jetzt nur noch in Ein-Wort-Sätzen mit mir?«

Buckenmaier tippte, ohne aufzusehen. Zwischen seinen Augenbrauen entstand eine tiefe Falte.

»Was?«

»Wie?«

»Was ist genau passiert?«

»Also, ich bin auf dem Fußweg der Burg zum Parkplatz gelaufen. Im Grunde war der Fußweg gesperrt, aber ich wollte nicht …«

»Gesperrt?«, unterbrach er sie erneut. Die Falte zwischen seinen Brauen wurde noch etwas tiefer. »Was heißt hier gesperrt?«

»Gesperrt heißt, dass man den Fußweg im Grunde nicht hätte begehen dürfen. Vermutlich wegen Steinschlaggefahr. Die Neue Bastei oberhalb des Fußwegs bröckelt nämlich. Da an der Bushaltestelle die Hölle los war, bin ich dann doch lieber gelaufen.«

Uschi versuchte möglichst selbstsicher dreinzuschauen. Sie hatte allerdings ihre Finger nicht so recht im Griff, die sich um ihre Handtasche krallten.

»Moment mal. Nur zu meinem Verständnis. Sie sind einen Weg entlanggelaufen, der wegen Steinschlag gesperrt war, und sagen mir jetzt, Sie seien fast gesteinigt worden?«

»Nein.« Sie schüttelte energisch den Kopf. »Lassen Sie mich doch mal aussprechen! Auf mich wurden Steine geworfen! Das waren keine Bruchstücke von der Burgmauer, die da auf mich runtergefallen sind.« Ihre Stimme wurde schrill. »Kapieren Sie denn nicht? Der Mörder hat regelrecht auf mich gezielt! Ich bin hinter einem Baum in Deckung gegangen und dann sind mehrere Steine am Baumstamm abgeprallt. Die Löcher in der Rinde kann man noch deutlich sehen.«

Buckenmaier schaute zweifelnd auf das mutmaßliche Beweisstück vor ihm.

»Warum sprechen Sie eigentlich von einem Mörder? Gibt es denn eine Leiche?«

Uschi presste die Lippen aufeinander und funkelte ihn böse an.

»Na, sehen Sie. Ohne Leiche auch kein Mörder. Ist logisch, oder?«

Er las nach, was er in den PC getippt hatte.

»Sie sagen, dass jemand mit den Steinen auf Sie gezielt hat.« Er ließ seinen Blick über ihren Oberkörper schweifen. »Hat Sie denn ein Stein getroffen? Wurden Sie verletzt?«

»Nein, aber ich hatte furchtbare Angst. Stellen Sie sich mal vor, was passiert wäre, wenn mich dieser Brocken«, sie nahm den Stein demonstrativ in die Hand, »am Kopf getroffen hätte! Das hätte ich nie und nimmer überlebt. Deshalb spreche ich von einem Mörder. Hätte der Typ besser zielen können, wäre er nun ein Mörder.«

»Konnten Sie denn den Steinewerfer sehen? Würden Sie ihn wiedererkennen?«

»Nein. Es war ja dunkel.«

»Wie konnte Sie der Steinewerfer dann überhaupt von oben sehen? Da unten auf dem Waldweg zwischen all den Bäumen? Wenn es dunkel war?«

Wenn der so weitermacht, knirsch ich gleich noch mit den Zähnen, dachte Uschi missmutig.

»Der Weg war teilweise beleuchtet. Außerdem hatte ich eine Taschenlampe in der Hand. Und zudem schien der Mond.«

»Okay.« Er nickte, tippte und murmelte dabei: »Mondschein«. Er schaute auf. »Da ist noch etwas, das ich nicht verstehe. Wie können Sie so überzeugt davon sein, dass es nicht doch ein Steinschlag war? Ich bin mir nicht sicher, ob man das so eindeutig einschätzen kann. Als Laie.«

Uschi knallte ihre Handtasche so heftig auf den Schreibtisch, dass Buckenmaiers Kaffeetasse einen kurzen Hüpfer machte.

»Ich kann durchaus unterscheiden, ob ein Steinschlag auf mich niedergeht oder ob man mich mit Steinen bewirft. Auch als Laie!«

»Jetzt rasten Sie hier mal nicht gleich aus, Frau Lämmle«, ermahnte er sie gereizt. »Ich muss diese Fragen stellen. Schließlich dürfen wir keine wichtigen Details übersehen, gell?«

Uschi stellte die Handtasche wieder auf ihren Schoß zurück und bemühte sich um Nachsicht mit dem Polizisten. Es half nichts, wenn sie ihn auch noch zum Gegner hatte.

»Am einfachsten wäre es, wenn Sie mich mal zu der Stelle im Wald« – sie verkniff sich das Wort »Tatort« – »begleiten würden. Dann kann ich Ihnen alles zeigen. Die Steine und den Baum. Und ...«

Sie zögerte kurz, bevor sie weitersprach.

»... Ich habe ein Experiment gemacht und getestet, wo die Steine hinfliegen, wenn sie von dem gesperrten Bereich der Neuen Bastei herunterfallen.«

Buckenmaier schaute sie fragend an. Sie wusste, dass ihn das folgende Argument überzeugen würde.

»Und dabei habe ich festgestellt, dass die Steine, die auf mich geschleudert worden sind, niemals von der Neuen Bastei heruntergefallen sein können. Die Steine von dort landen ganz woanders!«

Ein triumphierendes Lächeln stahl sich in ihr Gesicht. Ihre Beweisführung war perfekt!

»Aha. Und bei Ihrem ›Ex-pe-ri-ment‹ haben Sie von der Burgmauer Steine hinuntergeworfen? Um zu sehen, wo sie landen?«

Uschi hatte nicht vor, auf die rhetorischen Fragen mit einer Rechtfertigung zu reagieren. Stattdessen ignorierte sie den impliziten Vorwurf und beschränkte sich auf ein nachdrückliches Nicken.

»Ich brauch Ihnen bestimmt nicht zu erklären, dass dies

leichtsinnig und gefährlich war. Stellen Sie sich mal vor, jemand hätte ihren ›Experimentierstein‹ auf den Kopf bekommen. Dann hätten *Sie* nun einen Mord zu verantworten«, sagte er mit zusammengezogenen Augenbrauen, was sehr einschüchternd wirkte.

Uschi schwieg. Sie hätte nun behaupten können, dass sie vorweg kontrolliert hatte, ob sich jemand auf dem Fußweg befand. Dies wäre allerdings eine glatte Lüge gewesen. Schließlich hatte sie lediglich überprüft, ob niemand im Anmarsch war, um sie zu erwischen. Und auch dabei hatte sie versagt. Schnell schob sie die aufkommenden Gewissensbisse zur Seite.

Buckenmaier schien den Anflug von Reue trotzdem gespürt zu haben und so wie es aussah, genügt ihm dies.

»Ich glaube, es ist doch das Beste, wenn wir uns den Tatort mal gemeinsam ansehen. Bevor Sie noch weitere Dummheiten unternehmen.«

Er hatte Tatort gesagt! Tatort! Sie hatte es eindeutig gehört! Offensichtlich hatte sie ihn nun doch überzeugen können. Das mit den »Dummheiten« hatte sie geflissentlich überhört.

»Gut! Wenn wir gleich aufbrechen, können wir es noch vor Dunkelheit schaffen.« Sie nahm den Stein in die Hand. »Soll ich den mitnehmen? Oder brauchen Sie ihn als Beweismittel?«

Buckenmaier winkte ab.

»Nein, nein. Nehmen Sie ihn nur mit. Und so schnell geht das mit der Begehung nun auch wieder nicht. Sagen wir morgen? Um 11 Uhr? Wir treffen uns am Burgeingang.«

Uschi steckte den Stein in ihre Tasche zurück und reichte Buckenmaier die Hand.

»Danke! Ich bin froh, dass Sie mir glauben.«

»Bis morgen, Frau Lämmle!«

Uschi wollte gerade schon die Tür hinter sich schließen, da fiel ihr noch etwas ein.

»Ah, Entschuldigung. Da ein Mordanschlag auf mich verübt worden ist – bräuchte ich da nicht Polizeischutz?«

»Oh, Frau Lämmle.« Er lachte. »Sie und Ihr Polizeischutz! Können wir uns darauf einigen, dass wir morgen erst einmal gemeinsam in den Wald gehen und dann über weitere Maßnahmen beraten?«

»In Ordnung. Also bis morgen. 11 Uhr.«

Von diesem Mann durfte man nicht zu viel auf einmal erwarten. Immerhin war er inzwischen bereit, die vier Wände seines Büros zu verlassen, was bei seiner offenkundigen Trägheit eindeutig als Erfolg zu verbuchen war.

Buckenmaier war pünktlich um 11 Uhr erschienen und Uschi freute sich, dass sie nun endlich ganz offiziell und zudem in Begleitung eines Polizisten den Fußweg ablaufen durfte. Schnell hatte sie die richtige Stelle gefunden und unterbreitete dem Polizisten stolz ihre Überlegungen. Sie zeigte ihm die Wurfgeschosse, die Löcher in der Baumrinde und zuletzt ihren roten Beweisstein.

Buckenmaier hatte sich alles kommentarlos angehört. Lediglich seine Mimik hatte gezeigt, dass er so manches Argument von Uschi durchdachte und gedanklich auf seine Logik hin überprüfte.

Als sie ihre Ausführungen beendet hatte, schwieg er eine

Weile. Er besah sich in Ruhe nochmals den Baum und begutachtete mit dem Fernglas die Burgmauer oberhalb. Schließlich räusperte er sich und meinte:

»Ich glaube auch nicht, dass das ein Steinschlag war. Die Neue Bastei ist viel zu weit entfernt.«

»Eben, sag ich doch.« Uschi nickte dabei eifrig. »Es war ein gezielter Mordanschlag auf mich.«

Buckenmaier kaute auf seiner Unterlippe herum.

»Von einem Mordanschlag würde ich noch nicht sprechen. Wer weiß, ob derjenige nicht absichtlich daneben geworfen hat. Vielleicht wollte man Ihnen auch nur einen Schrecken einjagen?«

»Na, das ist ihm aber gründlich gelungen. Zumindest konnte derjenige von oben sehen, dass ich hinter diesem Baum gehockt bin. Und er hat in Kauf genommen, mich zu verletzen.«

»Ja, das hat er. Oder sie. Das wissen wir nicht.«

»Ich denke, dass es eher eine Frau gewesen ist.«

»Warum? Weil Frauen nicht so gut werfen und zielen können?«, fragte er und grinste.

Uschi stöhnte.

»Nein, nicht deshalb! Weil ich eine Frau in Verdacht habe. Eine bestimmte Frau.«

»Und wer soll das sein?«

»Eine Burgführerin. Sie heißt Elke. Elke Raff.«

»Und weshalb verdächtigen Sie diese Frau Raff?«

»Weil sie mit Clara konkurriert und sie ständig auf dem Kieker hat. Außerdem hat sie für den Tatzeitpunkt kein Alibi.«

»So, so… Überprüfen Sie bereits die Alibis von Tatverdächtigen? Was glauben Sie, wie viele Leute, die in irgendeiner Beziehung zu Ihrer Nichte stehen, für die Tatzeit kein Alibi haben? Oh, Frau Lämmle! Jetzt hören Sie doch mal mit diesem Detektivspiel auf. Das ist doch kindisch! Erst machen Sie mich wegen Ihrer Nichte verrückt und nun stiefeln wir wegen irgendwelchen dubiosen Steinewerfern im Wald herum …«

»Sie haben doch gerade gesagt, dass Sie mir glauben.«

Uschi fühlte sich plötzlich völlig entkräftet, jeglicher Energie beraubt. Diese destruktive, misstrauische Art des Polizisten entmutigte sie dermaßen, dass sie fast selbst Zweifel an ihren Äußerungen bekam. Buckenmaier hatte die Gabe, alles ins Lächerliche zu ziehen. Es war zum Aus-der-Haut-Fahren!

Der Polizist steckte sein Fernglas in die Hülle zurück und verstaute es in seinem Rucksack. Während sie zum Burgtor zurückliefen, sagte er:

»Hören Sie, Frau Lämmle. Ich glaub Ihnen ja. Aber das Problem ist, dass es für all Ihre Anschuldigungen keine Beweise gibt. Ich wüsste wirklich nicht, gegen wen wir da ermitteln sollten. Ich seh das so: Momentan bleibt uns nichts anderes übrig als abzuwarten. Wenn Sie wollen, dann spreche ich auch mal mit dieser Frau Raff. Ich werde ab und zu ein paar Kollegen zur Burg hochschicken, die einen Kontrollgang machen. Eins muss Ihnen allerdings auch klar sein: Für meine Kollegen mag das nett sein, wenn sie auf der Burg patrouillieren können. Aber die Burgverwaltung sieht das bestimmt nicht gerne, wenn die Polizei ständig präsent ist und alle möglichen Leute befragt. Das bringt Unruhe in den Laden. Und bis jetzt gibt es leider nichts Handfestes, Frau Lämmle.« Er sah sie streng an. »Es ist zwar nicht so, wie Sie behaupten, dass wir erst ermitteln, wenn es eine Leiche gibt. Mal davon abgesehen, wäre dann eh die Mordkommission zuständig. Aber ein bissle konkreter sollten die Hinweise schon sein. Sonst kann ich nicht viel tun.«

Uschi war maßlos enttäuscht. Wie konnte man nur so ignorant sein?

Der Polizist sah ihr die Enttäuschung an.

»Ich versteh ja, dass Sie nach dem Erlebnis verängstigt sind. Wissen Sie was? Achten Sie in nächster Zeit einfach darauf, unter Leuten zu sein. Vermeiden Sie es, allein im Dunkeln oder auf abgesperrten einsamen Wegen zu laufen. Seien Sie vorsichtig und riskieren Sie nichts, bis sich die Lage beruhigt hat. Vielleicht findet der Spuk von selbst ein Ende, wenn Sie nicht mehr als Opfer zur Verfügung stehen. Das Gleiche gilt übrigens auch für Ihre Nichte.«

»Bei Spuk fällt mir ein, dass ich Ihnen noch gar nicht alles erzählt habe.« Sie seufzte. »Aber ehrlich gesagt, habe ich gar keine Lust mehr, Ihnen davon auch noch zu erzählen.«

»Jedes Detail kann wichtig sein.«

»Ja, schon …«

Uschi war sich unschlüssig, was sie tun sollte. Wenn der Buckenmaier schon die Tatsachen für lächerlich hielt, wie würde er dann auf Gespenstergeschichten reagieren? Doch seine Neugier war geweckt.

»Meiner Nichte und mir ist vor den Unfällen die weiße Frau erschienen.«

»Die weiße Frau? Wer ist das denn nun wieder?«

Uschi erklärte ihm in wenigen Sätzen, was es mit der weißen Frau auf sich hatte.

Buckenmaier kratzte sich am Kopf. Uschi war schon

zufrieden, dass er keinen Lachanfall bekam. Er blickte sogar erstaunlich ernst drein.

»Ich seh schon«, meinte er, »irgendjemand treibt da offensichtlich seine Späße mit Ihnen und Ihrer Nichte. Ich kann mich nur wiederholen. Geben Sie gut auf sich Acht und ich verspreche Ihnen, dass wir das Burggeschehen im Auge behalten werden. Und falls Sie sich je von Neuem bedroht fühlen sollten…«, er zückte seine Visitenkarte, »dann können Sie mich auf dieser Handynummer erreichen. Tag und Nacht.«

»Danke.« Uschi steckte das Kärtchen in ihre Tasche. »Und vergessen Sie nicht Elke Raff!«

Er nickte.

Sie waren vor dem Burgtor angelangt. Buckenmaier reichte ihr zum Abschied die Hand und fuhr dann mit dem Polizeiauto, das schon für Aufsehen unter den Touristen gesorgt hatte, die Bergserpentinen hinunter.

Uschi starrte ihm nach, bis er entschwunden war. Sie war unzufrieden. Und durch das Stückchen Pappe in ihrer Tasche fühlte sie sich keineswegs sicherer.

»Und gebracht hat das Ganze letztlich gar nichts.«

Uschi seufzte. Sie hatte sich in der Mittagspause mit Clara und Tom im Biergarten verabredet und den beiden ausführlich Bericht erstattet: Von dem Telefonat mit Mark, der Überprüfung des Dienstplans von Hannes, der Geisterfrau im Rückspiegel, dem Anschlag, von ihrem Experiment, von dem Polizeibesuch und letztlich von der Ortsbegehung mit Buckenmaier vor rund zwei Stunden.

»Bis auf gute Ratschläge und ein Visitenkärtchen hab ich vom Buckenmaier nichts bekommen. Von wegen Freund

und Helfer! Der ist kein Helfer. Und mein Freund schon gar nicht.«

Tom grinste und sah zu Clara. Die saß jedoch in sich gekehrt da und schwieg. Sie hatte sich die Schilderung ihrer Tante aufmerksam angehört und dabei zunehmend sorgenvoller dreingeblickt. Schließlich meinte sie bedrückt:

»Es gefällt mir gar nicht, dass du da jetzt auch noch hineingezogen wirst.«

»Das lässt sich nun mal nicht vermeiden …«

Da ich mich in Abwesenheit deiner Eltern für dich verantwortlich fühle, fügte sie in Gedanken hinzu, hütete sich jedoch tunlichst davor, abermals das heikle Thema in den Fokus zu rücken. Sie wollte gar nicht daran denken, wie es sein würde, wenn ihr Bruder aus dem Urlaub kam und von ihr wissen wollte, weshalb seine Tochter im Krankenhaus gewesen war. Und weshalb sie ihn nicht darüber informiert hatte. Bis dahin musste sie sich noch eine plausible Erklärung einfallen lassen.

»Offenbar hat den Steinewerfer gestört, dass ich mich einmische und Nachforschungen anstelle. Das würde aber bedeuten, dass der Täter auf der Burg sein muss. Er beobachtet uns und weiß ganz genau, was wir tun.« Uschi kniff die Augen zusammen und hielt den Kopf schräg. »Irgendwo lauert hier dieser Mensch und ihm entgeht nichts. Es muss jemand vom Personal sein.«

Tom und Clara blickten sich um. Wer konnte es sein? Womöglich befand sich derjenige gerade irgendwo in Sichtweite und sie ahnten nicht im Geringsten, wer es war. Eine befremdliche Vorstellung!

»Ich denke ja nach wie vor an Elke«, fuhr Uschi fort. »Zumindest hat mir der Polizist versprochen, dass er sie mal befragen wird. Sie hat nämlich für die Tatzeiten kein Alibi. Stellt euch vor: Sie war gar nicht beim Konzert. Sie gibt vor, Migräne gehabt zu haben. Ha, wer's glaubt! Und sie hätte auch Gelegenheit gehabt, dich vor den Bus zu stoßen, Clara. Ich hab ihren Dienstplan gesehen. Als nächstes werde ich mal den Busfahrer befragen, ob er Elke zwischen den Leuten gesehen hat.«

»Ich glaube, das kannst du dir sparen«, sagte Tom.

»Wie meinst du das?«

»Ich hab bei Elkes Mutter angerufen und ihr irgendeine Story vom gefundenen Geldbeutel aufgetischt. Sie hat dann ziemlich schnell abgewehrt und gesagt, dass es weder ihr Geldbeutel noch der ihrer Tochter sein könne.«

»Eben. Sag ich doch. Weil Elke nicht dabei war«, beharrte Uschi.

»Ja. Elkes Mutter hat allerdings noch was gesagt. Sie sagte, ihre Tochter hätte sie nicht begleiten können, aber ...«, er erhob den Zeigefinger, »... aber sie sei von der Tochter zur Stadthalle gebracht und wieder abgeholt worden. Sie selbst kann nämlich nicht Auto fahren.«

»Hm, möglicherweise steckt die Mutter mit ihr unter einer Decke und gibt ihr ein falsches Alibi«, wandte Uschi ein.

»Das glaube ich ehrlich gesagt nicht. Die Mutter dachte wirklich, ich sei ein Angestellter der Stadthalle. Weshalb sollte sie da lügen?«

Diese neue Information nahm Uschi das letzte bisschen Wind aus dem schlappen Segel. Elke war ihre Hauptverdächtige gewesen. Eigentlich ihre einzige Verdächtige. Aber wenn Elke nicht für Claras Sturz auf der Treppe verantwortlich war, hatte sie folglich auch nichts mit dem

Anschlag an der Bushaltestelle zu tun. Zumindest machte eine andere Schlussfolgerung für Uschi keinen Sinn. Es fiel ihr sehr schwer, gedanklich von Elke loszulassen. Sie hatte sich schon zu sehr an ihr festgebissen. Nun zog Tom die unterste Karte aus ihrem Kartenhaus heraus und alles brach in sich zusammen. Wenn Elke nicht mehr in Frage kam, wusste sie nicht weiter. Ratlos sah sie die beiden an.

Clara zuckte mit den Schultern.

»Ich hab mir auch schon den Kopf darüber zerbrochen, wer dieser Spinner sein könnte. Ich bin schon alle in meinem Umfeld gedanklich durchgegangen. Niemand scheint mir irre genug zu sein, um solche Dinge zu tun.«

»Man sieht einem Kriminellen nicht an, dass er kriminell ist. Das ist das Problem«, sagte Tom, nahm einen Schluck von seiner Cola und legte beiläufig seinen Arm auf die Lehne von Claras Stuhl.

Uschi hatte natürlich schon längst gemerkt, dass sich der Beziehungsstatus geändert hatte, dass aus reiner Freundschaft mehr geworden war. Eigenartig nur, dass Clara ihr trotz Vertrautheit etwas zu kühl für Wolke sieben vorkam. Als ob es bereits Streit gegeben hätte. Möglicherweise lag es auch daran, dass Clara zurzeit generell sehr angespannt war. Die Ereignisse der letzten Tage belasteten sie sichtbar. Dass sie nun, da sie auf der Burg wie Freiwild herumlief, wieder verstärkt Angst hatte, war nachzuvollziehen. Uschi seufzte nochmals.

Und keine Idee von einer Spur, die zum Täter führen könnte! Sie konnten nur abwarten, dass er oder sie erneut zuschlug. Wie bei einem Schachspiel mussten sie auf den nächsten Zug ihres Gegners warten. Nur dass derjenige seine Gegner, das Schachspiel und ihre Züge sah, während sie selbst Blindschach spielten. Sie konnten immer nur auf seine Züge reagieren. In der Hoffnung, nicht plötzlich schachmatt zu sein.

Tom dehnte und streckte sich genüsslich in der Sonne.

»Ich finde, wir sollten trotz allem das schöne Wetter und den Sommer genießen. Denn tun können wir gerade eh nichts, um diesen Spinner ausfindig zu machen. Wenn wir uns dauernd darüber den Kopf zerbrechen, wird es nicht besser, aber der Typ hat sein Ziel erreicht und macht uns das Leben schwer. Ich würde vorschlagen, wir machen ganz normal weiter, erledigen unsere Arbeit und lassen uns nicht ängstigen. Wir dürfen dieses bescheuerte Spiel gar nicht mitspielen. Deshalb sollten wir versuchen, dem Ganzen nicht zu viel Gewicht zu geben.«

Er lächelte Clara an und zog zwei Eintrittskarten aus der Hosentasche.

»Damit du auf andere Gedanken kommst und mal wieder was zu lachen hast… Ich hab uns Karten für das Open-Air-Kino im Schlosshof für Samstag besorgt. Freust du dich?«

»Echt? Das ist ja toll! Danke!« Clara strahlte. »Welcher Film läuft denn?«

»Er heißt ›Die Kirche bleibt im Dorf‹. Der ist total lustig. Vor allem weil die Schauspieler schwäbisch sprechen und der Film zum Teil hier in der Gegend gedreht wurde.«

»Klasse! Sag mal, wurde nicht auch vor Kurzem ein Horrorfilm auf der Burg gedreht?«

»Du meinst ›A cure for wellness‹? Der wurde 2015 produziert. Damals war die Burg sogar eine Zeitlang gesperrt, damit die Crew in Ruhe ihre Filmaufnahmen durchführen konnte.« Er nickte begeistert. »Ja, das wäre auch geil, den mal im Burghof anzugucken.«

»Na ja, unter den gegeben Umständen ist es mir ehrlich gesagt lieber, in einen lustigen Film zu gehen. Gegruselt hab ich mich in letzter Zeit schon genug«, sagte Clara mit einem leicht depressiven Anklang in ihrer Stimme.

»Also der Film mit der Kirche klingt gut. Den schau ich mir dann vielleicht auch an«, sagte Uschi spontan. »Ich war noch nie in einem Open-Air-Kino. Und hier im Burghof ist das bestimmt eine besonders schöne Atmosphäre.«

Als sie sich daran erinnerte, wie überfüllt der Hof bei der Sternschnuppennacht gewesen war, machte sie jedoch gleich wieder einen Rückzieher.

»Na ja, mal sehen … ich überlege es mir noch. Eine einzelne Karte bekommt man sicher auch noch an der Abendkasse.«

Clara nahm aus ihrer Handtasche eine kleine Spraydose, etwas größer als ein Lippenstift.

»Ich hab mir übrigens Reizgas besorgt. Damit fühl ich mich sicherer. Falls mir jemand zu nahe kommt, kann ich mich damit notfalls verteidigen.«

Wenn dich der Täter nicht gerade vor einen Bus stößt, dachte Uschi und betrachtete skeptisch die kleine Spraydose. Bisher hatte er den direkten Kontakt gemieden. Er fand andere Mittel und Wege, gefährlich zu werden, ohne sichtbar zu werden. Ob Clara tatsächlich die Gelegenheit bekommen würde, den Täter bei einem neuerlichen Angriff von Angesicht zu Angesicht zu sehen, war fraglich.

Sie teilte Toms Meinung. Sie mussten weitermachen wie bisher. Es galt dasselbe Prinzip wie bei Terroranschlägen. Das Ziel war immer, Angst und Schrecken zu verbreiten und die alltägliche Lebensweise der Menschen zu stören. Veränderte man sein Verhalten, dann hatten die Terroristen ihr Ziel erreicht. Man durfte sich von der Angst in seinem Tun nicht blockieren lassen. Genau so war es auch in ihrem Fall. Sie mussten ihrem normalen Alltag nachgehen und durften sich auch bei ihren Vergnügungen nicht einschränken lassen.

Nur in einem Punkt hinkte der Vergleich. Es war relativ unwahrscheinlich, Opfer eines Terroranschlags zu werden. Hier auf der Burg waren sie dagegen fortwährend im Fokus des Täters. Und das Misstrauen gegenüber allen hier Anwesenden schürte die Angst. Man fühlte sich gewissermaßen ausgeliefert. Wie eine eingepferchte Schafherde, die jeder Zeit mit dem erneuten Angriff des Wolfs rechnen musste.

Die nächsten Tage verliefen erfreulich ruhig und ohne besondere Vorkommnisse. Fast hätte man glauben können, dass der »Spuk« der letzten Zeit endgültig vorbei war und nicht wiederkommen würde. Die vergangenen Ereignisse erschienen rückblickend geradezu unwirklich.

Uschi war froh darüber. Nun, da sich eine gewisse Entspannung einstellte, merkte sie erst, wie viel Anstrengung diese Nachforschungen sie gekostet hatten. Eigentlich wäre das Einfinden in die neue Arbeit schon Herausforderung genug gewesen. All die Sorgen und Aktionen im Zusammenhang mit den vergangenen Geschehnissen hatten sie ermüdet. Sie musste mit ihren Energien etwas mehr haushalten. Sonst setzte sich ihr Körper mit allerlei Zipperlein zur Wehr, um sie auszubremsen.

Seit sie in den Kasematten eingeschlossen gewesen war, hatte sich ihr Asthma zurückgemeldet. Anfangs hatte sie versucht, das leise Pfeifen und die Atemlosigkeit beim Treppensteigen zu ignorieren. Doch mit jedem Tag hatte es sich verschlimmert und in der letzten Nacht war die Atemnot so groß geworden, dass sie senkrecht im Bett gesessen hatte, um das Gefühl des Erstickens zu mindern. Ihre Asthmasprays hatte sie bereits vor Jahren alle weggeworfen. Umso mehr ängstigte sie dieser unerwartete Rückfall. Vermutlich hatte sie in diesem Keller so viel Staub eingeatmet, dass ihre Lungen in die alten schlechten Gewohnheiten zurückgefallen waren und seitdem giemten und pfiffen, als hätten sie ihr Lebtag nichts anderes getan.

Mittlerweile wunderte sie sich ein wenig über ihre Courage in den letzten Tagen. Hatte sie tatsächlich Steine über die Burgmauer geschleudert? Und einen potenziellen Mörder gesucht? Konnte sie inzwischen kaum mehr nachvollziehen.

Möglicherweise war der Übeltäter doch ein vermeintlicher Verehrer von Clara gewesen. Nun, da sie sich definitiv für Tom entschieden hatte, musste der Kerl wohl eingesehen haben, dass er keine Chancen bei Clara hatte, und gab endlich Ruhe.

Im Nachhinein war sie froh, dass sie die Polizei ins Vertrauen gezogen hatte. Zumindest das konnte ihren Bruder beruhigen, falls er sich beschweren sollte. Und sie selbst beruhigte es auch. Nun, da sie genügend innerliche Distanz zu den Vorfällen hatte, wurde ihr klar, dass sie einem Kriminellen niemals gewachsen wäre. Sie konnte Clara nicht beschützen. Sie konnte sich selbst ja nicht einmal schützen. Wie war sie nur jemals auf die Idee gekommen, sie sei in der

Lage, besser zu ermitteln als die Polizei? Gar nichts konnte sie! Nichts! Sie war nur eine alte Lehrerin, die sich eingebildet hatte, Miss Marple nacheifern zu können. Hier ging es jedoch um eine reale Gefahr und um reale Menschen. Das war kein Spiel.

Umso mehr hoffte sie, dass es vorbei war. Zweifellos war es ärgerlich, dass der Verantwortliche für die bisherigen Vergehen wohl nicht zur Rechenschaft gezogen werden konnte. Aber das war wohl nicht zu ändern. Tagtäglich gab es Leute, die ein Unrecht begingen und trotzdem der Strafverfolgung entgingen. Die Gesellschaft bemühte sich zwar, hin und wieder durch Verurteilungen Gerechtigkeit zu schaffen. Oder besser gesagt für das zu sorgen, was die Mehrheit für gerecht hielt. Ein frommer Wunsch, denn das Leben kannte keine Gerechtigkeit. Außerhalb des vom Menschen geschaffenen Konstrukts des Zusammenlebens gab es in der Natur nur ein Gesetz: fressen und gefressen werden.

Es tut weh. Der Schmerz findet nicht nur im Kopf statt. Es sticht mir ins Herz. Wühlt sich durch mein Innerstes. Zieht bis in meinen Unterleib hinab.

Warum macht er das? In meiner Anwesenheit. Als ob es mich gar nicht gäbe. Hat nur noch Augen für sie. Wie er den Arm um sie legt. Ihre Haare berührt. Sie anstrahlt.

Es ist doch noch gar nicht so lange her, da hat er mich genauso angelächelt. Genauso liebevoll in den Arm genommen.

Dabei kann man das Techtelmechtel zwischen den beiden bestimmt nicht mit unserer Beziehung vergleichen. Das zwischen uns war was ganz Besonderes. Ich hab noch nie einen Mann so sehr geliebt. Und er war doch auch so sehr in mich verliebt. Wie leidenschaftlich er war…

Und alles nur wegen Peter. Dabei hab ich Peter schon lange nicht mehr richtig geliebt. Sieben Jahre sind eine lange Zeit. Da war überhaupt keine Leidenschaft mehr. Hätte eh nicht mehr lange gehalten. Ich hätte nie erwartet, dass er wegen Peter einen Rückzieher macht. Ich hätte die Beziehung doch so oder so irgendwann beendet. Auch ohne Affäre.

Warum hat er auf einmal den Moralapostel gespielt? Er hätte sich nicht schuldig fühlen müssen. Es war allein meine Entscheidung gewesen, Peter zu betrügen. Klar war das nicht fair Peter gegenüber. Aber war er denn letzten Endes mir gegenüber fair? Was hab ich um ihn geweint. Gekämpft. Hab ihn angefleht. Hat alles nichts genutzt. Obwohl ich mich von Peter definitiv getrennt hatte. Ich war frei. Frei wie man freier nicht sein kann. Und trotzdem wollte er mich nicht mehr. Wie kann man sich über die eigenen Gefühle nicht im Klaren sein? Ich hab ihm Zeit gegeben. So wie er es verlangt hat. Was hätte ich auch anderes tun sollen? Dabei war es so schwer, ihn immer wieder zu sehen und ihn nicht berühren zu dürfen, obwohl ich ihn so sehr begehrte. So zu tun, als sei es in Ordnung, nur noch befreundet zu sein. Aber was tut man nicht alles – nur um ihn nicht ganz zu verlieren? Da findet man sich sogar damit ab, zeitweilig die gute Freundin zu spielen. In der Hoffnung, dass aus der Freundschaft bald wieder Liebe werden wird.

Das funktioniert allerdings nur, wenn niemand dazwischenfunkt.

Damit er wieder zu mir zurückfinden kann, darf er nicht abgelenkt werden. Mehr als eine Ablenkung sind diese anderen Frauen eh nicht für ihn. Keine von denen passt so gut zu ihm wie ich. Wenn die nur endlich mal die Finger von ihm lassen würden! Und wenn sie das nicht freiwillig tun, bleibt mir nichts anderes übrig als einzuschreiten.

Ich liebe dieses weiße Kleid. Es sitzt wie angegossen. Es ist verblüffend, dass man mit so einer einfachen Verkleidung solche Panik auslösen kann.

Die Rolle der weißen Frau passt perfekt zu mir. Und je mehr ich darüber nachdenke, desto mehr erkenne ich Parallelen.

Die weiße Frau ist auch von ihrem Grafen im Stich gelassen worden, obwohl sie ihn so sehr geliebt hat. Sie ist sogar zur Mörderin für ihn geworden.

So wie ich. Obwohl ich Henriette nicht mit Absicht getötet habe. Ich wollte sie ja nur erschrecken. Damit sie sich von der Burg fernhält. Und natürlich von ihm. Konnte ich ahnen, dass sie das Steuer vor Schreck herumreißt? Und auf den einzigen Baum zurast, der weit und breit zu finden war? Ich wollte ja sogar Erste Hilfe leisten. Aber da war sie schon tot. Ich konnte echt nichts mehr machen. Irgendwie war's wohl ihr Schicksal gewesen …

Jetzt bin ich aus Liebe zur Mörderin geworden. Wie die weiße Frau. Nur mit dem Unterschied, dass ich nicht erwischt worden bin. Sogar die Polizei ging von einem Wildunfall aus. Man wird mir nie was nachweisen können.

Eigentlich der perfekte Mord.

Es hat mich so verletzt, dass Tom nach dem Tod von

Henriette dermaßen am Boden zerstört war und getrauert hat. Zumindest ließ er sich von mir trösten und wir sind uns dabei wieder nähergekommen. Unsere Liebe hätte wieder aufblühen können, wenn diese Clara nicht aufgetaucht wäre.

Und dann begann mit Clara das gleiche Theater von vorn. Viel gebracht haben die Einschüchterungsversuche bisher leider noch nicht. Sie sind nach wie vor zusammen, Clara arbeitet wieder, als sei nichts gewesen. Zumindest wirkt sie seit ihren Unfällen weniger fröhlich. Immerhin.

Ständig sitzen sie mit der alten Lämmle zusammen und beratschlagen. Sehen ziemlich ratlos aus. Der Alten hat die Steinattacke ordentlich zugesetzt. Seitdem hält sie sich jedenfalls zurück und hat aufgehört herumzuschnüffeln. Sie scheint gesundheitlich Probleme zu haben. Die Sache erledigt sich vielleicht bald von selbst. So wie die schnauft. Clara sieht auch nicht so aus, als ob sie noch viel ab könnte. Noch einmal Schicksal spielen wird genügen. Das wird ihr den Rest geben.

Auf der Wiese oberhalb des Brielhofs stand kein einziges Auto. Das Open-Air-Kino schien nicht so viele Besucher anzulocken wie die Sternschnuppennacht. Vielleicht konnte sie sogar auf dem oberen Parkplatz parken? Das wäre angenehm. Dann wäre sie nämlich nicht auf den Bustransport angewiesen und konnte notfalls zum Auto laufen. Auf der Straße. Denn der Fußweg war ja nach wie vor gesperrt. Uschi schaute zur Burg hoch. Ach, die Fahne war gehisst. Der Prinz war da! Wollte sich den Film wohl auch nicht entgehen lassen.

Die Burg hatte seit ihrem Wiederaufbau nur noch eine repräsentative Funktion und taugte nicht zum Bewohnen, da man sie nicht beheizen konnte. Bei den Kaminen in den einzelnen Räumen handelte es sich nur um Deko. Deshalb hatten die Hohenzollern auch nie längere Zeit auf der Burg gelebt. Die Bevölkerung in den umliegenden Ortschaften konnte an der gehissten Fahne auch heute noch erkennen, ob sich der Adel auf der Burg befand und wurde zugleich darüber informiert, dass ein besonderes Event stattfand. Dieses altertümliche Signal funktionierte auch zu Zeiten von WhatsApp nach wie vor hervorragend.

Huch! Was war denn das? Irgendetwas war ziemlich knapp über sie hinweggeflogen. Ein Vogel war es jedenfalls nicht gewesen. Uschi klappte die Sonnenblende hoch, um besser sehen zu können. Sie fuhr im Schritttempo weiter und schielte nach oben. Wo war das Ding hin? Nichts zu sehen. Na ja, egal. War vermutlich ein kleines Flugzeug gewesen. Von so einem Hobbypiloten. Spielzeug für Männer.

Rechterhand lag ein kleiner Wanderparkplatz, dahinter erstreckte sich eine große Wiese. Da stand jemand. Kein Mann. Eine Frau. Sie hielt eine Fernbedienung in der Hand. Über ihrem Kopf kreiste das Flugobjekt, das Uschi überflogen hatte. Es war extrem schnell und wendig für seine Größe. Und sah aus wie ein fliegender Roboter mit vier Füßen. Eine Drohne.

Als sich die Frau in ihre Richtung drehte, stellte Uschi erstaunt fest, dass sie diese kannte.

Auf dem Turm flatterte die Fahne im Wind.

»Der Prinz ist anscheinend da!«, sagte Tom und zeigte auf die Fahne.

Clara sah sich um.

»Echt? Meinst du, der Prinz sieht sich den Film auch an?«

»Ich hab gelesen, dass heute der Regisseur des Films und einige der Darsteller anwesend sein werden. Das ist schon was Besonderes.«

»Hast du Lust, noch eine Runde zu drehen? Es dauert ja noch eine Stunde bis zum Beginn.«

»Gerne. Aber dann sollten wir zwei Plätze mit unseren Jacken belegen. Sonst müssen wir nachher noch stehen.« Er warf seinen Anorak über die Lehne eines Plastikstuhls. »Ich glaube, hier ist es ideal, nicht zu weit vorne und nicht zu weit hinten.«

Clara hielt ihre Jacke unschlüssig in den Händen.

»Ich weiß nicht. Mich ärgert das immer, wenn die Leute so die Stühle für sich in Beschlag nehmen. Wir sind hier doch nicht auf Mallorca!«

»Wir können auch stehen, wenn du das lieber möchtest.«

Widerstrebend legte sie ihre Jacke auf den danebenstehenden Plastikstuhl. Tom nahm sie lächelnd an die Hand und zog sie mit sich. Sie hielten sich am äußeren Rand des Weges, um gegen den Strom der eindringenden Menschenmassen auf die Basteien zu gelangen. Wie erhofft, ging es dort deutlich ruhiger zu. Nur vereinzelt waren einige Besucher zu sehen, welche die Aussicht genossen.

»Sag mal«, sagte Tom behutsam, »darf ich dich mal was fragen?«

Clara hatte das Gefühl, dass der eindringliche Blick seiner

grünen Augen ihr bis auf den Grund ihrer Seele schauen wollte. Sie ließ seine Hand los und blinzelte verlegen.

»Ja?«

»Ich hab irgendwie das Gefühl, dass dich etwas belastet.« Er hielt inne. »Hat das was mit mir zu tun?«

Es war ihm anzumerken, dass ihn die hinterher geschobene Frage schon länger umtrieb und dass es ihn Überwindung kostete, sie zu stellen.

Das »Nein«, das Clara hastig hervorstieß, hatte etwas Verräterisches. Sie schüttelte den Kopf.

»Das hat überhaupt nichts mit dir zu tun. Ich ... ich fühl mich auf der Burg einfach nicht mehr so wohl, nach all dem was passiert ist. Natürlich werde ich diesen Job zu Ende machen. Aber ob ich in den nächsten Semesterferien noch mal hier arbeiten möchte ...«, sie zuckte bedauernd mit den Schultern, »... ich glaube eher nicht.«

Toms Mundwinkel sanken nach unten.

»Schade.«

Hastig schob Clara nach:

»Ich werde eh demnächst mein Auslandspraktikum machen. Ich spare gerade dafür.«

Obwohl Tom versuchte, seiner Stimme einen neutralen Klang zu geben, konnte er seine Enttäuschung nicht verbergen.

»Wo möchtest du denn hingehen?«

Da musste sie nicht lange nachdenken.

»Am liebsten nach Südfrankreich.« Claras Augen leuchteten. »Ich liebe die Provence. Wenn ich an die Provence denke, habe ich sofort den Geruch der Kräuter in der Nase, die dort überall wild wachsen.« Sie lächelte versonnen. »Lavendel, Rosmarin, Thymian – einfach herrlich! Die

Landschaft, die Dörfer und Städtchen, alles ist so schön und stimmig.«

»Hey, du gerätst ja regelrecht ins Schwärmen!«, sagte Tom, der über ihren plötzlichen Enthusiasmus staunte. »Hoffentlich willst du dann überhaupt irgendwann nach Deutschland zurückkehren…«

Clara wich seinem prüfenden Blick aus und entschied sich, bei ihrer unbeschwerten Redeweise zu bleiben.

»Könntest du dir vorstellen auszuwandern?«

»Hm, eigentlich gefällt es mir ganz gut in Süddeutschland. Aber ja. Warum nicht? Irland könnte ich mir vorstellen. Kennst du Irland?«

»Nein. Aber jeder, der mal in Irland war, scheint begeistert zu sein.«

»Ja. Zu Recht. Irland ist was ganz Besonderes. Die Landschaft ist einzigartig schön. Selbst wenn es regnet. Und in keinem anderen Land habe ich nettere Leute kennengelernt als dort. Du solltest mal eine Session in einem Pub erleben, wenn die Iren gemeinsam singen und tanzen. Die Stimmung ist unvergleichlich!«

»Ich glaube, ich weiß, wo dein nächstes Auslandssemester hinführt«, sagte Clara lächelnd.

»Schön wär's. Nein, nein. Bei mir steht in nächster Zeit leider kein neuer Auslandsaufenthalt an.« Er sinnierte kurz und meinte dann: »Ich könnte mir vorstellen, nach dem Studium ein Jahr nach Irland zu gehen… eventuell.«

Clara lehnte sich an die Burgmauer und schaute in die Ferne. Tom stellte sich hinter sie und umschloss sie mit den Armen. Sanft schaukelte er sie hin und her.

»Was denkst du? Du siehst schon wieder so bedrückt aus…«

Es war Meike! Meike als Drohnenpilotin? Dieses Hobby passte irgendwie gar nicht zu ihr. Uschi beobachtete, wie die Drohne eine elegante Schleife drehte. Sie schien sich jedenfalls gut damit auszukennen. Uschi wurde von mehreren Autos überholt. Wenn sie sich nicht ein bisschen ranhielt, war der obere Parkplatz besetzt, bis sie kam. Sie verzichtete darauf, Meike zu winken und fuhr weiter.

Diese Drohnen ... Die Berichterstattung über diese Dinger war meist negativ geprägt. Da ging es ums Ausspionieren und die Gefährdung des Flugverkehrs. Weil Hinz und Kunz mittlerweile solche Drohnen besaß und mit den installierten Kameras den großen Lauschangriff auf die Nachbarschaft starten konnte. Bei Wind waren sie wohl häufig nicht mehr zu kontrollieren, gerieten außer Reichweite und waren dann völlig unberechenbar. Bei entsprechender Größe konnte so eine Drohne sogar für Flugzeuge gefährlich werden, wenn sie ins Triebwerk geriet. Deshalb gab es in der Nähe von Flughäfen inzwischen auch ein Drohnenflugverbot. Hatte sie erst letzte Woche in einem Zeitungsartikel gelesen.

Da fiel ihr ein – gab es nicht rund um die Burg Hohenzollern auch ein Drohnenflugverbot? Doch, klar. Jetzt erinnerte sie sich. Vor einiger Zeit war eine recht schwere Drohne über der Burg abgestürzt. Es war reiner Zufall gewesen, dass das Ding auf dem belebten Burghof niemanden getroffen hatte, als es auf den Boden krachte. Seitdem war es verboten, auf dem Zoller Drohnen fliegen zu lassen. Auch auf den angrenzenden Wiesen ringsum. Aber das musste Meike doch wissen! Die Verwaltung hatte sogar eigens ein Schild auf der Burg angebracht, mit dem auf das Drohnenverbot ausdrücklich hingewiesen wurde. War nicht zu übersehen. Warum hielt Meike sich nicht daran?

Na, wenn das rauskam. Das würde mächtigen Ärger geben. Damit riskierte sie eventuell sogar ihren Job!

Der Parkwächter dirigierte Uschi auf einen freien Parkplatz. Sie beeilte sich, das Auto abzuschließen, und stellte sich brav ans Ende der Warteschlange an der Busstation.

Meike … im Grunde wusste sie gar nichts über sie. Sie hatte der jungen Frau stets ihr Herz ausgeschüttet und Meike hatte zugehört. Umgekehrt hatte diese allerdings nie etwas von sich preisgegeben. Sie war ein Buch mit sieben Siegeln. Wo wohnte sie überhaupt? Noch bei ihrer Familie? Oder hatte sie einen Freund? War anzunehmen. Denn hübsch war sie ja. Sie wusste, ihre Vorzüge zu betonen. Mit ihren engen Hosen und den ärmellosen Shirts, die ihre durchtrainierten, muskulösen Oberarme zur Geltung brachten. Sogar die Tätowierung stand ihr gut. Obwohl Uschi Tätowierungen ansonsten nicht mochte. Nicht alles war geschmackvoll, was man da so auf Armen, Beinen oder Rücken zu sehen bekam. Kam selbstverständlich immer auf den Einzelfall an. Tom hatte schließlich auch eine Tätowierung – so ähnlich wie die von Meike.

Während sich Uschi mit den Gästen in den bereits vollen Bus hineindrückte, versuchte sie sich das Tattoo ins Gedächtnis zu rufen. Es bestand aus irgendwelchen Schnörkeln, wie ein keltischer Knoten. Natürlich konnte sie sich nicht mehr so genau an Meikes Tattoo erinnern. Das von Tom jedoch hatte sie oft genug vor Augen gehabt. Konnte das sein? Sie stutzte, als ihr urplötzlich etwas bewusst wurde. Sie hatte es die ganze Zeit vor Augen gehabt und keinen Zusammenhang gesehen … Doch. Nun war sie sich fast sicher. Die beiden trugen dasselbe Bild auf ihren Oberarmen. Zufall?

Klasse! Die Drohne fliegt genial… und lässt sich erstaunlich einfach lenken. Und nur ein Fingerdruck genügt, damit ich einen Looping auslösen kann.

Wow! Sie ist ihr Geld absolut wert. Hätte nicht gedacht, dass die Livekamera so scharfe Bilder liefert. Und das Zoom ist der absolute Hammer. Damit finde ich die Turteltäubchen garantiert. Zwei Kilo aus einer Höhe von 20 bis 30 Metern. Ist die Frage, ob man das überlebt…

Diese Macht. Es liegt in meiner Hand, ob ein Mensch leben darf. Oder sterben muss.

Die Rückholtaste auf der Fernbedienung werde ich nicht brauchen. Durch den Aufprall wird die Drohne definitiv zertrümmert sein. Schade eigentlich. Aber manchmal muss man gewisse Opfer bringen, um etwas zu erreichen.

Der Plan ist genial.

Ich bin genial.

Uschi verließ den Bus, bezahlte an der Kasse den Eintritt und schlenderte im Besucherpulk zum Burghof hinauf. Das war ganz bestimmt kein Zufall. Möglicherweise waren die beiden mal ein Paar gewesen. Und die Tätowierung war das Zeichen ihrer Verbundenheit. Das gab es öfters. So eine Liebestätowierung. Das Problem war leider auch öfters dasselbe: Die Liebe ging, das Tattoo jedoch blieb. Und erinnerte nunmehr täglich an die verflossene Liebe, die Enttäuschung, den Schmerz.

Ob Meike ihrer Liebesbeziehung mit Tom noch nachtrauerte? Zumindest hatte sie sich nichts, aber auch rein gar nichts anmerken lassen, wenn Tom in der Nähe war. Dabei war es für sie garantiert schmerzlich gewesen, ihn nun mit Clara turteln zu sehen. Auch wenn sie darüber weg war. Es tat immer weh, wenn der frühere Partner eine neue Liebe fand. Vor allem, wenn man selbst noch einsam und allein war. Da konnte man schon ziemlich eifersüchtig werden …

Eifersucht. Warum hatte sie denn daran nicht gedacht? Ihre Gedanken waren die ganze Zeit nur um Clara gekreist. Dabei konnte es doch auch umgekehrt sein. Es war nicht ein Liebhaber, der auf Tom eifersüchtig war, sondern eine Liebhaberin, die Clara aus dem Weg schaffen wollte. Als Uschi das klar wurde, bekam sie augenblicklich einen Schweißausbruch. Was trieb Meike da mit dieser Drohne? Und wo steckten nur Clara und Tom?

»Ich frag mich, wie es mit uns beiden weitergeht«, sagte Clara mit belegter Stimme.

»Lass uns einfach den Moment genießen.« Tom hauchte ihr einen Kuss auf die Wange. »Es hat doch gerade erst mit uns angefangen.« Er sah sie liebevoll an. »Ich bin so glücklich mit dir zusammen … Und was in der Zukunft sein wird, kann eh niemand sagen.«

Clara sagte nichts. Sie verstand sehr gut, was Tom damit sagen wollte. Sie wusste selbst, dass die Phase der federleichten Verliebtheit viel zu kurz gewesen war und dass inzwischen eine Schwermut von ihr Besitz ergriffen hatte, die sie regelrecht lähmte. Tom musste den Eindruck haben, sie wüsste ihn nicht richtig zu schätzen. Dabei war sie so glücklich und dankbar für seine Nähe. Trotzdem konnte sie die Leichtigkeit, die er vermisste, nicht heraufbeschwören. Sie war wie blockiert. Blockiert von Ängsten.

Verrückterweise hatte sie sogar Angst, ihn durch ihre Verzagtheit zu verlieren. Was, wenn er bald keine Lust mehr auf ihre Schwarzseherei hatte?

Zudem gingen ihr immer noch Elkes Bemerkungen durch den Kopf. War sie selbst auch nur eine Eskapade für Tom? Dazu passte, dass er sagte, sie solle nur den Moment genießen. Nicht an die Zukunft denken. Weil es keine Zukunft gab!

Und was waren das für Rosen gewesen, die sie gestern in seinem Kofferraum entdeckt hatte? Langstielige Rosen in apricot. Erst hatte sie gedacht, er wolle ihr die Rosen schenken. Als Überraschung. Der Strauß war nämlich hinter einer Kiste versteckt gewesen. Tom hatte allerdings keinerlei Anstalten gemacht, ihr die Rosen zu überreichen. Deshalb fragte sie sich durchaus, für wen dann die Rosen bestimmt waren. Er hatte jedenfalls kein Wort darüber verloren.

Überhaupt hatte sie das Gefühl, dass er ihr nicht alles verriet, was ihn so beschäftigte, und dass er so manches Geheimnis mit sich herumtrug. Sie drehte sich zu ihm um und schaute ihm sehr ernst in die Augen.

»Liebe braucht aber auch Ehrlichkeit.« Und Treue, fügte sie in Gedanken hinzu.

»Ich bin absolut offen und ehrlich.« Er küsste sie auf die Nase. »Bist du es auch?«

»Darf ich dich dann mal was fragen? Und gibst du mir eine ehrliche Antwort?«

»Klar.« Er lachte unsicher. »Frag.«

Clara musste sich sehr überwinden, um ihn das so direkt zu fragen. Gleichwohl brannte es ihr auf den Nägeln.

»Stimmt es, dass du dir in jeden Semesterferien eine neue Freundin anlachst?«

Ah! Da sind sie ja. Abseits vom Trubel. Umso besser. Dann gibt es weniger Kollateralschäden. Stehen nur ein bisschen arg dicht beieinander. Mann! Wie Tom sie von hinten umschlingt. Am liebsten würde ich die Drohne auf seinen Kopf donnern lassen …

Aber nein. Er kann ja nix dafür, dass die Frauen ihn andauernd belagern. Schuld ist sie. Clara. Ich kann den Namen echt nicht mehr hören. Nun hat sich's gleich ausgeclarat.

Sie dürfen jetzt nur nicht nach oben schauen. Es muss schnell gehen. Je länger ich warte, desto eher kann noch was schiefgehen. Wenn er nur mal von ihr weggehen würde …

Uschi drängte sich vehement durch die Menschenmassen.

»Entschuldigen Sie bitte. Dürfte ich mal durch? Entschuldigung«, rief sie unermüdlich aufs Neue, während sie sich mit ausgestrecktem Arm einen Weg bahnte.

Wo waren sie nur? Sie musste Clara unbedingt warnen. Sie war in Gefahr. Uschi hatte ein ganz ungutes Gefühl. Eilig rannte sie die Treppe zum Schlossbau hoch und versuchte, von dort oben den Platz zu überblicken. Nirgends. Sie waren nirgends. Sie schaute in den Himmel. War die Drohne schon im Anflug? Was sollte sie nur tun? Gab es ein Mikrofon? Sollte sie Clara ausrufen lassen?

Und wenn sie sich irrte? Fehlalarm öffentlich durchs Mikrofon? Vor allem – es würde eventuell eine Massenpanik verursachen, wenn sie sagte, dass eine Drohne abzustürzen drohte. Natürlich würde es eine Massenpanik verursachen! Mikrofon kam also nicht in Frage. Sie musste Clara finden. Und zwar, bevor Meike sie gefunden hatte.

»Wer behauptet denn so was?«

Tom brach in lautes Gelächter aus. Etwas zu laut. Als Clara ihn unverändert ernst ansah, räusperte er sich und meinte dann:

»Aber Clara. Das ist doch Blödsinn! Ich meine, klar hatte ich schon vor dir die eine oder andere Freundin. Allerdings bestimmt nicht jede Semesterferien eine neue. Und dass die vorherigen Beziehungen in die Brüche gingen, hatte auch gewiss nichts mit dem Ende der Semesterferien zu tun.« Sein Lächeln verschwand. »Sag mal, Clara. Schätzt du mich so ein? Ich bin doch kein Casanova!«

Als er bemerkte, dass sich an Claras misstrauischem Gesichtsausdruck nichts veränderte, wurde er ärgerlich.

»Warum muss ich mich eigentlich rechtfertigen? Ich frag dich doch auch nicht, mit wie vielen Männern du vor mir zusammen warst. Ich mag dich so wie du bist. Jetzt. Und ich vertraue dir.«

Claras Blick verlor sich in der Ferne. Zaghaft ergriff er ihre Hand und fügte etwas leiser hinzu:

»Ehrlich gesagt bin ich schon enttäuscht, dass du mir so wenig vertraust. Und scheinbar gar nicht spürst, wie wichtig du mir bist. Traust du mir so ein übles Verhalten wirklich zu? Clara! Schau mich doch mal an!«

Clara wandte sich ihm zu und blickte ihn bekümmert an. Das hatte sie nun von ihrer blöden Fragerei. Den ersten Streit. Und wenn sie so weitermachte, dann wäre schon weit vor dem Ende der Semesterferien Schluss. Doch sie lenkte nicht ein, sondern bohrte weiter. Geradezu zwanghaft.

»Und warum hast du dann in deinem Kofferraum diese Rosen gehabt? Für wen waren die bestimmt?«

Tom schüttelte seufzend den Kopf und ging einen Schritt zur Seite. Er brauchte dringend Abstand. Genervt entgegnete er:

»Das möchte ich dir im Moment nicht sagen.«

»Siehst du?«, sagte Clara vorwurfsvoll.

»Nein, nicht siehst du!«, wehrte sich Tom. »Irgendwann werde ich es dir erklären. Aber nicht jetzt. Denn jetzt ist nicht der richtige Zeitpunkt dazu.«

»Wann dann?«

»Das wirst du schon sehen. Ich weiß es selbst nicht. Auf jeden Fall hab ich im Augenblick keine Lust dazu, mit dir darüber zu reden. Und das musst du einfach …«

In diesem Moment hörten sie ein Pfeifen, erst ganz leise, dann zunehmend lauter. Zu spät erkannten sie, dass das Pfeifen von oben kam.

Oh nein! Da war sie. Die Drohne. Mit einem Wahnsinnstempo hatte sie diese gerade hoch oben hinter dem Spitz hervorschießen sehen.

Uschi stand steif da, die Hand vor den Mund gepresst und wusste nicht, was sie tun sollte. Ihr Puls raste dermaßen, dass ihre Schläfen zu zucken begannen.

Meike hatte einen entscheidenden Vorteil. Sie konnte mit der eingebauten Kamera das gesamte Burgareal überblicken und vermutlich sogar bei Bedarf heranzoomen. Sie selbst hatte nur den Schlosshof vor Augen. Wenn die beiden auf den Basteien waren, hatte sie keine Chance, sie rechtzeitig zu finden.

Uschi setzte sich in Bewegung und rannte die Treppe

hinab. Jede Sekunde zählte. Sie musste es zumindest versuchen. Im besten Fall war Clara gar nicht draußen, sondern im Inneren des Schlossgebäudes.

In dem Moment sah sie es. Die Drohne verharrte einige Sekunden in der Luft und stürzte dann im senkrechten Steilflug nach unten. Sie entschwand aus Uschis Sichtfeld, aber es war ihr klar, wo das Ding sein Ziel gefunden hatte: auf der südlichen Bastei.

Ha! Er macht einen Schritt zur Seite. Sie steht isoliert. Jetzt oder nie! Drohne ausrichten und dann absacken lassen. Schön senkrecht.

Geil! Ich entscheide über Leben oder Tod. Fast wie Gott…

So. Es – geht – abwärts!

Meike konnte auf ihrem Bildschirm beobachten, wie ihre Drohne immer näher auf Claras Kopf zuraste. Eine Sekunde, zwei und dann wurde der Bildschirm auf einmal schwarz.

Als Tom nach oben blickte, war die Drohne auch schon da und streifte Clara, bevor sie auf den Boden krachte. Fast zeitgleich brach Clara in sich zusammen. Sie gab nur einen dumpfen, kläglichen Schmerzenslaut von sich und sackte unmittelbar darauf bewusstlos auf den Boden.

Tom starrte auf die Drohne und versuchte zu verstehen, was da gerade eben passiert war. Clara lag wie leblos da. Sie hatte die Augen geschlossen, Blut lief aus ihrem Ohr. Er stürzte zu ihr, riss sie hoch und nahm sie in die Arme. Er fing an, sie zu schütteln, und schrie verzweifelt:

»Clara! Clara, komm zu dir! Bitte!«

Ein paar vereinzelte Leute gingen in großem Bogen zügig um die Unglücksstelle herum, wirkten unangenehm berührt, taten dann allerdings so, als würden sie nichts sehen, als ginge sie diese blutende Frau und der schreiende Mann nichts an. Nur weg.

Tom hatte Clara wieder auf dem Boden abgelegt, hatte ihren Kopf in seinen Schoß gebettet. Mit der anderen Hand ruderte er wild in der Luft umher und schrie:

»Hilfe! Wir brauchen einen Notarzt! Hilfe! Helfen Sie uns doch!«

Endlich, endlich kam eine Frau, die ihn ansprach. Sie ergriff ihn freundlich, aber bestimmt am Arm und gab ihm betont langsam und klar Anweisung:

»Sie ist bewusstlos. Wir müssen sie in die stabile Seitenlage bringen. Gehen Sie mal zur Seite?« Dann drehte sie sich um und rief einem jungen Mann, der gerade herankam, zu: »Sie da! Sie rufen jetzt sofort den Notarzt! 112!«

Uschi ahnte es. Denn die Leute liefen in die falsche Richtung. Nicht zum Film, sondern in die entgegengesetzte Richtung. Dorthin wo das wahre Leben etwas viel Interessanteres zeigte als die erfundene Welt auf der Leinwand. Ein Unglück. Ein echtes Drama. Je näher sie an den Unglücksort kam, desto dichter wurde die Menschenmenge an Schaulustigen.

»Entschuldigung! Lassen Sie mich mal durch?« Uschis Stimme wurde weinerlich. »Lassen Sie mich durch! Zur Seite! Ich muss durch!«

Sie weinte und schrie zugleich.

»Lassen Sie mich durch, verdammt!«

Erschrocken gingen die angesprochenen Leute zur Seite. Schauten ihr beunruhigt hinterher.

»Clara! Tom!«, schrie sie mit heiserer Stimme.

Es war ihr alles egal. Was die Leute dachten. Dass sie ihre Tränen sahen. Ihre Verzweiflung. Sie wollte nur noch eins: Zu Clara. Sofort.

Bitte, lieber Gott, lass es nicht so schlimm sein, schickte Uschi ein Stoßgebet zum Himmel.

Es war schlimm. Sie war zu spät gekommen.

Clara lag auf dem Boden. Jemand hatte sie in die stabile Seitenlage gebracht. Tom kniete neben ihr und war völlig außer sich. Redete auf Clara ein, obwohl sie bewusstlos war. Ein Mann versuchte, die Leute, die einen dichten Kreis um Tom und Clara gebildet hatten, zurückzuschieben. Er schrie:

»Gehen Sie zurück! Machen Sie eine Gasse frei, damit der Rettungsdienst durchkommt. Ich hab den Notarzt schon gerufen. Er muss jeden Moment da sein. Machen Sie Platz!«

Uschi hatte sich zu Clara durchgekämpft. Erst als sie sich zu ihr runterbeugte, bemerkte sie das Blut. In einem dünnen Rinnsal lief es hellrot vom Ohr den Hals hinunter und tropfte schließlich auf den Boden.

»O mein Gott, Clara! Clara!«

Uschi streichelte ihr vorsichtig über den Kopf. Das Ohr

war aufgerissen, zudem klaffte eine offene Wunde über ihrem Schlüsselbein.

»Wir brauchen einen Druckverband«, murmelte sie entsetzt. »Sie blutet ja furchtbar.« Sie sah sich um. »Kann jemand einen Verbandskasten besorgen? Wir brauchen einen Druckverband!«

»Der Notarzt kommt gleich«, sagte eine helle Frauenstimme.

Im selben Moment hörten sie die Sirene des Krankenwagens. Und dann ging alles ganz schnell. Die Leute hatten es wider Erwarten geschafft, eine Gasse zu bilden. Die Sanitäter untersuchten Clara kurz, stellten dann die Bahre neben ihr auf, packten sie mit geübten Griffen und hoben sie hoch. Im Laufschritt trugen sie Clara zum Krankenwagen und kurz darauf war erneut die Sirene zu hören.

Uschi blickte dem Krankenwagen bestürzt hinterher. Es war eine Blitzentscheidung gewesen, Clara nicht ins Krankenhaus zu begleiten. Doch nun übermannten sie postwendend Gewissensbisse. Niedergeschlagen setzte sie sich zu Tom auf den Boden, der immer noch an derselben Stelle kniete und so blass aussah, dass sie fürchtete, er könnte als Nächster bewusstlos werden. Eine ganze Weile saßen sie einfach nur da. Schweigend. Starrend. Versuchten zu begreifen, was passiert war. Versuchten sich zu beruhigen, ihre Gedanken zu ordnen. Sich in den Griff zu bekommen.

»Die Drohne?«, fragte sie stimmlos.

Tom starrte vor sich ins Leere. Nickte schließlich.

»Wo ist sie jetzt?«

Er zuckte mit den Schultern.

Uschi schniefte. Dann sagte sie:

»Es war Meike.«

Tom schien aus seiner Schockstarre zu erwachen. Er blickte sie erstaunt an.

»Was?«

Seine Stimme klang brüchig.

»Es war Meike. Ich hab sie mit der Drohne gesehen. Sag mal…« Sie zögerte. »Hattest du mal was mit Meike? Sie hat die gleiche Tätowierung wie du.«

»Ist schon lange her.« Er rieb sich die Stirn. »Ich glaub's nicht…« Er stöhnte. »Warum hat sie das gemacht?«

Uschi rappelte sich auf. Die Leute waren inzwischen alle verschwunden. Sie schaute auf die Uhr. Kein Wunder. Der Film hatte begonnen. Wenn sie schon Clara nicht ins Krankenhaus begleitet hatte, dann musste sie sich nun aber diese Meike vorknüpfen. Was glaubte diese Irre eigentlich? Dass sie hier tun und lassen konnte, was sie wollte? Von wegen, Fräulein! Wenn sie bedachte, dass Meike es auch gewesen war, die Clara vor den Bus gestoßen und sie selbst mit Steinen beworfen hatte… Na, warte! Sie würde sie rund machen! Dieses falsche Luder!

»Komm!«, sagte sie zu Tom. »Wir müssen sie kriegen. Nicht dass sie abhaut.«

Tom erhob sich mühsam. Er war noch ganz benommen.

»Wo willst du denn hin?«

Uschi nahm ihn an der Hand, zog ihn hinter sich her.

»Zu der Wiese, wo ich sie gesehen habe. Vielleicht ist sie da noch.«

»Moment mal.« Tom stoppte und hielt sie an der Hand fest. »Lass uns mal ganz kurz nachdenken, bevor wir völlig kopflos durch die Gegend rennen. Hat sie dich gesehen?«

Uschi zerrte an ihrer Hand und wollte sich losreißen, aber er hielt sie zu fest.

»Hat dich Meike gesehen, Uschi? Weiß sie, dass du sie mit der Drohne gesehen hast?«

»Lass mich los!«, schnarrte Uschi wütend. »Was weiß denn ich, ob sie mich gesehen hat. Das ist mir auch so was von egal! Ich hab keine Zeit zum Diskutieren. Ich muss so schnell wie möglich zu dieser Wiese. Du kannst mitkommen oder die Polizei rufen. Wie du willst.«

Mit einem Ruck riss sie sich los und rannte davon.

Tom rief ihr hinterher:

»Du bist auch …« Weiter kam er nicht, denn da war sie auch schon außer Hörweite. Kopfschüttelnd fügte er tonlos hinzu: »… in Gefahr.«

Das war's. Die Drohne ist hinüber. Und Clara hoffentlich auch. Schade, um das teure Teil.

In diesem Moment hörte sie die Sirene des Krankenwagens. Die Drohne hatte Clara zweifellos getroffen. Die Investition hatte sich gelohnt.

Sie verscharrte die Fernbedienung in einem Erdloch und ging zu ihrem Auto, das sie abseits in einem Waldweg abgestellt hatte. Sie hätte jetzt gerne am Unfallort gesehen, wie Clara dalag und die Schaulustigen gafften oder hektisch umhersprangen. Leider war dafür keine Zeit. Sie hatte noch ein anderes Problem an der Backe …

Vehement zog sie ihre Handschuhe aus, stopfte sie in ihre Jackentasche und startete den Motor.

Mist! Dass die alte Lämmle auch gerade da vorbeikommen musste, als ich den Probeflug durchgeführt habe. Jetzt muss sie nur eins und eins zusammenzählen und dann weiß sie, was los ist. Warum hatte sie sich aus all dem nicht rausgehalten?

Sie zwingt mich regelrecht dazu, sie aus dem Weg zu schaffen. Sie ist die einzige Zeugin. Niemand kann mir irgendetwas nachweisen. Außer der Lämmle. Da kann ich nicht mal mehr das Schicksal entscheiden lassen. Ihr Schicksal ist damit klar. Ich muss dafür sorgen, dass sie die Klappe hält. Für immer. Ah, ich hasse das. Diese Alternativlosigkeit. Dabei hab ich noch gar keine Idee, wie ich das machen soll. Muss mal abwarten, was sich ergibt. Am einfachsten wäre es, sie von der Burgmauer zu stoßen. Dafür muss ich sie allerdings erst mal zu der Mauer locken.

Ich muss unbedingt zusehen, dass ich sie finde!

Sie konnte sich nicht daran erinnern, wann sie das letzte Mal so schnell gerannt war. Es zwickte bereits auf ihrer rechten Seite. Ein warnendes Zeichen, dass sie kurz davor stand, Seitenstechen zu bekommen. Uschi versuchte, kontrollierter zu atmen. Durch die Nase einatmen. Durch den Mund ausatmen. War nicht einfach, da sie derart außer Puste war, dass sie ständig ins Hecheln verfiel. Sie musste ein paar Schritte gehen. Und dann nochmals rennen. Erneut gehen. Rennen. Gehen. Rennen. Gehen.

Da. Der Bus. Völlig außer Atem winkte sie schon von Weitem dem Busfahrer, der sie verblüfft musterte.

»Ich … wir müssen … sofort zu der Wiese … fahren. Es ist … absolut dringend. Es geht … um Leben … und Tod!«

Uschi hatte die Worte hervorgepresst, unterbrochen von röchelndem Schnaufen. Der Busfahrer sah sie verständnislos an.

»Was müssen wir?«, brummte er. »Welche Wiese? Ich muss jetzt die nächste Tour fahren. Ich versteh nicht …«

Uschi presste die Hand auf ihren bebenden Brustkorb, damit sie besser sprechen konnte.

»Es gab einen Unfall. Mit einer Drohne. Die Verantwortliche ist auf der Wiese. Unten. Können Sie mich hinbringen? Sofort? Ich bin Burgführerin. Uschi Lämmle.«

»Aha. Ja. Ich kenn Sie vom Sehen her. Eine Drohne sagen Sie? Ist verboten, gell?«

Uschi stellte sich ungeduldig neben ihn. Besser er fuhr jetzt los. Sonst würde sie sich notfalls selbst ans Steuer setzen!

»Fahren Sie los!«

Der Busfahrer hob eine Augenbraue und sah sie erwartungsvoll an.

Das gab's doch gar nicht! Am liebsten hätte sie ihn gepackt und aus dem Sitz gezerrt. Widerwillig presste sie das eingeforderte »Bitte!« hervor.

Er nickte.

»Also gut. Ich hoff, ich bekomm keinen Ärger, wenn wir zwei 'ne Sonderspritztour machen.«

In gekonnter Manier wendete er den Bus. Die Leute an der Bushaltestelle wurden bereits unruhig, brachten sich in Position zum Einsteigen. Als er einfach an ihnen vorbeifuhr, gafften sie erstaunt und mit offenen Mündern dem leeren Bus nach.

Der Busfahrer hatte den Ernst der Lage zwar inzwischen erkannt, fuhr für Uschis Geschmack allerdings immer noch viel zu langsam.

»Geht's nicht ein bisschen schneller? Es eilt! Sonst ist sie vielleicht schon fort.«

»Noch schneller? Gute Frau. Ich fahr eh schon viel zu schnell. Nachher bin ich wegen Ihnen noch meine Fahrerlaubnis los! Außerdem muss ich auf Fußgänger Acht geben. Es gibt immer welche, die auf der Straße laufen.«

Uschi presste die Lippen aufeinander.

Endlich waren sie bei der Wiese angelangt.

»Warten Sie hier!«

Uschi sprang mit einem Satz aus dem Bus und rannte zur Wiese. Kein Mensch zu sehen.

»Verflixt noch mal!«

Zu spät! Meike war weg. Sicherheitshalber suchte sie noch den Waldrand ab. Nichts. Da war niemand. Uschi stapfte zum Bus zurück. Ratlos. Meike war sicher bereits über alle Berge. Gerade als sie in den Bus steigen wollte, klingelte ihr Handy.

»Ja?«

Es war Tom. Er schnaufte schwer.

»Ich hab sie gesehen. Meike. Im Burghof. Es ist gerade Pause. Ein Mordsgedränge. Ich hab sie dummerweise aus den Augen verloren. Aber sie muss hier noch irgendwo sein. Kommst du?«

»Ja. So schnell es halt geht.« Sie steckte das Handy weg. »Wir müssen sofort zurück«, sagte sie zu dem Busfahrer. »Sie ist im Burghof.«

Der Busfahrer nickte, wendete in einem Rutsch den Bus und gab Gas.

»Meine Nichte ist von der Drohne getroffen worden«, sagte sie in der Hoffnung, dass er dann ein wenig schneller fahren würde. »Sie ist schwer verletzt.«

Kaum war der Bus vor dem Adlertor zum Stehen gekommen, sprang Uschi bereits auf die Straße und rannte durch die Burganlage in Richtung Schlosshof. Kurz darauf schob sie sich keuchend durch die Menschenmenge. Die Leute standen in Grüppchen zusammen, hatten Sektgläser in der Hand, plauderten und lachten. Wie sollte sie da unter all den Leuten Meike entdecken können? Vermutlich war sie inzwischen ins Schlossgebäude hineingegangen. Uschi überlegte. Was wollte Meike hier wohl? Warum war sie nicht abgehauen? Hm. Eventuell wollte sie belastendes Material verschwinden lassen. Und das konnte sie nur im Kiosk versteckt haben. Also auf zum Kiosk.

Nein. Hier war sie nicht. War sie erneut zu spät gekommen? Ein anderes Mädchen stand hinter der Theke und war total im Stress, den Ansturm an Wünschen abzuarbeiten. Uschi presste sich von der Seite an die Theke und schrie:

»War Meike da?«

Das Mädchen schaute sie verärgert an und schüttelte dann den Kopf. Na, immerhin etwas. Nun hatte sie zwei Möglichkeiten. Entweder sie wartete hier, bis Meike kam. Oder sie suchte sie im Schloss. Zweiteilen müsste man sich können. Unschlüssig stand Uschi da. Eigentlich wollte sie lieber suchen als hier rumstehen und warten. Ihr Handy vibrierte in der Hosentasche.

»Tom? Tom, hör zu. Du bleibst bitte beim Kiosk. Es kann gut sein, dass Meike dort ihre Sachen holen will. Ich such sie im Schloss. Okay?«

»Gut. Mach ich. Aber Uschi … Uschi hörst du?«
»Was? Was ist denn noch?« Sie wollte los.
»Sei vorsichtig!«
»Ja. Klar. Ich meld mich, wenn ich sie gefunden habe.«

Uschi wollte das Schloss systematisch absuchen. Da die Räumlichkeiten für die Öffentlichkeit heute geschlossen waren, durfte es auch nicht so schwer sein, sie zu finden – wenn sie tatsächlich hier war. Ein Gong ertönte. Die Pause war wohl beendet. Die Leute setzten sich in Bewegung, um sich auf ihre Plätze zu begeben. Uschi ließ sich mit dem Strom Richtung Schlossgebäude treiben. Am besten wartete sie, bis alle saßen und der Film anfing. Sie stellte sich hinter die letzte Stuhlreihe. Auf der Leinwand war eine kernige Bäuerin zu sehen, die auf ihrem Traktor einen Feldweg entlangtuckerte. Die fröhliche Begleitmusik suggerierte ein idyllisches Bild vom Landleben. Obwohl Uschi für einen Augenblick durch den Filmbeginn abgelenkt worden war, entging ihr trotzdem nicht, dass jemand die Tür zur Waffenkammer geöffnet hatte. Sie konnte gerade noch einen blonden Pferdeschwanz erkennen, bevor sich die Tür schloss.

Meike! Da war sie! Nichts wie hinterher. Uschi ging unauffällig am äußeren Rand der Stuhlreihen nach vorn und schlug dann einen Haken zur Waffenkammer. Sie hatte die Türklinke schon in der Hand, da hielt sie nochmals inne.

Ich muss schon ein wenig Acht geben, dachte sie. Wer weiß, was mich hinter der Tür erwartet!

Glücklicherweise hatte Meike sie nicht kommen sehen. Sie hatte also das Überraschungsmoment für sich. Das musste sie nutzen. Denn Meike ging, wie man sah, über

Leichen. Sie war gefährlich. Und stark. Jedenfalls stärker als sie selbst. Sie zögerte immer noch. Sie konnte auch einfach abschließen und die Polizei rufen. Meike saß da drin in der Falle. Wenn, ja wenn da nicht dieser Geheimgang wäre, der in der Waffenkammer endete. Womöglich war sie bereits gerade dabei, über den Gang zu flüchten. Ab in die Kasematten. Von dort auf die Bastei. Und weg wäre sie. Tom stand vermutlich immer noch wie ausgemacht vor dem Kiosk. War also auch nicht zur Stelle. Je länger sie hier untätig rumstand, desto unwahrscheinlicher wurde es, dass sie Meike erwischte.

Wovor hatte sie eigentlich Angst? Dieses junge Gör hatte Clara eiskalt umbringen wollen. Bei dem Gedanken daran krampfte sich ihr Magen zusammen. Sie wusste noch nicht einmal, wie es Clara überhaupt ging. Weil sie mit dieser Meike beschäftigt war. Es war höchste Zeit, dieser Frau Einhalt zu gebieten. Es reichte jetzt ein für alle Mal!

Sie zog die Tür auf und trat ins Dunkel. Wo war denn noch mal der Lichtschalter? Sie hatte zwar beim Öffnen der Tür kurz die Silhouette von Meike gesehen, aber nun, da die Tür ins Schloss gefallen war, umgab sie völlige Dunkelheit. Gerade als sie sich dazu entschlossen hatte, den Rücktritt anzutreten und nach der Türklinke zu tasten, wurde sie gewaltsam zur Seite gestoßen. Völlig überrumpelt verlor sie das Gleichgewicht und stürzte zu Boden. Das Nächste, was sie hörte, war das Geräusch eines Schlüssels, der im Schloss umgedreht wurde. Oh Gott! Meike hatte sie eingeschlossen!

Uschi blieb regungslos an Ort und Stelle liegen. Nun war sie ganz auf ihr Gehör angewiesen. Von wegen Überraschungseffekt! Die Einzige, die überrascht worden war, war sie selbst. Meike hatte den Vorteil, dass sich ihre Augen bereits an die Dunkelheit gewöhnt hatten und sie vermutlich durchaus erkennen konnte, wo sich Uschi befand. Außerdem akkommodierten junge Augen einfach besser als alte.

Rasche Schritte verrieten Uschi, dass sich Meike von ihr entfernt hatte. Was trieb sie da hinten? Etwas Metallenes fiel klirrend zu Boden.

Meike hatte eine der Waffen, die an der Wand befestigt waren, aus der Halterung gelöst. Himmel! Was hatte sie vor? Uschi ging in Gedanken das Sammelsurium an Waffen durch. Da gab es alle Arten von Schwertern, Lanzen, Hellebarden, elendslange Spieße und was weiß noch für Ungetüme. Sie war keine Expertin für mittelalterliche Waffenkunde. Aber eines war klar. Wenn ihr Meike eins von den Dingern in den Bauch rammte, war es letztlich egal, ob es eine Hellebarde oder ein Schwert gewesen war. Es wäre so oder so tödlich. Wahrscheinlich waren die Schwerter sogar scharf genug, um ihr den Kopf abzuschlagen. Uschi bemühte sich, das aufkommende Keuchen bei diesem Gedanken zu unterdrücken.

Was sollte sie tun? So krampfhaft sie auch nachdachte, ihr fiel nichts ein! Hätte sie sich doch nur intensiver mit der Kampfführung im Mittelalter beschäftigt. Ach Quatsch! Blödsinn! Sie wollte nicht kämpfen! Trotzdem musste sie sich irgendwie schützen. Schließlich war Meike bereit zu töten. Und sie war eine wichtige Zeugin.

Sie musste jetzt die Fassung bewahren und all ihren Verstand zusammennehmen. Konnte sie eine Rüstung nutzen? Wenn sie es schaffte, sich einen Ritterhelm aufzusetzen, wäre ihr Hals geschützt. Allerdings würde sie unter dem enormen Gewicht des Eisenhelms nur noch herumtaumeln können. Und wäre selbstverschuldet nicht nur mit Blindheit, sondern auch noch mit Taubheit geschlagen. Nein. Sie brauchte auch eine Waffe.

Sie erhob sich so geräuschlos wie möglich und tastete sich vor, die Arme weit von sich gestreckt. Wo waren die Waffenständer? Ein ohrenbetäubendes Geschepper ließ sie zusammenzucken. Herrje! Sie hatte im Vorbeigehen eine der Rüstungen gestreift und umgeworfen. Meike war bestimmt nicht minder erschrocken. Das war die Gelegenheit, sich auf die Schnelle zu bewaffnen!

Uschi bückte sich und suchte panisch in dem Rüstungsdurcheinander nach etwas Brauchbarem. Sie spürte Teile von der Rüstung, eine Art Kettenhemd, einen Helm. Hatte man der Rüstung kein Schwert beigefügt? Sie kroch auf den Knien ein Stück weiter nach rechts. Sie konnte sich vage daran erinnern, dass dort ein hölzerner Ständer mit Lanzen und Schwertern sein musste. Sie streckte den Arm aus und schwenkte ihn wie beim Topfschlagen hin und her, bis sie schließlich einen Eisenstab zu fassen bekam. Eine Lanze! Sie rappelte sich hoch und zog die Waffe aus dem Ständer. So eine Lanze war zwar nicht für den Nahkampf ausgelegt, aber so nah wollte sie Meike auch gar nicht an sich herankommen lassen. Vielleicht konnte sie sie mit der Lanze auf Distanz halten. Dafür musste sie allerdings erst einmal wissen, wo Meike steckte.

Uschi war froh, dass sie sich heute bei der Kleiderwahl für Schwarz entschieden hatte. So wie es aussah, konnte Meike sie auch nicht gut erkennen. Sonst hätte sie bereits angegriffen. Oder weshalb zögerte sie? Hatte sie doch

Hemmungen? Womöglich war sie zu feige zu kämpfen. Bisher hatte sie ja immer hinterrücks ihre Opfer attackiert, aus der Distanz oder mit Fallen. Den offenen Kampf hatte sie dagegen vermieden. Bis jetzt. Nun lauerte sie da im Dunkeln mit einer Waffe und wartete vermutlich nur darauf, dass Uschi in ihre Nähe kam. Ihr Instinkt sagte ihr, dass sich Meike nach wie vor in der rechten hinteren Ecke des Raumes befand. Dort wo das letzte Geräusch hergekommen war. Uschi hielt inne. Sie musste Meike zum Sprechen bringen. Nur dann hatte sie eine Chance, sie zu orten. Das Problem war, dass ihre Gegnerin sie ebenfalls orten konnte, wenn sie sprach.

»Was soll das, Meike?«, flüsterte sie deshalb so leise, dass Meike es gerade noch hören konnte und schlich lautlos einen Schritt zur Seite.

Stille. Mist!

»Sei doch vernünftig!«, versuchte sie es noch einmal.

Meike schwieg beharrlich. Sie schien schlauer zu sein, als Uschi gedacht hatte. Mal sehen, wie sie darauf reagierte:

»Gib auf. Das bringt doch alles nichts mehr! Jetzt da Tom tot ist … Ich weiß, du wolltest eigentlich Clara treffen, nicht? Die Drohne hat aber ihn erwischt. Schrecklich … Ja. Und jetzt ist er tot. Also, was soll das hier?«

Ein Keuchen. Und ein Winseln. Mehr war nicht zu hören.

Ah! Ah! Der Schmerz in ihrem linken Oberarm war so stechend, so durchdringend, dass ihr übel wurde. Uschi heulte auf und presste ihre Hand auf die Stelle, wo Meike sie erwischt hatte. Wie warm und feucht es sich anfühlte! Musste Blut sein! Sie hatte tatsächlich ihren Arm aufgeschlitzt! Na warte! Uschi fuhr herum. Mit Wutgebrüll schlug sie mit der Lanze um sich. Sie umfasste den Stab mit beiden Händen und hieb wild in alle Richtungen. Ihr Arm schmerzte wie Feuer! Egal. Alles egal. Uschi hatte nur noch eines im Sinn: Rache!

Nach dem Ende der Pause hatten die Gäste den Biergarten recht schnell verlassen, es war ruhig geworden. Gedämpft drang die Filmmusik vom Burghof herüber. Tom setzte sich in die hinterste Ecke des Biergartens und beobachtete das Geschehen am Kiosk. Die Bedienung räumte die schmutzigen Gläser von der Theke und ließ leere Flaschen in einen Getränkekasten fallen. Wie hieß sie noch einmal? Caroline? Oder Karola? Er wusste es nicht mehr genau. Er schaute zum Sternenhimmel empor. Erst vor Kurzem hatte er mit Clara in die Sterne geschaut. Er schluckte. Wie sie da auf dem Boden gelegen hatte. Wie tot.

Claras Blut hatte braune Flecken auf seinem Hemd hinterlassen. Tom strich über einen der Flecken und schauderte. Das Blut war bereits eingetrocknet.

Wie hatte Meike nur so etwas tun können? Er hatte überhaupt nicht gemerkt, dass sie ihn immer noch so sehr begehrte. Natürlich konnte er sich noch gut an das Drama erinnern, das sie bei der Trennung veranstaltet hatte. Was hatte sie geheult und um ihn gekämpft! Sie hatte ihm wirklich leidgetan. Als Liebesbeweis hatte sie sich sogar die gleiche Tätowierung auf die Haut brennen lassen. Obwohl es zu dieser Zeit schon längst aus zwischen ihnen gewesen war. Es hatte ihn beeindruckt. Jedoch zugleich auch beängstigt. Je mehr sie um ihn kämpfte, umso bedrückender, einengender empfand er ihre Liebe. Da war nichts mehr Leichtes, nur noch eine einzige Tragödie.

Außerdem war es nicht richtig gewesen, dass sie ihren langjährigen Freund hintergangen hatte. Er hatte nichts von ihrer Beziehung gewusst, als er sie kennenlernte. Sonst hätte er gar nichts mit ihr angefangen. Seiner Meinung nach musste man erst einmal mit alten Beziehungen reinen Tisch gemacht haben, bevor man sich in die nächste Liebesbeziehung stürzte. Eine unbereinigte Situation war einfach keine gute Basis für eine neue Beziehung. Wenn es schon so kompliziert begann, würde es aller Voraussicht nach auch kompliziert weitergehen. Deshalb war ihm das ganze Theater mit Meike zu viel gewesen. Als sie dann tatsächlich frei war, hatte er schon längst das Interesse an ihr verloren. Es tat ihm leid, wie unglücklich sie deshalb war. Es hätte sich allerdings falsch angefühlt, aus Mitleid mit ihr die Beziehung wieder aufleben zu lassen. Er liebte sie nicht. Nicht genug.

Wie erleichtert war er gewesen, als sie beide nach einiger Zeit auf eine freundschaftliche Ebene zurückgefunden hatten. Erleichtert, dass sie ihm den Schlussstrich nicht mehr übel nahm und sie normal miteinander umgehen konnten. Wie dumm war er gewesen! Wie naiv! Er hätte merken müssen, dass sie ihn nach wie vor liebte und die Freundschaft nur notgedrungen als Übergangsstatus akzeptierte. Dass sie stets die Hoffnung in sich trug, es könnte wieder werden wie früher.

Bis Henriette aufgetaucht war. Henriette. Seine absolute Traumfrau. Tom spürte, wie sein Herz schwer wurde. Wie tragisch war dieser Autounfall gewesen! Er hatte es lange nicht begreifen wollen, dass sie wirklich tot war und nicht mehr zurückkehren würde. Er war so verliebt in sie gewesen, dass er sie am liebsten sofort geheiratet hätte.

Meike musste das gespürt haben. Sicher war sie wahnsinnig eifersüchtig gewesen. Wahnsinnig. Ja, wahnsinnig war sie geworden. Besessen von ihm. Völlig unzurechnungsfähig. Wie sonst konnte man sich erklären, dass sie in Kauf genommen hatte, Clara umzubringen? Er konnte sich das gar nicht vorstellen. Sie tötete sogar für ihn. Wie verzweifelt musste sie sein? Und die arme Clara hatte ihren ganzen Zorn zu spüren bekommen.

Etwas krampfte sich in ihm zusammen. Ein Gefühl von Schuld kam in ihm auf. Drückende, schmerzende Schuld legte sich auf ihn nieder. Er hatte Meike dazu getrieben, Clara schier umzubringen. Im Grunde war er an allem schuld. Und er war unfähig gewesen, sie zu beschützen. Obwohl er neben ihr gestanden hatte. Wäre die Drohne doch nur auf ihn geknallt. Stattdessen lag nun Clara im Krankenhaus. Wer weiß, was sie gerade durchmachte!

Zuerst fanden ihre Hiebe kein Ziel, aber dann spürte sie Widerstand. Gefolgt von einem Riesenkrach. Sie hatte wohl noch eine Rüstung umgehauen. Uschi war völlig außer sich. Unkontrolliert. Schnaufte und keuchte bei jeder Bewegung. Ihr Verstand setzte aus. Sie brüllte und brüllte und drehte sich mit ihrer Lanze im Kreis.

Dann fing sie an, mit der Waffe zu stechen. Blindlings. Dahin und dorthin. Und endlich hatte sie Erfolg. Ein gellender Schrei zeigte ihr, dass sie Meike erwischt hatte. Was für eine Genugtuung! Sie stach nochmals in dieselbe Richtung, doch dieses Mal ging die Lanze ins Leere. Da sie nicht wusste, wo Meike sich hingeflüchtet hatte, dreschte sie einfach in alle Richtungen. Sie stieß dabei einen Holzständer um, der mitsamt den darin aufgestellten Waffen scheppernd auf den Boden knallte.

Sie brauchte unbedingt ein Schwert. Die Lanze war viel zu schwer und zu unhandlich. Die Wut hatte ihr kurzfristig ungeahnte Kraft verliehen. Doch jetzt konnte sie das schwere Ding kaum mehr stemmen, geschweige denn herumwirbeln. Sie ließ die Lanze auf den Boden fallen und suchte bei dem umgeworfenen Holzständer nach einem Schwert. So war sie zwar für einen kurzen Moment unbewaffnet, doch dieses Risiko musste sie eingehen. Zudem war Meike bestimmt in Deckung gegangen. Allerdings konnte sie jederzeit erneut angreifen. Schließlich ertastete sie einen Griff. Sie zog daran. Ja, es war ein Schwert. Allerdings ein großes. Sie konnte es nicht hochheben. Es war bleischwer.

Hektisch suchte sie weiter. Fand einen kleineren Griff. Ein kurzes Schwert, immer noch schwer, aber viel besser zu kontrollieren. Sie riss das Schwert in die Höhe und stach damit kreuz und quer um sich. Als ihr irgendwann bewusst wurde, dass sie völlig sinnlos in die Luft hieb, ließ sie das Schwert erschöpft sinken. Wo war Meike?

Stille. Man hörte sie nicht mal atmen. War sie überhaupt noch da? Sie spürte, wie das Blut von ihren zitternden Fingern auf den Boden tropfte. Schnell drückte sie ihre Hand auf die klaffende Wunde an ihrem Arm. Der Schmerz, der sie augenblicklich durchzuckte, raubte ihr schier den

Atem! Was für ein Albtraum! Bewegungslos stand sie da und lauschte. Immer noch nichts.

»Ich krieg dich. Ich mach dich fertig!«, zischte sie.

Doch Uschi wusste, dass sie in Wirklichkeit am Ende war. Ihr Arm baumelte kraftlos herum, war endgültig zu nichts mehr zu gebrauchen. Dieser Kraftakt hatte sie dermaßen erschöpft, dass sie sich kaum mehr auf den Beinen halten konnte. Sie war kurz davor zu kollabieren. Ratlos drehte sie sich um sich selbst. Das Schwert schlenkerte in ihrer Hand. Sie konnte nicht mehr. Ihre Beine gaben unter ihr nach und sie sank ganz langsam zu Boden.

Da hockte sie. Das Schwert an sich gepresst. Ihre Wut war der Erschöpfung gewichen. Was tat sie hier eigentlich? Das durfte doch alles nicht wahr sein! Tränen stiegen ihr in die Augen. Vor Entkräftung und Schmerz brach es aus ihr heraus, sie konnte auf einmal nur noch heulen. Ihr ganzer Körper bebte.

Erstaunlicherweise kam ihr trotz der katastrophalen Lage plötzlich eine Idee.

Er griff zu seinem Smartphone. Eigentlich musste er die Leitung ja für Uschi frei halten. Er war so in Gedanken versunken gewesen, dass er jegliches Zeitgefühl verloren hatte. Wie lange war Uschi eigentlich schon weg? Zehn Minuten, 20? Er musste sie fragen, was los war. Davor wollte er jedoch noch kurz im Krankenhaus anrufen. Es ließ ihm keine Ruhe. Er musste wissen, wie es Clara ging. Unbedingt. Er hätte sie ins Krankenhaus begleiten sollen.

Es war jedoch alles so schnell gegangen. Er war selbst unter Schock gestanden. Bis er zu sich gekommen war, hatten sie Clara schon längst abtransportiert. Vermutlich nach Balingen. Ungeduldig googelte er die Nummer des Krankenhauses, wählte und landete, nachdem er eine Weile das Gedudel der Warteschleife ertragen hatte, bei der Pforte.

»Kreiskrankenhaus Balingen?«

»Tom Martens. Hallo. Ich hätte gerne gewusst, wie es Clara Lämmle geht. Sie ist vor ungefähr einer halben Stunde eingeliefert worden.«

»Sind Sie ein Angehöriger?«

»Äh, nein. ihr Freund.«

»Dann dürfen wir leider keine Auskunft geben. Tut mir leid.«

»Moment! Bitte, ich muss wissen, wie es ihr geht. Ich mach mir furchtbare Sorgen. Sie ist von einer Drohne getroffen worden und …«

Er konnte nicht mehr an sich halten und fing an zu weinen. Es war ihm peinlich, aber er konnte sich einfach nicht mehr kontrollieren. Er war fix und fertig mit den Nerven. Wenn Clara nun auch noch starb – das würde er nicht verkraften.

»Sie hat … sie hat so geblutet. Ich muss wissen …«

Er brach in heftiges Schluchzen aus. Es dauerte eine Weile, bis er imstande war weiterzusprechen. Es hätte ihn nicht gewundert, wenn der Mann am anderen Ende der Leitung aufgelegt hätte.

»Hallo? Sind Sie noch da?«

Der Mann räusperte sich:

»Hören Sie. Es tut mir leid. Aber die Ärzte dürfen Ihnen am Telefon keine Auskunft geben. Am besten ist, Sie kommen selbst ins Krankenhaus. Dann können Sie mit den Angehörigen von der Frau Lämmle oder auch mit einem Arzt sprechen. Es wäre allerdings gut, wenn Sie sich in Ihrem Zustand nicht selbst ans Steuer setzen. Sehen Sie zu, dass Sie jemand fährt.«

»Ja. Danke.«

Tom beendete das Gespräch. Vorschriften! Er wollte hier nicht mehr länger rumsitzen. Er wollte nur noch zu Clara. Ins Krankenhaus. Meike war ihm so was von egal. Sollte sie doch flüchten. Er war froh, wenn er sie nie wieder sehen musste.

Er würde jetzt Uschi anrufen und ihr sagen, dass er gehen würde. Er tippte ihre Nummer ein.

»Der Teilnehmer ist im Moment nicht zu erreichen, wird aber von Ihrem Anruf über SMS informiert.«

Was sollte das denn? Warum hatte sie denn das Handy ausgeschalten? Oder war ihr Akku leer? Wie sollte er sie denn jetzt informieren? Und wenn Meike bei ihm auftauchte, konnte er ihr auch nicht Bescheid geben. Er stand auf und lief ein paar Schritte hin und her. Sollte er sie suchen gehen? Seinen Posten verlassen?

Er wählte erneut ihre Nummer. »Der Teilnehmer ist im Moment…« Er drückte die Computerstimme weg. Seltsam. Hoffentlich war ihr nichts zugestoßen. So durchgeknallt wie Meike inzwischen war, traute Tom ihr so ziemlich alles zu. Hatte Uschi ihm nicht zugerufen, er solle die Polizei anrufen? Warum hatte er das nicht schon längst getan? Schließlich hatte Meike auf Clara einen Mordanschlag verübt und war auf der Flucht. Oh Mann! Er stand echt neben sich, konnte nach wie vor keinen klaren Gedanken fassen. Tom fuhr sich mit den Fingern übers Gesicht. So!

Schluss mit dieser Grübelei, die nichts brachte. Er musste sich endlich zusammenreißen und etwas tun. 1-1-0.

Uschi schniefte. Warum war sie nicht gleich darauf gekommen? Die Tür zur Schatzkammer! Diese musste sie finden. Wenn sie offen war, konnte sie sich in die Schatzkammer flüchten.

Inzwischen schlotterte ihr ganzer Körper. Vor Aufregung. Vor Entsetzen und vor Schmerzen. Sie ignorierte das Schlottern und rutschte auf den Knien in die Richtung, wo sie die Schatzkammer vermutete. Halbherzig stach sie dabei mit dem Schwert mal vor, mal hinter, mal über sich. Sie wusste ja nicht, von wo ihr Gefahr drohte. Eine Rüstung lag im Weg. Uschi kroch mühsam darüber hinweg und schürfte sich die Knie dabei auf.

»Oh nein!«, heulte sie vor sich hin und tastete sich weiter vorwärts.

Endlich spürte sie eine Wand, kalt und glatt. Sie zog sich an der Wand hoch, tastete sich weiter entlang, bis sie den Zugang zur Schatzkammer gefunden hatte. Sie drückte die Klinke herunter und zu ihrer großen Erleichterung ließ sich die Tür öffnen. Sie schlüpfte hinein, knallte die Tür sofort wieder hinter sich zu und presste sich mit dem Rücken dagegen. Dann schleuderte sie das Schwert von sich und suchte mit dem ausgestreckten rechten Arm nach dem Lichtschalter. Da! Das Deckenlicht blendete sie nach der langen Zeit im Dunkeln so sehr, dass sie die Augen zu Schlitzen zusammenpressen musste.

Und was jetzt? Sie konnte ja nicht ewig hier stehen und sich verschanzen. Sie presste ihr Ohr an die Tür und horchte. Nichts zu hören. Eigentlich hatte sie seit diesem schrecklichen Aufschrei von Meike nichts mehr von ihr gehört. Das konnte bedeuten, dass sie irgendwo geschockt saß oder aber tot in einer Ecke lag. Mit durchtrennter Halsschlagader womöglich.

Dann wäre ich eine Mörderin, durchfuhr es Uschi. Wie soll ich mit dieser Schuld leben? Ich werde in meinem Leben nicht mehr glücklich werden. Nie wieder. Vielleicht liegt sie aber auch irgendwo schwer verletzt und ist gerade dabei zu verbluten. Könnte noch gerettet werden. Ich muss … ich muss nachsehen.

Alles in ihr sträubte sich dagegen, diese Tür zu öffnen und in das dunkle Zimmer zu schauen. Sie wusste jedoch, dass sie nicht mehr in den Spiegel sehen konnte, wenn Meike starb, weil sie zu feige gewesen war nachzusehen. Ganz, ganz vorsichtig öffnete sie die Tür einen spaltbreit und lugte hinein. Dunkel. Sonst war nichts zu sehen. Sie zog die Tür noch etwas weiter auf, damit der Lichtschein in die Waffenkammer fallen konnte.

Nun erkannte sie das Riesendurcheinander, welches sie verursacht hatte. Alles lag umher: Teile der Rüstungen, die Holzständer, die Waffen. Ein einziges Chaos. Aber nirgends war dazwischen ein menschlicher Körper auszumachen. Meike war nicht da. Nicht lebendig, auch nicht als Leiche. Verflucht! Sie war weg!

Hilfe! Sie brauchte Hilfe. Sofort. Sie musste Tom anrufen. Und die Polizei. Falls Tom diese noch nicht alarmiert hatte. Und einen Krankenwagen.

Sie fingerte ihr Handy aus der Hosentasche. Ach du meine Güte! Es war bei dem Sturz, als Meike sie angegriffen hatte, zu Bruch gegangen. Mehrere Sprünge, der Deckel zerbrochen – ob es trotzdem noch funktionierte? Uschi wählte mit zitternden Fingern die 110 und presste das Handy an ihr Ohr. Kein Tuten, gar nichts. Das Ding war tot. Und nun?

Wie sollte sie hier rauskommen? Es gab nur einen Weg. Und zwar den, welchen auch Meike gewählt hatte. Durch den Geheimgang. Nicht gerade verlockend, in den dunklen Gang, in dem sie stundenlang mit Tom eingeschlossen gewesen war, zurückzukehren. Zumal sie nicht wusste, was sie da drin erwartete. Gut möglich, dass ihr Meike im Dunklen mit wer weiß welcher Waffe auflauerte.

Ihr Arm schmerzte höllisch – sie konnte, sie wollte nicht in diesen Tunnel gehen. Zudem ohne Taschenlampe. Unmöglich. Mittlerweile klebte der Ärmel ihres Pullovers unangenehm auf ihrer Haut. Nass. Vom Blut durchtränkt. Beim Gedanken daran wurde ihr schwindlig. Sie nahm ihr Halstuch ab und wickelte es sich, die Zähne fest aufeinandergepresst, straff um den Arm. Sie musste als Allererstes die Blutung stoppen. Der Blutverlust schwächte sie enorm.

Sie blickte zu der kleinen Tür, die in die hintere Wand eingelassen war. Sie stand offen. Wenn sie Meike nicht aufhielt, wäre alles umsonst gewesen. Sie schaffte das allerdings nicht allein. Sie brauchte unbedingt Unterstützung. Wenn sie nur irgendwie die Polizei alarmieren könnte!

Sie ging in die Schatzkammer zurück und schaute sich um. Hm, es gäbe eine Möglichkeit, ganz schnell die Polizei zu alarmieren. Aber traute sie sich das? Sie hatte bereits die

Waffenkammer kurz und klein geschlagen. Grund genug, sie zu entlassen. Wenn sie jetzt auch noch …

Ach, das war nun auch egal. Materielle Dinge waren ersetzbar. Uschi überprüfte die Vitrinen. Da war das Kleid der Königin ausgestellt, daneben die berühmte Schnupftabakdose mit dem Einschussloch, dort die Vitrine mit dem edlen Porzellan. Ihr Blick wanderte weiter und blieb an der Königskrone hängen. Vor der Königskrone waren die Nachbildungen der goldenen Schnupftabakdosen, mit Saphiren und Smaragden verziert, positioniert. Das Ensemble befand sich in einer Wandnische, um die ein Samtvorhang drapiert war und die extra angestrahlt wurde. Uschi wusste nicht, ob dies tatsächlich der wertvollste Schatz war, jedoch schien das Glas, hinter dem die Krone aufbewahrt wurde, besonders gesichert zu sein. Irgend so ein Panzerglas.

Uschi holte tief Luft und schlug mit ihrem unverletzten Arm gegen das Glas. Sie rechnete damit, dass gleich ein ohrenbetäubender Alarm losging. Aber – nichts dergleichen. Alles blieb still. Komisch, dass es nicht sofort eine Reaktion gab. Sie schlug nochmals mit der Faust auf die Glasscheibe, und als nach wie vor nichts passierte, schlug sie mit beiden Fäusten abwechselnd auf das Glas ein. Letztlich hämmerte sie mit aller Kraft dagegen. Das gab es doch gar nicht! Wieso ging denn dieser Alarm nicht los? Gab es womöglich gar keine funktionierende Alarmanlage? Oder existierte nur ein »stiller Alarm«, der sofort bei der Polizei einging, jedoch nicht hier im Schloss zu hören war?

Uschi schleppte sich in die Waffenkammer zurück und sah sich nach einer geeigneten Waffe um. Am besten doch wieder ein kleines Schwert. Alle anderen Waffen waren ihr zu schwer und zu unhandlich. Sie nahm das Schwert und ging damit zu der Königskrone zurück.

»O Gott – was tue ich da eigentlich? Das ist doch Irrsinn«, rief sie, holte von hinten aus und ließ die Waffe mit aller Kraft auf das Glasfenster niedersausen.

Das Glas vibrierte, zerbrach aber nicht. Musste in der Tat Panzerglas sein. Mit einem Mal erklang ein unglaublich lauter, durchdringend hoher Ton. Erschrocken hielt sich Uschi die Ohren zu. Musste der Alarm so laut sein? Da wurde man ja taub davon. Und wenn nicht taub, dann litt man zumindest unter Garantie im Anschluss an einem nicht mehr zu kurierenden Tinnitus. Die gerechte Strafe für Diebe – lebenslanger Alarmanlagen-Tinnitus. Hoffentlich glaubte ihr die Polizei auch, dass sie die Krone nicht rauben wollte, sondern nur einen Weg gesucht hatte, um die Polizei zu rufen. Na, wenn sie da mal nicht in Erklärungsnot kam! Einbruch in die königliche Schatzkammer und versuchter Raub der Königskrone – klang nicht nach einem Kavaliersdelikt. Nicht einmal der Schlangenmenschdieb hatte sich an die Königskrone rangetraut. Die Polizei war bestimmt gleich da. So laut wie die Alarmanlage war, hörte man den Alarm nicht nur auf dem gesamten Zollerberg, sondern bis nach Hechingen hinab.

Uschi malte sich aus, was passieren könnte. Alle Leute werden erfahren, was ich getan habe! He, hast du schon gehört, werden sie sagen, die alte Lehrerin Lämmle hat versucht, die Königskrone zu klauen! Hat nachher behauptet, sie hätte nur die Polizei rufen wollen. Und jetzt sitzt sie in Untersuchungshaft.

Wenn sie der Polizei Meike nicht ans Messer lieferte, war sie bald selbst geliefert! Wo war ihre Handtasche? Da hinten lag sie, gleich neben der Eingangstür. Uschi kramte einen Zettel und einen Kugelschreiber hervor und schrieb für die Polizei eine Nachricht:

»Meike wollte mich und Clara töten. Wir sind im Geheimgang. Alle Ausgänge der Kasematten schließen!
Uschi Lämmle«

So, das musste genügen. Den Rest würde sie später erklären. Sie bewaffnete sich mit dem kurzen Schwert und ging durch die Geheimtür. Was waren denn das für Flecken auf dem Boden? Blutstropfen? Aha, Meike hatte durch die Lanze also auch eine tiefere Verletzung davongetragen. Gut so. Das würde sie bei ihrer Flucht behindern. Kaum war sie ein paar Schritte gegangen, befand sich Uschi abermals im Dunkeln.

Ich schwör mir eins, sagte sie sich. Ich trage künftig immer eine kleine Taschenlampe bei mir. Ich hasse es, im Dunkeln rumzukriechen. Ich hasse es so!

Sie tastete sich mit der linken Hand an der Wand entlang. Nach einigen Metern ging es eine steile, schmale Steintreppe hinunter. Der daran anschließende Gang war so niedrig, dass Uschi nur gebückt laufen konnte. Es ging links um eine Ecke, dann rechts, dann geradeaus und schließlich führte erneut eine Steintreppe nach unten. Da es so dunkel war, konnte Uschi nur kleine Schrittchen machen. Das Schwert hielt sie ausgestreckt vor sich und führte es wie ein Wünschelrutengänger pendelnd hin und her. Weil der Gang so schmal war, schlug die Schwertspitze dabei wiederholt an die Steinwand.

Uschi war völlig außer Atem. Dabei ging sie doch ganz langsam… Musste die innere Anspannung sein. Und dieser unerträgliche Schmerz in ihrem Arm. Auf einmal vernahm sie ein Giemen. Oh nein! Nicht auch noch das. Was sie jetzt als Allerletztes gebrauchen konnte, war ein Asthmaanfall. Sie versuchte, ausschließlich durch die Nase zu atmen, was aber sofort ein beklemmendes Gefühl hervorrief. Hoffentlich kam sie bald raus aus diesem Loch. Sie brauchte dringend frische Luft!

Uschi versuchte, nicht mehr auf ihre Atmung zu achten und sich stattdessen auf ihr dringlichstes Problem zu konzentrieren. Was würde sie machen, wenn Meike plötzlich vor ihr stand? Wie sollte sie sie überhaupt aufhalten? Mit dem Schwert? Meike war bestimmt auch bewaffnet und würde zurückschlagen. Sie hatte nur eine Chance, wenn sie blitzschnell reagierte und ihr zuvorkam.

Unvermittelt schlug ihre Schwertspitze an etwas Metallenes. Uschi ertastete ein Gitter. Das musste die Türe sein, für die sie und Tom keinen Schlüssel gehabt hatten. Im Gegensatz zu Meike. Die Herrin der Schlüssel. War nur zu hoffen, dass sie nicht hinter sich abgeschlossen hatte. Uschi drückte die Türklinke nach unten. Offen. Rechnete Meike nicht damit, verfolgt zu werden? Oder ging sie davon aus, dass Uschi nicht imstande war, sie einzuholen? Womit sie eventuell sogar recht haben könnte.

Zumindest hatte ihr unfreiwilliger Aufenthalt in diesem Kellerabschnitt auch etwas Gutes an sich. Sie wusste, wie der Weg verlief und was sie auf den nächsten Metern erwartete. Wenn ihr Meike nicht in die Quere kam … Sie verharrte in der Bewegung und hielt den Atem an. Nichts zu hören. Da war niemand. Sie ging weiter, gelangte an die Eisentür. Gott sei Dank. Auch offen.

Als sie schon fast bei den Kasematten angelangt war,

blieb Uschi wie angewurzelt stehen. Aus der Dunkelheit ertönte ein Schluchzen. Meike schien Uschis Anwesenheit zu spüren, denn augenblicklich verstummte sie. Warum saß sie da wohl? Hatte sie ausgerechnet für diese Tür keinen Schlüssel? Uschi war sich unschlüssig, welche die beste Taktik wäre, um sie zu überrumpeln. Sollte sie einfach mit erhobenem Schwert auf sie losstürmen? Wie ein Berserker? Quatsch. Meike saß wehrlos am Boden. Oder? Nach der überraschenden Schwertattacke in der Waffenkammer war sich Uschi da nicht mehr so sicher. Meike konnte verflucht schnell sein. Und gnadenlos.

»Komm ja nicht näher! Hau ab! «, schrie Meike.

Uschi schreckte zurück und knallte mit dem Rücken an die Wand. Sie traute sich nicht zu sprechen. Das letzte Mal, als sie mit Meike gesprochen hatte, endete das böse. Zu behaupten, dass Tom tot sei, war ein gewaltiger Fehler gewesen, den sie mit ihrem Arm bezahlt hatte. Reden ist Silber, Schweigen ist Gold. Dieses Mal würde sie sich in die schützende Dunkelheit hüllen und nicht preisgeben, wo sie sich genau befand. Das Schwert hatte sie auf ihrem Bauch so abgestützt, dass es ihrer Gegnerin waagerecht entgegenstand. Sie hatte nicht die Kraft, es dauerhaft mit ausgestrecktem Arm vor sich zu halten. So fühlte sie sich einigermaßen vor einem potenziellen Angriff geschützt.

Erneut ertönte ein Schluchzen. Ein völlig verzweifeltes Schluchzen, das in ein lautes, schrilles Geheul überging.

»Ist er wirklich tot?«, stammelte sie. »Das kann doch nicht sein.«

Meike schluchzte abermals. Uschi beherrschte sich, keinen Laut von sich zu geben.

»Ich … ich wollte ihn nicht treffen. Ich hab doch gesehen, wie die Drohne runtergestürzt ist … auf Clara!«

Ja, du gemeines Biest, dachte Uschi bitter.

Meike jammerte.

»Es tut so weh … mein Bauch, ich glaub, ich sterbe.«

Uschi horchte auf. Eine Bauchverletzung. Das konnte durchaus lebensbedrohlich werden. Wer weiß, wie viel Blut sie schon verloren hatte. Wenn sie ihr nicht half, würde sie verbluten, und sie hätte Meike dann auf dem Gewissen. Das kam nicht in Frage. Aber sie traute sich nicht in ihre Nähe. Dann doch lieber aus sicherer Entfernung Anweisungen geben.

»Du musst die Wunde abdecken. Irgendwas drumbinden. Was drauf pressen. Einen Schal. Hast du einen Schal?«

Meike sagte erst einmal gar nichts und Uschi fürchtete schon, dass sie gleich den nächsten Schwerthieb von ihr abbekommen würde. Dann hörte sie ein gepresstes »Nein«.

Tja, sie hatte einen Schal, den brauchte sie allerdings selbst.

»Zieh dein Shirt oder deine Hose aus und binde sie dir um. Möglichst fest.«

Meike ächzte vor Schmerz, als sie sich mit ihrer Kleidung abmühte. Das zunehmende Pochen in ihrem Arm half Uschi über aufkommende Gewissensbisse hinweg.

Mehr konnte sie nicht für sie tun. Von ihren seelischen Qualen wollte sie Meike nicht erlösen. Sie würde sie noch eine Weile im Glauben lassen, dass ihr Geliebter tot sei. So viel Hölle hatte sie verdient. Es genügte, wenn sie später erfuhr, dass ihr Plan aufgegangen war und Clara schwer verletzt im Krankenhaus lag. Wo blieb eigentlich die Polizei?

Und was machte Tom? Nach dem Alarm hatte er bestimmt begriffen, dass etwas schiefgegangen war.

Plötzlich hatte sie das Gefühl, dass sie ein wenig besser sehen konnte. Bildete sie sich das nur ein oder wurde es tatsächlich heller? Ein schwacher Lichtschein erhellte den Steinboden vor ihr. Die Beleuchtung der Kasematten strahlte durch die untere Gittertür bis in den Gang hinein. Vor der Tür kauerte ein Mensch am Boden. Meike. Einen blutverschmierten Pullover um den Bauch geknotet. Neben ihr lag ein ähnliches Schwert wie das, welches sie selbst in der Hand hielt. Sie sahen sich an. Meike war am Ende. Ihre Augen zeigten einen gebrochenen Menschen, eine verzweifelte Seele.

»He! Sie! Stehen Sie auf und nehmen Sie die Hände hoch!«

Uschi kannte die Stimme. Es war Buckenmaier. Sie seufzte erleichtert. Mein Freund. Und Helfer. Endlich.

Meike erhob sich mühsam. Sie zog sich schwerfällig am Gitter hoch, krallte sich mit den Fingern daran fest und krümmte sich vornüber.

Neben Buckenmaier stand Sauter, der die Tür öffnete, um zu Uschi zu gelangen. Der Polizist reagierte schnell, kickte mit dem Fuß das Schwert zur Seite, zog Meike von den Gitterstäben weg und übergab sie zwei Polizisten, die sie rechts und links an den Armen packten und wegführten. Bereits nach wenigen Schritten sackte Meike in sich zusammen und die Polizisten konnten sie in letzter Sekunde gerade noch auffangen.

»Sie braucht einen Notarzt! Sie hat eine Bauchverletzung.« Schwach fügte Uschi hinzu: »Und ich brauche auch einen Notarzt. Mein Arm …«

»Oje. Herrgott nei, Frau Lämmle. Was isch au passiert? Komme Se. I helf Ihne.«

Sauter hakte sie unter und führte sie aus den Kasematten hinaus. Draußen ließ sich Uschi einfach auf den Boden fallen. Sie konnte nicht mehr. Sämtliche Kraft war aus ihren Gliedern gewichen. Wie dankbar war sie, als sie wenige Minuten später von zwei freundlichen Sanitätern auf eine Trage gehievt und in einen Krankenwagen gebracht wurde. Sie gab sich ihrer Erschöpfung ganz hin und schloss die Augen.

Als Uschi die Augen wieder öffnete, lag sie in einem Krankenbett. Die Morgensonne schien ins Zimmer.

»Frühstück!«, sagte eine helle Frauenstimme.

Uschi hob stöhnend den Kopf. Ihr Arm war komplett weiß einbandagiert und an einer Vorrichtung am Bett in einer Schlaufe aufgehängt. Eine Krankenschwester war gerade damit beschäftigt, einer älteren Frau, die neben ihr lag, das Frühstück zu servieren.

»Na, genug geschlafen? Wie fühlen Sie sich?«, fragte sie munter und wandte sich Uschi mit einem Lächeln zu.

»Ich weiß nicht. Mein Arm schmerzt.«

»Möchten Sie ein zusätzliches Schmerzmittel haben?«

»Nein. Danke. Was ist mit meinem Arm?«

Die Schwester stellte das Kopfteil von Uschis Bett höher, sodass sie besser sehen konnte.

»Sie haben eine tiefe Schnittverletzung. Eine Fleischwunde. Der Knochen ist nicht betroffen. Aber die Sehnen und Nerven. Deshalb haben Sie auch solche Schmerzen. Sie müssen den Arm immer hoch lagern. Wie ist das denn passiert? Ein Unfall?«

»Nein. Ein Angriff. Mit einem Schwert.«

Die Krankenschwester hielt abrupt in ihrer Bewegung inne und sah sie mit großen Augen an.

»Mit einem Schwert? Das ist ja furchtbar! Ist da jemand Amok gelaufen?«

»So ähnlich. Sagen Sie, ist meine Nichte Clara Lämmle auch auf dieser Station? Sie wurde ebenfalls gestern Nacht eingeliefert.«

»Hier auf der Station ist sie nicht. Ich kann mich mal erkundigen, wo sie liegt, wenn Sie möchten.«

»Ja. Danke.«

Kurze Zeit später kam die Krankenschwester zurück. Sie stellte das Tablett mit dem Frühstück an Uschis Bett und meinte dann:

»Ihre Nichte liegt einen Stock tiefer. Station 3B. Ich hab mich über ihren Zustand informiert. Sie hat einen Schlüsselbeinbruch und Prellungen an Arm und Schulter. Außerdem eine Platzwunde am Schultergürtel. Sie hat eine schwere Gehirnerschütterung davongetragen. Und ihr Ohr ...« Sie schien zu überlegen, ob sie Uschi die Wahrheit sagen sollte. »... ihr Ohr wurde zur Hälfte abgetrennt. Das konnte aber wieder angenäht werden! Ihre Nichte hat es ganz schön erwischt. Trotzdem hat sie großes Glück gehabt, dass diese Drohne sie nur gestreift hat. Wenn sie die direkt auf den Kopf abbekommen hätte, wäre sie vermutlich sofort tot gewesen.«

Uschi blickte die Krankenschwester bestürzt an.

»Machen Sie sich keine Sorgen. Das wird schon wieder

mit Ihrer Nichte. Ein Schlüsselbeinbruch heilt normalerweise relativ schnell und komplikationslos aus. Und soweit ich gesehen habe, hat sie keinen Gehörschaden erlitten. Das ist doch das Wichtigste.«

Uschi nickte, spürte jedoch, wie sich eine Träne in ihren Augenwinkel schlich.

Die Krankenschwester legte ihr tröstend eine Hand auf den Unterarm.

»Jetzt müssen Sie erst einmal selbst gesund werden. Ruhen Sie sich aus. Wenn es Ihnen morgen besser geht, können Sie Ihre Nichte vielleicht besuchen gehen. Essen Sie ein bisschen was, wenn Sie können, trinken Sie einen Kaffee – Sie werden sehen, dann fühlen Sie sich gleich ein wenig besser.«

Es regnete ohne Unterlass. Da es zugleich auch stürmte, konnte man nicht einmal einen Regenschirm benutzen. Uschi zog sich ihre Kapuze über den Kopf und stieg aus dem Auto. Was für ein Mistwetter! Der Wind peitschte ihr den Regen ins Gesicht. Innerhalb weniger Sekunden war sie komplett nass. Im Laufschritt überquerte sie die Straße und betrat triefend das Gebäude des Polizeireviers.

Vor Buckenmaiers Büro saßen schon Tom und Clara. Er hatte sie eine Woche nach den schrecklichen Ereignissen alle zusammen einbestellt. Zu einem klärenden Gespräch.

Uschi hängte ihre tropfende Regenjacke an die Garderobe. Sie war gespannt, was der Polizist ihnen erzählen würde. Über Meike. Sie selbst war nach vier Tagen aus dem Krankenhaus entlassen worden. Inzwischen hatte sie sich bereits so gut regeneriert, dass sie sich einigermaßen fit fühlte. Nicht gerade zum Bäume-Ausreißen, aber doch kräftig genug, um erneut durchzustarten. Clara jedoch war erst seit vorgestern zu Hause. Sie sah immer noch recht mitgenommen aus, mit ihrem riesigen Verband rund ums Ohr. Ihr Arm war ebenfalls bandagiert und hing in einer Schlinge. Trotzdem lächelte sie, als Uschi auf sie zukam und sie andeutungsweise umarmte.

Sie kamen jedoch nicht dazu, sich zu unterhalten, denn Buckenmaier streckte bereits den Kopf aus der Tür und bat sie in sein Büro. Da saßen sie nun. Zu dritt nebeneinander, jeder ein Glas Wasser vor sich. Buckenmaier hatte sich wie üblich hinter seinem Schreibtisch verschanzt, die Hände auf dem Bauch gefaltet, als wolle er beten.

»Sooo«, begann er und beugte sich ein wenig vorwärts. »Ich hätte noch ein paar Fragen an Sie.«

»Ich hab auch noch einige Fragen an Sie«, sagte Uschi prompt.

Buckenmaier ignorierte ihren Einwurf und fuhr fort.

»Den Tathergang konnten wir ja in den Grundzügen schon im Krankenhaus klären. Einige Details sind allerdings noch unklar. Zuerst einmal zu Ihnen, Frau Lämmle junior.« Er musterte Clara kurz. »Sie haben gesagt, dass Meike Schuler Sie vor den Bus gestoßen und Ihnen eine Stolperfalle auf dem Fußweg der Burg Hohenzollern gestellt habe. Stimmt das?«

Clara nickte.

»Haben Sie für diese Behauptung irgendeinen Beweis?«

»Einen Beweis? Nicht wirklich. Aber ich weiß, dass sie es war. Das ist doch auch naheliegend!«

Clara wirkte angespannt.

Buckenmaier schüttelte den Kopf.

»Naheliegend genügt halt nicht. Wir brauchen da schon …«

Etwas Handfesteres, ergänzte Uschi in Gedanken.

»… etwas Handfesteres«, sagte Buckenmaier wie erwartet. »Wissen Sie, wir waren in der Zwischenzeit nicht tatenlos. Wir haben den kompletten Fußweg abgesucht, nach irgendwelchen Fallstricken oder dergleichen. Leider sind wir nicht fündig geworden. Nicht einmal ein Trampelpfad im Gebüsch weist darauf hin, dass Ihnen da jemand aufgelauert hat. Und was Ihren Sturz vor den Bus angeht: Zeugen haben wir ja keine gefunden. Da wird sich erfahrungsgemäß auch niemand mehr melden, wenn das bis jetzt noch nicht geschehen ist. Wir haben den Busfahrer befragt, doch der hat nichts Auffälliges beobachtet. Er kann sich auch nicht erinnern, Meike Schuler gesehen zu haben. Obwohl er sie kennt. Tja, sieht alles ziemlich mau aus.«

»Warum fragen Sie Meike nicht danach. Nehmen Sie sie doch mal richtig in die Zange! Vielleicht gibt sie es ja zu!«, fuhr Clara ihn an.

»Fräulein, das haben wir längst getan. Was denken Sie denn? Sie brauchen mir nicht zu sagen, wie ich meine Arbeit zu machen habe! Diese Unart liegt wohl in der Familie!«

Er bedachte Uschi mit einem grimmigen Seitenblick. Die schnappte empört nach Luft, hielt dann aber lieber den Mund. Es reichte schon, dass Clara sich aufregte. Sie kannte Buckenmaiers Sticheleien ja inzwischen.

»Frau Schuler streitet das alles ab. Sie streitet sogar ab, dass sie die Drohne absichtlich auf Sie stürzen ließ. Das

Einzige«, er erhob den Zeigefinger und zog belehrend die Augenbrauen hoch, »das Einzige, was sie zugeben musste, war der Angriff mit dem Schwert auf Ihre Tante. Wobei sie auch diesbezüglich behauptet, es sei keine Absicht gewesen. Sie sagt, sie habe Panik bekommen, sich verteidigen wollen und Ihre Tante in der Dunkelheit unabsichtlich getroffen. Ihre Tante habe so wild um sich geschlagen, dass sie sich aus Angst bewaffnet habe, um sich notfalls zu verteidigen.«

Nun konnte sich Uschi doch nicht mehr beherrschen.

»Dieses Miststück«, platzte es aus ihr heraus. »Das ist alles erstunken und erlogen! Meike hat mich eingeschlossen und sie war es, die mich angegriffen hat. Ich musste mich verteidigen. Und nicht umgekehrt!«

»Jetzt beruhigen Sie sich mal und werden Sie nicht so laut, Frau Lämmle. Das haben wir doch alles schon besprochen. Ich glaube Ihnen ja. Ihre Version ist zudem wesentlich logischer. Ich möchte Ihnen allen nur begreiflich machen, dass es nicht einfach sein wird, Frau Schuler auf irgendetwas festzunageln.«

»Soll das etwa heißen, dass sie einfach so davonkommt?«, schrie Clara. »Dass sie keine Strafe erhält? Das kann ja wohl nicht Ihr Ernst sein.«

»Moment. Natürlich wird sie belangt werden. Auch wenn sie nichts zugibt, wird sie wegen schwerer Körperverletzung angeklagt werden. Weil sie Ihre Tante verletzt hat. Ob vorsätzlich oder nicht, muss das Gericht entscheiden. Zudem wird sie wegen des Drohnenangriffs belangt werden. Wegen Gefährdung und schwerer Körperverletzung.«

»Es war versuchter Mord«, fiel ihm Tom ins Wort.

»Das können wir ihr aber nicht nachweisen. Sie behauptet, dass sie die Kontrolle über die Drohne verloren habe und sie rein zufällig über Ihren Köpfen abgestürzt sei.«

Clara schüttelte frustriert den Kopf.

»Das ist so ungerecht. Kein Wunder, dass manche Leute selbst für Gerechtigkeit sorgen. Unser Rechtssystem ist viel zu freundlich zu den Verbrechern. Die können lügen, wie es ihnen passt. Immer braucht man Beweise und noch mehr Beweise. Warum genügt nicht die Aussage des Opfers?« Sie wurde immer wütender. »Ich könnte auch hergehen und Meike aus Versehen nachts von der Burgmauer stoßen. Dann gibt es auch keine Zeugen und keine Beweise!«

»Passen Sie auf, was Sie sagen«, herrschte Buckenmaier sie an. »Sonst muss ich Sie noch in Gewahrsam nehmen. Sie haben gerade eine Morddrohung ausgesprochen!«

»Klar!«, Claras Stimme überschlug sich. »Jetzt komme ich ins Gefängnis! Sagen Sie mal, ticken Sie eigentlich noch ganz richtig? Schauen Sie mich doch einmal an! Hallo? Ich bin das Opfer. Schon gemerkt?«

Tom legte ihr beruhigend die Hand aufs Knie und flüsterte:

»Nicht, Clara. So bringt das doch nichts.«

Er reichte ihr das Glas Wasser, doch Clara war nicht gewillt sich abzuregen. Wütend funkelte sie Buckenmaier an.

»Wenn Sie sich nicht benehmen, bekommen Sie gleich noch eine Anzeige wegen Beamtenbeleidigung«, sagte Buckenmaier mit bedrohlich schneidendem Ton. »Es reicht jetzt, mein Fräulein!«

»Ich bin nicht ihr Fräulein«, konterte Clara, jedoch deutlich kleinlauter.

Uschi mischte sich ein.

»Haben Sie denn irgendetwas Brauchbares bei der Durchsuchung des Kioskhäuschens gefunden?«

»Wir haben ein weißes Kleid gefunden. Mehr nicht.«

Uschis Miene hellte sich auf.

»Aber das ist doch schon mal was! Dann haben wir doch ein Beweisstück!«

»Wofür?«, fragte Buckenmaier ungehalten.

»Na dafür, dass Meike als weiße Frau verkleidet herumgespukt ist und uns Angst machen wollte. Sie hat ihre Anschläge stets dadurch angekündigt, dass sie vorher ihrem Opfer als weiße Frau erschienen ist. Sie war die Unheilsverkünderin und Täterin in einer Person. Das weiße Kleid steht im Zusammenhang mit ihren Verbrechen. Das ist doch ein Beweis. Zumindest sehe ich das so ...«

»Das Kleid beweist gar nichts«, sagte Buckenmaier seufzend. »Es legt lediglich den Verdacht, ich betone Verdacht, nahe, dass Frau Schuler sich Ihnen in diesem Kleid präsentiert hat. Die Interpretation, dass sie damit ein Gespenst darstellen wollte, liegt ganz bei Ihnen. Im Grunde könnte man ja auch bei dem Anblick einer weiß gekleideten Frau an eine Braut denken und sich darüber freuen. Man muss sich nicht unbedingt erschrecken, wenn man eine Frau im weißen Kleid sieht. So sehe ich das.«

Uschi sah resigniert aus dem Fenster und fragte:

»Haben Sie sonst noch irgendwelche Fragen an uns oder können wir jetzt gehen? Ich glaube, das Gespräch bringt nicht viel. Außer Ärger.«

»Doch. Ich hätte da schon noch eine Frage.« Er sah Tom an. »Herr Martens, Sie haben gesagt, dass Sie Meike Schuler des Mordes verdächtigen? Wie haben Sie das denn gemeint? Es gibt doch gar keine Leiche.«

Das Thema hatten wir schon mal, dachte Uschi genervt.

Tom schluckte.

»Doch. Es gibt eine Leiche. Allerdings ist es schon ein Jahr her, dass meine damalige Freundin verunglückt ist.«

Buckenmaier war mit einem Mal voll bei der Sache. Eifrig tippte er auf der Tastatur seines PCs herum.

»Name?«

»Henriette. Henriette Wagner. Sie starb am 15. September 2016 bei einem Verkehrsunfall auf der Straße am Zoller. Es wurde vermutet, dass sie wegen eines Wildwechsels zu stark abgebremst und dann die Kontrolle über ihr Fahrzeug verloren hat. Sie ist auf einen Baum geprallt und war sofort tot.«

»Befindet sich an der Unfallstelle ein Holzkreuz?«, wollte Buckenmaier wissen. »Ich hab da was gesehen.«

Tom nickte.

Clara starrte ihn betroffen an.

»Waren die Rosen in deinem Auto für Henriette? Für die Gedenkstelle?«, flüsterte sie ihm zu, während Buckenmaier dienstbeflissen das Protokoll verfasste.

»Als ich ihr das erste Mal begegnete, trug sie ein Kleid in apricot.« Toms Blick wurde glasig. »Ich stelle ihr regelmäßig einen Strauß in dieser Farbe ans Kreuz. Ihre Familie wohnt weit weg. Ich bin der Einzige, der am Unfallort Blumen aufstellen kann.«

»Warum hast du mir das nicht erzählt?«

»Ich dachte, du würdest das vielleicht nicht verstehen. Übertrieben finden oder so.«

Buckenmaier räusperte sich.

»Und wie kommen Sie jetzt auf Mord?«

»Meike war bestimmt eifersüchtig auf Henriette. Wie

sehr, das ist mir jetzt erst so richtig klar geworden. Ich bin zuvor immer von einem Wildunfall ausgegangen. Nach den Anschlägen auf Clara kamen mir allerdings Zweifel, ob Meike nicht auch bei Henriettes Verkehrsunfall ihre Finger im Spiel hatte. Ich weiß zwar nicht, wie sie es angestellt hat, aber ich bin mir ziemlich sicher, dass Meike für ihren Tod verantwortlich ist.«

»Ziemlich sicher reicht nicht«, warf Buckenmaier säuerlich ein, »wir brauchen …«

»… Beweise«, fiel ihm Tom ins Wort. »Ich weiß. Ich habe keine Beweise. Dafür erinnere ich mich inzwischen wieder an ein eigenartiges Gespräch, das ich mit Henriette an ihrem Todestag geführt habe. Es ging um die weiße Frau. Sie wollte von mir wissen, was ich von der Legende halte. Und was es bedeuten würde, wenn sie einem erscheint. Das kann kein Zufall sein. Hundertpro ist Meike ihr auch als weiße Frau erschienen und hat ihr Angst eingejagt. Und daraufhin ist sie dann tödlich verunglückt.«

Buckenmaier hatte konzentriert zugehört. Nun runzelte er die Stirn und zuckte mit den Schultern.

»Das ist ja alles ganz interessant, aber ich fürchte, diese Spekulationen bringen uns nicht weiter. So wie die Frau Schuler drauf ist, würde sie niemals zugeben, dass sie irgendetwas mit dem Tod Ihrer Freundin zu tun hat. In dieser Hinsicht können wir ihr ganz bestimmt nichts nachweisen.« Er schob seinen Stuhl zurück und erhob sich. »Also gut. Das war's vorerst mal. Halten Sie sich bitte zur Verfügung, falls wir doch noch irgendwelche Fragen an Sie haben.«

Uschi ging zur Garderobe und fischte ihre Regenjacke vom Haken. Auf dem Boden hatte sich eine kleine Pfütze gebildet. Recht so, dachte sie schadenfroh, hat der Buckenmaier was zum Putzen.

Da es immer noch in Strömen goss, verabschiedeten sie sich auf der Türschwelle des Polizeireviers und Uschi eilte zu ihrem Auto zurück. Sie hatten sich sowieso nicht mehr viel zu sagen gehabt. Die Enttäuschung stand ihnen allen ins Gesicht geschrieben und bedurfte keiner weiteren Worte. Die Hilflosigkeit der Staatsgewalt war augenscheinlich und die damit einhergehende Ungerechtigkeit schrie zum Himmel. Aber das war nun mal nicht zu ändern. Ebenso wenig wie dieses grauenhafte Mistwetter!

Wie aufrecht sie dahinschritt, die weiße Frau. Ihr Ziel fest im Blick, mutig und unbeirrbar. Und wie schön sie war! Mit ihrem stolzen Gesichtsausdruck und dem weißen Gewand, das ihren schlanken Körper umspielte. Uschi betrachtete aufmerksam das Bild in der Bibliothek.

Die weiße Frau schien plötzlich zu lächeln. Hm… Musste sie sich wohl eingebildet haben. Aber nein! Ihre Mundwinkel zuckten wirklich. Wie konnte das sein? Was ging denn hier vor sich? Die Figur löste sich aus der Landschaft heraus, verließ das Bild, das sie umgab. Uschi spürte ihr Herz klopfen. Das gab es doch gar nicht! Erschrocken wich sie ein Stück zurück, ließ die weiße Frau aber nicht aus den Augen. Diese glitt zu Boden und ging lautlos, nahezu schwebend durch die Bibliothek hindurch, durchschritt die Ahnenhalle und gelangte schließlich auf den Schlosshof hinaus. Uschi folgte ihr staunend. Die weiße

Frau schien sie gar nicht zu bemerken. Sie drehte sich auch nicht ein einziges Mal um, sondern ging zielstrebig einem bestimmten Ort entgegen. Wo sie wohl hin wollte? Als sie das Adlertor durchquert hatte, ging sie nicht zum Fußweg, sondern blieb auf der Straße.

Nach einer Weile bückte sie sich und pflückte am Straßenrand eine Blume. Es war eine Margerite. Während sie ihren Weg fortsetzte, bückte sie sich wiederholt, um weitere Margeriten zu pflücken und schließlich hatte sie einen ganzen Strauß davon gesammelt. Uschi hielt gebührenden Abstand zu ihr und vermied es, Blickkontakt mit ihr aufzunehmen. Die weiße Frau erinnerte sie an eine Schlafwandlerin. Weniger an einen Geist. Jedenfalls hatte sie keine Angst vor ihr. Sie hatte sich anfangs nur erschreckt. Weil es so irreal gewesen war. So gespenstisch.

Mit einem Mal verharrte die Geisterfrau am Straßenrand und kniete sich auf den Boden. Was tat sie denn da? Nun erkannte Uschi das kleine Holzkreuz im Gras. Die weiße Frau kniete davor und arrangierte ihren Margeritenstrauß in einer Vase. Als sie damit fertig war, richtete sie sich auf und drehte sich zu ihr um. Sie blickte ihre Begleiterin mit sanften braunen Rehaugen an und lächelte gütig. Uschi wollte etwas sagen, bekam aber kein Wort heraus. Sie streckte ihre Hand nach der weißen Frau aus, doch in diesem Moment kam dichter Nebel auf und hüllte diese gänzlich ein. Sie folgte ihr in den Nebel hinein, aber die weiße Frau war nicht mehr da. Hatte sich in Luft aufgelöst.

»Seltsam …«, sagte Uschi verwundert und wachte vom Klang ihrer eigenen Stimme auf.

Nanu? Hatte sie im Schlaf geredet? Sie gähnte, räkelte sich und versuchte dann, die Uhrzeit auf ihrem Wecker zu entziffern. Was? 9 Uhr? Hatte sie tatsächlich zehn Stunden geschlafen? Es war Ewigkeiten her, dass sie das letzte Mal so lange ausgeschlafen hatte. Die Ereignisse der letzten Zeit schienen sie doch mehr geschlaucht zu haben, als sie hatte wahrhaben wollen. Gut, dass ihr Körper sich selbst die nötige Auszeit nahm, um sich zu erholen. Sie hatte auch viel und intensiv geträumt. Die Erlebnisse hatten Spuren in ihrem Unterbewusstsein hinterlassen und mussten erst einmal verarbeitet werden. Erinnern konnte sie sich an die Träume allerdings nicht mehr. Darüber war sie eigentlich auch froh. Sie fand es erholsamer, sich nicht an das nächtliche Gedankenkino zu erinnern. Sonst würde sie die surrealen Bilder manchmal den ganzen Tag mit sich herumtragen.

Uschi zog sich an. Vorsichtig streifte sie sich ihren Pullover über den maladen Arm, der nach wie vor schmerzte. Morgen würden der Verband gelöst und die Wunde begutachtet werden. Sie war gespannt auf die Narbe. Die würde sie ein Leben lang an Meike erinnern. Ärgerlich. Ein Mann hätte sich wenigstens damit brüsten können, dass er die Narbe bei einem mittelalterlichen Schwertkampf davongetragen hatte. Ein Schmiss der Männlichkeit sozusagen. Bei einer Frau dagegen war so eine Narbe nicht von Vorteil. Es gab keine Positivpunkte, als Frau einen Schwertkampf zu überleben. Man erntete keine Bewunderung, sondern höchstens mitleidige Blicke. Ja, ja, die Welt war schon ungerecht. Am ungerechtesten war aber, dass Meike mit der Anklage der Körperverletzung davonkommen würde. Vorsatz oder gar Mord waren ihr bisher nicht nachzuweisen.

Beeren, Müsli, Mandelmilch und Honig. Dazu die Tasse Kaffee, deren Duft ihr in die Nase stieg. Perfekt! Auf alle Fälle um Welten besser als dieses Krankenhausfrühstück mit Gummiweckle und einem Stückchen Butter.

Tom hatte sehr traurig gewirkt, als er von dem Unfall seiner früheren Freundin gesprochen hatte. War vielleicht immer noch nicht ganz darüber hinweg. Was auch kein Wunder war, wenn einem ein geliebter Mensch so gewaltsam und grausam entrissen wird. Und er lag bestimmt richtig mit seiner Vermutung, dass Meike auch an diesem Unfall schuld war.

Es musste doch eine Möglichkeit geben, Meike dranzukriegen …

Nach dem Frühstück wusste Uschi ganz plötzlich, was sie zu tun hatte. Es war wie eine Eingebung gewesen. Woher auch immer. Eine vage Idee … Vielleicht funktionierte es nicht. Aber es war zumindest eine Chance. Sie musste es versuchen!

Buckenmaier verdrehte die Augen.

»Sie wissen schon, dass das vor Gericht keinen Bestand haben wird?«

»Wenn sie ein Geständnis unter Zeugen ablegt, dann schon. Und wer – außer Ihnen und mir – weiß, dass dabei getrickst wurde?« Uschi lächelte ihn zuversichtlich an. »Sie wollen bestimmt auch nicht, dass Meike so billig davonkommt. Und es geht hier schließlich um die Wahrheitsfindung. Sie wollen doch die Wahrheit wissen, oder?«

»Ja. Schon. Aber korrekt ist es trotzdem nicht.« Er seufzte. »Also gut. Her mit.«

»Ich danke Ihnen!«, sagte Uschi freudig und schob ihm den weißen Seidenfetzen über den Tisch. »Wann kann ich wiederkommen?«

»Morgen. 11 Uhr.«

»Danke! Ich bin mir sicher, dass Sie das hinbekommen.«

Buckenmaier grunzte.

»So, sind Sie das? Na dann!«

»Und?« Uschi rieb mit ihren Fingern nervös an den Nähten ihrer Hose entlang. »Machen Sie's doch nicht so spannend! Hat sie?«

»Jaaa. Sie hat!«, blökte Buckenmaier einen Tag später. »Es hat funktioniert. Ihr sind fast die Augen rausgefallen, als ich ihr das Stück Stoff vorgelegt habe. Hat rumgestammelt und erst mal versucht, eine Ausrede zu finden. Nachdem sie sich in immer wildere Geschichten verstrickt hat, ist sie irgendwann zusammengebrochen. Hat geheult wie ein Schlosshund. Ich glaub, es war eine große Erleichterung für sie, dass sie endlich darüber sprechen konnte.« Er sinnierte. »Sie hat eine richtige Beichte abgelegt. Zumindest was den Autounfall angeht. Sie hat zugegeben, Henriette Wagner so sehr erschreckt zu haben, dass sie die Kontrolle über ihr Auto verloren hat. Angeblich war die Schuler selbst geschockt gewesen, dass die Sache einen tödlichen Ausgang gefunden hatte.«

Uschi machte ein skeptisches Gesicht, doch Buckenmaier fuhr unbeirrt fort.

»Das war wohl nicht so von ihr geplant gewesen. Irgendwie glaube ich ihr das auch, dass sie die Wagner nur erschrecken wollte … Dass wir den Zipfel von ihrem Kleid beim Unfallort gefunden haben, hat sie mir sofort abgenommen.« Er räusperte sich. »Wohl ist mir dabei nicht. Gar nicht. Immerhin wird sie deswegen vielleicht wegen Totschlags angeklagt. Oder sogar wegen versuchten Mordes.«

Er holte ein transparentes Plastiktütchen mit dem Stofffetzen hervor.

»Und das Beweismittel …«

»… ist endlich ein brauchbares Beweismittel, Herr Buckenmaier!«, fiel ihm Uschi ins Wort. »Manchmal muss man der Gerechtigkeit halt ein bissle auf die Sprünge helfen. Und da sie zugegeben hat, dass sie es war, spielt es doch auch keine Rolle, wo wir den Seidenstoff in Wirklichkeit gefunden haben. Das sind wir Henriette Wagner schuldig. Oder sehen Sie das etwa anders?«

Buckenmaier brummte nur und schob das Tütchen in seine Schublade zurück. Er fixierte sie eine Weile schweigend mit seinem strengen Polizistenblick und sagte dann mit einem süffisanten Lächeln:

»Apropos schuldig: Gehen Sie davon aus, dass Sie selbst vor Gericht freigesprochen werden?«

Uschi guckte ihn irritiert an:

»Wie meinen Sie denn das?«

»Na, Ihre Vergehen sind ja auch nicht so ohne: gefährliche Körperverletzung, Sachbeschädigung, versuchter Diebstahl …«

»Das ist doch totaler Blödsinn! Ich musste mich doch …«

»… Beamtenbeleidigung.«

Uschi schnaufte:

»Jetzt seien Sie mal nicht kindisch!«

»Mehrfache Beamtenbeleidigung!«

»Ich sag am besten gar nichts mehr.«

»Behinderung polizeilicher Ermittlungen.«

Buckenmaier und seine Spielchen. Man wusste bei ihm nie so recht, wie viel Ernst tatsächlich in seinen Worten steckte. Uschi durchschaute seinen Humor nicht. Dass er sie gerne auf die Schippe nahm, hatte sie inzwischen gemerkt. Trotzdem verunsicherten sie seine provozierende Art und seine Spitzfindigkeiten immer noch.

Sie seufzte.

»Also gut. Wie war noch mal Ihre Frage? Ob ich denke, dass ich vor Gericht freigesprochen werde? Davon gehe ich doch mal ganz stark aus! Die Körperverletzung war reine Notwehr. Meike hat mich schließlich zuerst angegriffen und ich musste damit rechnen, dass sie mich nochmals angreift.«

Buckenmaiers Pokerface ließ nicht erahnen, ob er das genauso sah.

»Was die Sachbeschädigung angeht … Natürlich werde ich dafür aufkommen.«

Buckenmaier grinste. War das Schadenfreude?

»Da haben Sie echt ganze Arbeit geleistet! Warum haben Sie denn die Waffenkammer dermaßen verwüstet?«

Sie hatte sein Grinsen wohl richtig interpretiert.

»Es war dunkel. Ich konnte nicht sehen, was um mich herum war. Ich hab wahllos mit der Lanze um mich geschlagen.«

»Wollten Sie mit der Lanze eigentlich die Schuler treffen?«

»Waren Sie schon mal so richtig wütend? Ich war außer mir. Weil mir Meike fast den Arm abgetrennt hat. Da hab ich so einen Tobsuchtsanfall bekommen, dass es mir ehrlich gesagt völlig egal war, wen oder was ich mit der Lanze erwische.«

»Aha.« Pokerface. Buckenmaier genoss es, sie zappeln zu lassen. Das war offensichtlich. »Und was hatten Sie mit der Krone vor?«

»Ich wollte die Steine herausbrechen und nach und nach verkaufen. Ist doch klar!«

Uschi nahm einen Schluck Wasser und sah ihn herausfordernd an. Er hielt ihrem Blick mühelos stand.

»Ach, Herr Buckenmaier, Sie wissen doch, dass ich die Krone nicht klauen wollte. Ich musste irgendwie den Alarm auslösen.«

»Was ich denke, ist doch egal. Die Frage ist, ob Sie den Richter überzeugen können.«

»Das lassen Sie mal meine Sorge sein. Meine Geschichte hat Hand und Fuß. Es würde schon nicht mit rechten Dingen zugehen, wenn ein Richter meine Version anzweifeln würde. Außerdem würde ich im Normalfall wohl kaum versuchen, das Panzerglas mit einem Schwert zu zertrümmern.«

Dass ich es erst mal allen Ernstes versucht habe, bis ich begriffen habe, dass das nicht funktionieren kann, braucht er ja nicht zu wissen, dachte Uschi insgeheim.

»Wie würden Sie es denn im Normalfall angehen?«

»Das werde ich Ihnen ganz bestimmt nicht verraten.«

Uschi setzte ein kryptisches Lächeln auf. Buckenmaier stutzte für einen Augenblick, lachte dann aber und streckte ihr die Hand entgegen.

»Wiedersehen, Frau Lämmle. Ich glaub, Sie bekommen das schon hin vor Gericht. Sie sollten sich nur mit Beleidigungen gegenüber dem Richter zurückhalten.«

»Ich bin sehr anpassungsfähig. Wenn mein Gegenüber freundlich ist, dann bin ich es auch. Wie man in den Wald hineinruft, so schallt's heraus.«

»Am besten, Sie rufen in der nächsten Zeit gar nicht mehr in den Wald hinein. Nicht, dass nochmals irgendwelche Geister herauskommen!«

Uschi tat ihm den Gefallen und ließ ihm das letzte Wort. Insgesamt war sie mit dem Stand der Dinge einigermaßen zufrieden. Ihr Plan war aufgegangen.

Burg Hohenzollern, 05. September 2017

»Tom, könntest du noch die Armbrust an der Wand befestigen?«

»Klar. Ist gleich erledigt…«

Uschi stellte die Lanze in den Holzständer.

»Puh, das war die letzte. Mann o Mann. Was hab ich hier nur für ein Chaos veranstaltet! Vielen Dank noch mal für eure Hilfe. Ich wüsste nicht, was ich ohne euch getan hätte.«

»Na ja, das meiste hat Tom erledigt. Mit zwei einarmigen Helfern zur Unterstützung.« Clara lachte dabei.

»Eines ist mir jedenfalls nach dieser Aufräumaktion klar geworden – Knappe bei einem Ritter zu sein, war gewiss kein leichter Job! Im wahrsten Sinne des Wortes!«

Uschi stemmte die Hände in den unteren Rücken und dehnte sich.

»Was machen wir mit der Ritterrüstung?«, wollte Tom wissen.

»Lass die mal liegen. Darum kümmert sich Hugo, der Restaurator.«

»Musst du die Restauration der Rüstung aus eigener Tasche blechen?«, fragte Clara.

»Ich hoffe nicht«, sagte Uschi. »Herr Sauter meinte, wir könnten das eventuell über die Haftpflicht abwickeln. Ich bin bei einer Führung aus Versehen gegen die Rüstung gestoßen und dabei ist sie umgefallen. Oder so was in die Richtung.«

»Ist ja toll, dass Herr Sauter dich dabei so unterstützt.« Clara zog vielsagend ihre Augenbrauen hoch.

Uschi spürte ihren Blick und lächelte.

»Ja, ich hab schon befürchtet, er kündigt mir nach dem Desaster. Zumal die Waffenkammer nun fast zwei Wochen nicht besichtigt werden konnte. Aber er meinte, die Schlagzeilen in der Presse würden eher noch mehr Touristen anlocken. Schaulustige. Außerdem kann ich ja eigentlich nichts dafür, dass Meike sich ausgerechnet in der Waffenkammer verschanzt hat.«

»So! Fertig! Wir können gehen.«

Tom rieb sich die Hände.

»Vergiss nicht, zweimal abzuschließen!«, feixte Clara.

»Oh, kommt schnell!«, rief Uschi, als sie auf den Hof trat. »Wir hätten fast den Sonnenuntergang verpasst.«

Die Sonne stand als roter Ball am Horizont und zauberte aus der Alblandschaft ein zartes Aquarell.

»Atemberaubend!« Uschi seufzte. »Albglühen! Schaut mal. Man sieht sogar den Rottweiler Turm. Und in der Ferne den Schwarzwald.«

Mit leicht zusammengekniffenen Augen ließ sie die ins Abendlicht getauchte Schönheit ihrer Heimat auf sich wirken. Wie sanft sich die Landschaft mit ihren Hügeln, Wiesen und Wäldern präsentierte. Von wegen raue Alb!

»Von dem Anblick kann man sich kaum losreißen. – Wenn ich noch bei Helligkeit die Heimfahrt antreten möchte, muss ich jetzt allerdings schleunigst los. Ich trag zwar inzwischen immer eine Taschenlampe bei mir …«

Nun erst merkte sie, dass ihr gar keiner zuhörte. Clara und Tom standen eng umschlungen im Abendlicht und küssten sich.

Uschi schlich sich fort und schaffte es tatsächlich, vor Einbruch der Dunkelheit auf den Parkplatz zu gelangen. Fröstelnd stieg sie ins Auto. Kaum war die Sonne weg, wurde es richtig kalt. Man merkte, dass die Sommertage bald gezählt sein würden. Und der Altweibersommer war auf der Alb meist so kurz, dass er eigentlich nicht erwähnenswert war. Der Herbst stand vor der Tür. Doch das machte Uschi keineswegs wehmütig. Im Gegenteil. Sie liebte den Herbst mit seiner Farbenpracht, dem raschelnden Laub und der kühlen, klaren Luft. Und auf der Alb war der Herbst vielleicht sogar die schönste Jahreszeit.

Gut gelaunt drehte sie das Radio auf und sang leise mit: »Über den Wolken …«

Bei Henriettes Gedenkkreuz stoppte Uschi. Sie schaltete das Radio aus, ließ die Fensterscheibe herunter und betrachtete das schlichte Holzkreuz. Das arme Mädchen! Nun bekam Meike zwar wenigstens eine Strafe für ihr Vergehen, aber gerecht – gerecht war es niemals, wenn ein Mensch gestorben war. Keine Strafe konnte es wiedergutmachen, dass sie gewaltsam ihr Leben lassen musste. Zumindest war die Wahrheit ans Licht gekommen. Henriette konnte nun in Frieden ruhen. Jemand hatte vor dem Kreuz einen Strauß frischer Blumen aufgestellt. Uschi stutzte. Es waren Margeriten.

Irgendetwas daran empfand Uschi als seltsam. Aber sie hätte nicht sagen können, weshalb.

Nachwort

Einen Großteil meines Lebens verbrachte ich im Zollernalbkreis in unmittelbarer Nähe zur Burg Hohenzollern. Ich habe die Burg schon zu allen Tages- und Jahreszeiten gesehen: im Morgengrauen, bei strahlendem Sonnenschein, im Regen, bei Sonnenuntergang, umgeben von buntem Herbstwald, bei Vollmond oder weiß gezuckert von frisch gefallenem Schnee. Selbst wenn der Nebel sie verschluckt hatte, wusste ich, dass »meine« Burg immer noch auf dem Zoller thronte.

Nun sollte man meinen, dass ich als gebürtige Bisingerin das rebellische Temperament der »Nichthuldiger« besitze. In Wahrheit ist es aber so, dass die Burg Hohenzollern nicht nur das Erkennungszeichen des Zollernalbkreises ist, sondern für viele Zollernälbler das Symbol ihrer Heimat darstellt.

Vermutlich fühle ich mich darüber hinaus der Burg auch deshalb in besonderer Weise verbunden, da meine Familie in den Sechzigerjahren auf dem Zoller arbeitete und ich von klein auf Geschichten von der Burg erzählt bekam. Am spannendsten waren natürlich die Erzählungen von der geheimnisvollen weißen Frau. Als Kind war ich davon überzeugt, dass die Geisterfrau tatsächlich existiert. Mein Großonkel arbeitete damals als Burgverwalter und meine Tante als Burgführerin. Mein Onkel war Koch im Burgrestaurant, das seine Familie gepachtet hatte. Meine Eltern hatten das große Glück, auf der Burg Hohenzollern heiraten zu dürfen.

Gerade wegen dieser familiären Parallelen möchte ich nochmals darauf hinweisen, dass in diesem Buch alle Personen, ihre Namen und ihr Verhalten von mir frei erfunden worden sind und Ähnlichkeiten mit noch lebenden oder bereits verstorbenen Personen nicht beabsichtigt sind.

Dank

Diesen Krimi widme ich meiner Mutter, die in mir die Liebe zu Büchern geweckt und selbst leidenschaftlich gerne gelesen hat – auch Regionalkrimis.

Ganz besonders möchte ich meinem Mann und meinen Kindern für ihre Geduld und Unterstützung danken.

Großer Dank gebührt meiner Lektorin Elga Lehari-Reichling für ihre gewissenhafte Korrektur, Gabriele Schäfer-Lehari für ihr Engagement und dem Verlag Oertel+Spörer für die Möglichkeit, diesen Krimi zu veröffentlichen.

Isabel Holocher-Knosp

ist in Tübingen 1973 geboren und wuchs am Fuße der Burg Hohenzollern auf. Heute lebt sie mit ihrer Familie in Albstadt. Wenn sie keine Krimis schreibt, unterrichtet sie an einer Grundschule und ist gleichzeitig Ansprechpartnerin für Hochbegabung am Schulamt Albstadt. Die Erste Staatsprüfung im Fach Deutsch/Literaturwissenschaft absolvierte sie erfolgreich zum Thema Krimi. Nach der Veröffentlichung eines Kinderkrimis, ist »Tatort Hohenzollern« ihr Krimidebüt für Erwachsene.

Dieser Kriminalroman spielt an realen Schauplätzen. Alle Personen und Handlungen sind frei erfunden. Sollten sich dennoch Ähnlichkeiten mit lebenden oder verstorbenen Personen ergeben, so sind diese rein zufällig und nicht beabsichtigt.

2. Auflage 2019

Postfach 16 42 · 72706 Reutlingen

Titelbild: Manfred Grohe
Gestaltung: PMP Agentur für Kommunikation, Reutlingen
Satz: Uhl + Massopust, Aalen
Druck und Bindung: CPI books GmbH, Leck
Printed in Germany
ISBN 978-3-88627-577-9